BURNT SUGAR

BURNT SUGAR
by Avni Doshi

BURNT SUGAR

설탕을 태우다

애브니 도시 장편소설 * 홍한별 옮김

문학동네

Avni Doshi

일러두기

1. 주석은 모두 옮긴이주이다.
2. 본문 중 고딕체는 원서에서 이탤릭체로 강조한 부분이다.

니시, 나렌과 용감한 푸슈파에게

마, 아미 투마르 카치 아마르 포리소이 디티 디티 비아쿨 오야 자이

엄마, 나 엄마한테 날 소개하는 게 이제 너무, 너무 지겨워요

—레나 술타나, 「어머니」

내가 엄마의 불행에서 기쁨을 느낀 적이 없다고 말한다면 거짓말일 것이다.

어릴 때 내가 엄마 때문에 힘들었기 때문에 그뒤로 엄마가 겪은 고통이 나에게는 일종의 보상으로 느껴졌다. 우주의 균형이 이루어지고 원인과 결과의 합리적 질서가 회복되는 일이라고.

하지만 이제는 수지를 맞춰나갈 수가 없게 됐다.

이유는 이렇다. 엄마가 기억을 잃어가는데 나로서는 할 수 있는 일이 없다. 엄마가 옛날에 나한테 어떻게 했는지를 상기시킬 수도 없고 엄마가 죄책감에 빠지게 만들 방법도 없다. 전에는 가볍게, 이를테면 차를 마시다가, 엄마의 잔인함이 드러나는 사례를 꺼내고 엄마 얼굴이 일그러지는 것을 보곤 했다. 지금은 내가 옛날 일을 이야기해봤자 엄마는 대부분 기억을 못한다. 한없이 해맑은 눈으로 멍하니 엉뚱한 곳을 응시한다. 우리가 이러고 있는 꼴을 누가 봤다면 내 손을 토닥이며 이렇게 속삭일 거다. 이제 그만해. 어머니는 기억을 못하시잖아. 가엾게도.

엄마가 다른 사람에게 동정심을 일으킬 때 내 안에서는 무언가 신랄한 것이 일어난다.

일 년 전, 엄마가 한밤중에 집안에서 돌아다니기 시작했을 때 뭔가 심상치 않다는 걸 느꼈다. 엄마 집 메이드 카슈타가 겁에 질린 목소리로 전화를 걸곤 했다.

"어머니가 방수 깔개를 찾으셔." 어느 날은 카슈타가 말했다. "네가 침대에 오줌을 쌀까 걱정된다고."

나는 전화기를 귀에서 떼고 침대 옆 탁자를 더듬어 안경을 찾았다. 옆에서 자고 있던 남편의 귀에 꽂힌 형광색 귀마개가 어둠 속에서 빛났다.

"꿈을 꾸셨나보네요." 내가 말했다.

카슈타는 그건 아닌 것 같다는 말투였다. "네가 침대에 오줌을 쌌는지는 몰랐네."

나는 수화기를 내려놓았고 그날 밤은 잠을 잘 수가 없었다. 엄마는 제정신이 아닌 상태에서도 나한테 굴욕을 주는 데 성공했다.

하루는 청소부가 집 초인종을 눌렀는데 엄마가 그이가 누구인지 알아보질 못했다. 다른 사건도 있었다. 전기요금을 내는 법을 잊었다거나 아파트 주차장 어디에 차를 세웠는지 모른다거나. 그게 여섯 달 전의 일이다.

가끔은 끝이 보인다는 생각이 든다. 엄마가 썩어가는 채소나 다름없어지는 때. 말하는 법을 잊고, 방광을 제어하는 방법도 잊고, 마침내는 숨쉬는 법도 잊어버리고. 인간의 쇠락은 흐름이 잠시 멈추거나 덜컹거릴 수는 있어도 뒤로 거슬러가지는 않는다.

내 남편 딜립이 엄마 기억을 자꾸 일깨워주어야 하지 않냐고 말한다. 그래서 나는 엄마 과거에 있었던 일을 작은 종이쪽지에 적어 엄마 집 여기저기 구석에 끼워놓는다. 엄마는 어쩌다 그걸 발견하면 나한테 전화를 걸어 웃으며 말한다.

"내 자식이 글씨를 이렇게 못 쓰다니 어이가 없네."

엄마가 이십 년 동안 살아온 집 주소를 잊어버린 날, 엄마는 나한테 전화를 걸어 면도날을 한 팩 샀다며 상황이 더 나빠지면 주저하지 않고 면도날을 쓸 거라고 말했다. 그러더니 울음을 터뜨렸다. 전화기 너머로 자동차 경적, 사람들이 외치는 소리가 들렸다. 푸네 거리의 소리였다. 엄마는 기침을 하더니 조금 전까지 무슨 이야기를 하고 있었는지 까먹었다. 나는 엄마가 타고 있는 오토릭샤에서 뿜어나오는 시커먼 배기가스 냄새를 마치 바로 옆에 있는 것처럼 맡을 수 있었다. 순간 가슴이 아팠다. 자신이 무너져내린다는 사실을 인식하는 고통, 모든 게 사라지는 것을 보는 고통이야말로 최악의 고통일 것이다. 그런 한편 나는 그 말이 거짓말이라는 것도 알았다. 엄마는 절대로 그런 낭비를 하지 않을 것이다. 면도날을 한 팩이나 샀다니, 한 개만 있으면 충분할 텐데? 엄마는 늘 사람들 앞에서 감정을 드러내기를 좋아했다. 나는 이 상황에 대처하는 최선의 방법은 일종의 타협이라고 결론을 내렸다. 엄마한테 드라마 주인공처럼 굴지 말라고 말했고, 그런 한편 이 일을 메모해놓았다.

나중에 면도날을 찾아서 치워버리려고.

나는 엄마에 관한 여러 사실을 적어놓았다. 밤에 잠드는 시간, 어떨 때 돋보기안경이 번들거리는 콧잔등에서 미끄러지는지, 엄마가 아침으로 먹는 마조린 페이스트리 개수—이런 세세한 걸 전부 기록해놓았다. 나는 엄마가 어떻게 책임을 회피하는지, 이야기를 어떤 식으로 얼버무려 그럴듯하게 만드는지 안다.

내가 집에 가면 엄마가 이미 오래전에 죽은 친구들에게 전화를 걸어달라고 하기도 한다.

엄마는 레시피를 한 번 보고 외울 수 있는 사람이었다. 집집마다 어떤 차를 내놓는지도 기억했다. 요리할 때는 쳐다보지도 않고 손을 뻗어 양념병과 마살라를 잡았다.

엄마는 예전에 엄마의 부모님이 사시던 아파트에서 이웃의 메몬족 사람들이 바크라 이드* 기간에 발코니에서 염소를 잡을 때 어떤 식으로 했는지 기억했다. 자이나교도인 집주인은 질겁을 했지만, 머리카락이 철사 같은 무슬림 재단사가 엄마한테 녹슨 대야를 주면서 피를 받으라고 했단다. 엄마는 그때 느꼈던 쇠맛—붉게 물든 손가락을 핥았던 기억을 나에게 들려주었다.

"처음으로 맛본 육식이었지." 엄마가 말했다. 우리는 알란디의 강가에 앉아 있었다. 강에서 순례자들이 몸을 씻고 상을 당한 사람들은 재를 뿌렸다. 괴사한 피부 빛처럼 탁한 물이 눈에 보이지 않게 흘렀다. 엄마는 집에서, 외할머니한테서, 아버지와 관련된 이야기로부터 벗어나고 싶어했다. 우리가 아슈람**을 떠난 이후, 내가

---

* 이슬람교의 주요 축일인 이드알아드하를 인도에서는 바크라 이드라고도 부른다.

기숙학교로 보내지기 전 사이의 기간이었다. 엄마와 잠시 휴전을 하고 이제 힘든 날은 끝났다고 믿을 수 있었던 때였다. 엄마는 나한테 캄캄한 밤에 어디로 가는지 말하지 않았고 나는 우리가 탄 버스 앞에 붙어 있던 목적지를 읽을 줄 몰랐다. 엄마가 또 변덕을 부려 어딘가로 사라지려는 게 아닌가 하는 두려움에 뱃속이 부글거렸다. 하지만 버스에서 내린 다음에 우리는 강가에 앉았고, 해가 뜨자 물위에 둥둥 뜬 석유 막에 무지개가 생겼다. 날이 더워져서 집으로 돌아갔다. 나니와 나나***가 걱정으로 반 미쳐 있었는데, 엄마는 내내 우리가 사는 건물 경내에 있었다고 둘러댔다. 할아버지 할머니는 엄마의 말을 믿고 싶었기 때문에 믿었다. 건물 부지가 그 안에서 길을 잃을 만큼 큰 것도 아니니 터무니없는 말이었는데도. 엄마는 웃으면서 그 말을 했다. 엄마는 거짓말을 아주 쉽게 할 수 있었다.

엄마가 그렇게 거짓말을 잘한다는 것에 나는 깊은 인상을 받았다. 한동안은 이런 능력을 흉내내고 싶었다. 엄마의 자질 중에서 딱 하나 유용한 것인 듯싶었다. 할아버지 할머니는 경비원을 추궁했지만 경비원은 근무시간에 잘 때가 많아서 아무것도 확인해줄 수 없었다. 그래서 교착 상태에서, 저마다 거짓을 고수하며 자기한테 유리하게 생각하는 상태에서 멈췄다. 그뒤로도 그럴 때가 많았다. 나중에 할아버지 할머니에게 다시 질문을 받더라도 나는 엄마가 한 말을 반복했다. 그때 나는 이견異見이라는 게 뭔지 몰랐다.

** 영적 수행을 하는 인도의 수도원.

*** '나니'와 '나나'는 인도에서 각각 할머니와 할아버지를 이르는 말이다.

그때는 개처럼 순종적이었다.

가끔 나는 엄마가 아직 살아 있는데도 엄마를 과거시제로 이야기한다. 그 사실을 엄마가 기억할 수 있다면 엄마는 상처를 받을 것이다. 지금은 딜립이 엄마가 가장 좋아하는 사람이다. 딜립은 이상적인 사위다. 두 사람이 만나더라도 서로에 대한 기대 같은 것 때문에 주위 공기가 흐려지는 일이 없다. 딜립은 과거의 엄마를 모른다. 그래서 엄마를 지금 모습 그대로 받아들이고, 엄마가 자기 이름을 잊어도 기꺼이 다시 자기소개를 한다.

나도 그럴 수 있으면 좋겠지만, 내가 기억하는 엄마가 눈앞에 나타났다가 사라졌다가 하기 때문에 어쩔 수 없다. 배터리로 작동하는 인형이 고장난 것 같다. 인형이 움직이지 않는다. 마법이 깨졌다. 아이는 뭐가 진짜인지, 뭘 믿을 수 있는지 알 수 없다. 어쩌면 내내 그랬던 것도 같다. 아이는 울음을 터뜨린다.

인도에서도 네덜란드처럼 안락사가 합법이었으면 좋겠다. 환자의 존엄뿐 아니라, 관련 있는 모든 사람을 위해서.

나는 화를 낼 게 아니라 슬퍼해야 한다.

나는 아무도 곁에 없을 때 가끔 운다—엄마를 잃은 것을 슬퍼하지만, 아직 시신을 태우기에는 너무 이르다.

병원 벽에 걸려 있는 시계에 주의가 쏠린다. 시침이 1에 가 있다. 분침은 8과 9 사이에 있다. 삼십 분째 그 상태 그대로다. 시계는 무너져내려 다시 돌이킬 수 없는 시간의 사라져가는 흔적이다.

가장 사악한 부분은 초침이다. 마법사의 마법봉처럼, 시계에서 움직이는 유일한 부분이다. 앞으로만 가는 게 아니라 뒤로도 간다. 변덕스럽게 앞뒤로 움찔거린다.

내 배가 꾸륵거린다.

초침이 완전히 멈춰버리자 대기실에 있던 사람들이 들릴 정도로 크게 한숨을 내쉰다. 그렇지만 잠시 죽은 척한 것이었을 뿐 초침은 다시 움직이기 시작한다. 나는 쳐다보지 않겠다고 마음을 먹었지만 시곗바늘소리가 방안에서 메아리친다.

엄마를 쳐다본다. 엄마는 의자에 앉은 채 졸고 있다.

시계 소리가 내 몸을 타고 흐르며 심장박동을 바꾸어놓는 게 느껴진다. 똑딱이 아니다. 똑딱은 어디에나 있는 맥박이자 호흡이자 정식 단어이다. 똑딱에는 생물학적 울림이 있어서 그냥 내면화하고 무시할 수 있다. 그런데 이 소리는 똑똑똑 한 다음에 한참 조용하다가 다시 딱똑딱 하고 울린다.

엄마의 입이 종이봉지처럼 모양 없이 벌어진다.

물결무늬 창문 너머 일꾼들이 작은 책상 주위에 모여 국가대표 크리켓경기 중계를 듣는 모습이 보인다. 스피커에서 뿜어져나오는 영광의 순간을 만끽하며 환호한다. 초침소리 패턴이 다시 달라진다.

진찰실 안에서 우리는 다른 종류의 시계와 마주한다. 의사가 흰 종이에 시계를 그리고 숫자 자리는 빈칸으로 남겨둔다. “이걸 채워보세요, 미시즈 람바.” 의사가 엄마에게 말한다.

엄마는 의사의 손에서 샤프펜슬을 받아 1부터 적기 시작한다. 엄마가 15까지 쓰자 의사가 그만하라고 한다.

“오늘 며칠인지 말씀해줄 수 있어요?”

엄마는 나를 봤다가 다시 의사를 본다. 그러더니 대답삼아 어깨를 으쓱하는데 한쪽이 다른 쪽보다 더 높이 올라가고 어깨를 으쓱하는 동작과 움찔하는 경련 중간쯤으로 보인다. 엄마의 신체가 쇠퇴하는 징후는 하나같이 혐오스럽다. 나는 크림색 벽을 본다. 의사 자격증이 비뚜름하게 걸려 있다.

"올해가 몇년인지 아세요?"

엄마가 천천히 고개를 끄덕인다.

"일단 앞부분부터 시작해보세요." 의사가 말한다.

엄마가 입을 열자 입꼬리가 물고기처럼 아래로 처진다. "천구백……" 엄마가 연도를 말하기 시작했다가 시선을 멀리 보낸다.

의사가 고개를 갸웃한다. "이천몇년이라는 말씀이죠?"

엄마는 동의하며 무언가 대단한 성취라도 했다는 듯 뿌듯한 미소를 지으며 의사를 본다. 의사와 나는 서로 마주본다.

의사는 특별한 케이스인 경우에는 뇌척수액을 추출하지만, 어머니가 그런 경우인지는 아직 판단이 서지 않는다고 말한다. 대신 뇌 스캔을 하고 피검사를 하고 몸의 구멍과 샘들을 체크하고 감광판에 뇌의 지도를 전사한다. 그늘진 곳과 패턴을 분석하고 블랙홀을 찾는다. 어머니 뇌는 젊은 사람 뇌처럼 생겼어요, 의사가 말한다. 해야 할 일들을 제대로 하는 뇌요.

뇌가 해야 할 일이 뭐냐고 나는 묻는다. 뉴런을 쏘고 전류가 흐르고 그런 거요?

의사는 눈을 가늘게 뜨더니 대답하지 않는다. 턱 근육 때문에 얼굴이 각져 보이고 아래턱이 살짝 들어간 부정교합이다.

"하지만 엄마가 기억을 잃으시는데요." 내가 말한다.

"네, 그렇죠." 그가 말하는데 살짝 혀 짧은 소리가 난다. 의사는 종이를 새로 한 장 꺼내서 북슬북슬한 구름 모양을 그리는데 그게 뇌다. 펜을 종이에서 너무 일찍 떼는 바람에 둥근 선이 서로 이어지지 않아 구름이 새는 것처럼 보인다. "인지능력 저하가 기억상실과 성격 변화로 나타날 가능성이 있습니다. 지금까지 느낀 것과 크게 다르지 않을 거예요."

의사는 명확하게 다시 말한다. "그러니까, 따님이 느낀 거요. 어머니가 어느 정도 인지하시는지는 분명하지가 않고요."

의사는 연필로 시냅스 기능이 떨어져가는 영역, 뉴런이 죽어가는 영역을 표시한다. 깨끗했던 흰구름이 복잡해진다. 의사가 그림에서 잇지 않고 남겨둔 부분이 이제는 축복처럼, 숨을 쉴 구멍처럼 보인다. 신피질, 변연계, 피질 하부 등이 복잡한 선으로 그려진다. 나는 내 손을 깔고 앉는다.

해마가 기억을 저장하는 곳인데 이 병에 걸리면 금고가 비워지는 꼴이라고 한다. 장기기억은 형성되지 않고 단기기억은 공기 중으로 흩어진다. 현재는 덧없는 것이 되고 잠시 뒤에는 일어나지 않았던 일이 되고 만다. 해마가 약해질수록 공간도 다르게, 왜곡되어 보일 수 있다.

"혹시 어머니가 머리에 큰 충격을 받으신 일이 있나요? 아니면 독성물질에 오래 노출되신 적은 없습니까? 중금속 같은 거요. 가족 중에 기억에 문제가 있던 사람이 없었습니까? 혹시 면역 이상은요? 조심스럽지만 HIV와 에이즈 가능성에 대해서도 이야기해봐야겠고요."

답할 새도 없이 질문들이 쏟아진다. 내가 뭐라고 대답하느냐는 사실상 별 의미가 없음을 깨닫는다. 원인을 꼼꼼히 따져보건 말건 진찰실에서 오간 이야기가 달라지지는 않는다. 엄마 삶의 이력이 어떻든 진단 결과에는 아무 영향을 주지 않는다.

구불구불한 구름 모양 안에 의사가 별표를 그린다. 그 옆에 '아밀로이드 플라크'라고 적는다. 아밀로이드 플라크란 알츠하이머 환자의 뇌에 흔히 나타나는 단백질 덩어리다.

"뇌스캔에서 그런 게 나왔나요?" 내가 묻는다.

"아뇨." 의사가 말한다. "아직은요. 하지만 어머니가 기억을 잃고 계시니."

나는 어떻게 그런 일이 일어나는지 이해가 안 된다고 말하고, 의사는 그 말에 대답하는 대신 시중에 나와 있는 약을 열거한다. 도네페질이 가장 흔히 먹는 약이라고 한다. 그 이름에 동그라미를 세 번 친다.

"어떤 부작용이 있나요?"

"고혈압, 두통, 소화불량, 우울감 그런 거요." 의사는 기억을 더듬는 듯 천장을 보고 눈을 가늘게 뜬다. 그림상으로는 아밀로이드 플라크가 그다지 나쁘게 보이지 않는다. 얽힌 털실 가닥처럼 신비스럽게 보이기도 한다. 나는 그 말을 입 밖에 내고는 바로 후회한다.

"어머니가 뜨개질을 하시나요?" 의사가 묻는다.

"아뇨. 가정적인 것은 전부 싫어하세요. 요리 빼고. 요리는 기차게 잘하시죠."

"흠, 그건 좀 안타깝네요. 요리법은 정확히 따르기 어렵죠. 뜨개질 같은 경우에는 손에 익으면 뇌의 어떤 부분을 거치지 않고도 저절로 될 수 있지만요."

나는 어깨를 으쓱한다. "한번 해보시라고 할게요. 엄마가 싫어하실 테지만."

"지금은 어떤 것도 확실하게 말할 수가 없어요. 내일 아침에는 또 전혀 다른 분이 되어 있을 수도 있고요." 의사가 말한다.

진찰실에서 나가려는데 의사가 혹시 비나이 람바 박사와 인척관계냐고 묻는다. 뭄바이 중요 병원에 있는 권위 있는 의사라면서. 내가 아니라고 하자 실망한 듯, 안됐다는 듯한 표정을 짓는다. 관계가 있다고 했더라면 좋았을까 하는 생각이 든다.

"어머니가 누구하고 같이, 남편이나 아들하고 같이 사시나요?"

"아뇨. 혼자 살아요. 지금은." 내가 말한다.

"손톱 물어뜯지 마라." 엄마가 집에 가는 길에 말한다.

오른손을 운전대에 다시 올려놓고 꽉 쥐지 않으려고 신경을 집중하고 있는데 어느새 왼손이 저절로 입으로 간다.

"손톱 물어뜯는 게 아니라 큐티클을 뜯는 거야."

엄마는 뭘 물어뜯든 그게 중요한 게 아니라 손을 가지고 그렇게 많은 일을 하면서 손이 그 모양 그 꼴이라니 부끄러운 일이라고 한다. 가는 길 내내 엄마는 무어라 떠들고 나는 아무 말도 하지 않는다. 나는 엄마가 말하는 내용보다 말하는 방식에 귀를 기울이며 말의 리듬, 하려는 말이 나오지 않을 때의 망설임, 말실수, 헷갈릴 때 그걸 감추려고 도리어 상대를 나무라려는 태도를 간파한다. 엄마는 미안하다고 하고, 내 실수는 내 탓이라고 말하고, 고맙다고 하더니 한숨을 쉬면서 관자놀이를 문지른다. 입 안쪽 치아 두 개가 없는 자리에 입술이 움푹 들어가 있고 뭔가 씁쓸한 걸 먹은 표정이다.

나는 누구에게 하는 말이냐고 묻지만 엄마는 대답하지 않는다. 나는 혹시나 해서 뒷좌석을 흘긋 본다.

엄마 아파트로 와서 차와 다이제스티브 비스킷을 먹는다. 엄마가 가장 좋아하는 비스킷이고 오늘은 힘든 날이었으니까. 나는 카슈타에게 목구멍이 간질거린다고, 생강을 꿀에 섞어달라고 말한다. 내가 지시를 하는 동안 엄마는 말이 없다.

"생 강황도 넣어." 엄마가 잠시 뒤에 말한다. "아주 조금, 아기 포피 정도 크기면 돼."

엄마는 그 말을 하면서 가운뎃손가락 끝에 엄지손가락을 짚어 정확한 양을 표시해 보인다. 그러더니 찻잔을 내려다보면서 찻잔 안 창공에 숟가락으로 타원을 그린다.

"포피가 어쩌고 그런 말은 좀 하지 마." 내가 비스킷을 반으로 쪼개며 말한다.

"포피가 뭐 어때서? 내숭 떨기는." 엄마는 나를 모욕하는 방법만은 잊지 않고 잘 기억한다.

엄마 집은 뒤죽박죽이다. 나는 소금통 세 개를 하나로 통합한다. 4인용 식탁 위에 읽지 않은 신문이 차곡차곡 쌓여 있다. 엄마는 안 버릴 거라고, 언젠가는 읽을 거라고 말한다.

나는 시장에서 사온 녹두 한 봉지를 금속 쟁반 위에 쏟고 돌을 고른다. 카슈타가 자기가 하겠다고 쟁반을 가져가려 하지만 나는 카슈타를 밀어낸다. 돌을 다 고른 다음에는 녹두를 색깔별로 분류한다. 국방색, 회색, 누런색. 엄마는 내가 나누어놓은 무더기를 보고 고개를 절레절레 젓는다. 나는 손마디를 뚝 꺾은 다음 계속 분류한다. 밥솥 안에 들어가면 다 똑같다는 건 알지만 일단 시작하고 나니 색깔 차이가 계속 눈에 들어와서 멈출 수가 없다. 콩들이 전부 있어야 할 곳에, 색을 맞추어, 자기 식구들에게 둘러싸여 있게 될 때까지 계속할 수밖에 없다.

엄마는 소파 위에서 낮잠을 잔다. 한순간 엄마가 죽으면 어떤 모습일지 상상이 된다. 얼굴이 축 늘어지고 폐에서 숨이 빠져나갔을 때의 모습. 엄마 주위에는 물건들, 종잇조각들, 몇 년 동안 만나지 않은 사람들의 얼굴이 든 사진 액자가 있다. 그 가운데에서 엄마 몸이 죽은 듯 쓸쓸하게 보인다. 사람은 세상에서 어떤 역할을 연기할 때만 활력을 유지할 수 있는 걸까, 지켜보는 사람들의 압력이 꾸역꾸역 피가 돌게 밀어올리는 걸까 궁금해진다. 아무도 보고 있지 않을 때는 무너져내리기가 너무 쉽다.

내가 전에 쓰던 방은 남의 살을 덧댄 것처럼 아파트에서 혼자 동떨어진 모습이다. 내가 만들어둔 어떤 질서, 아직 엄마가 무너뜨리지 못한 균형 같은 게 남아 있다. 벽에는 흑백 얼굴 스케치를 넣은 똑같은 액자가 5센티미터씩 간격을 두고 걸려 있다. 침대가 정돈되어 있는데 시트에 주름이 있길래 손으로 펴려고 쓸어보지만 다림질로 생긴 주름이라 사라지지 않는다.

선거가 끝난 이래로 엄마는 텔레비전에 새 총리가 나올 때마다 소리를 지른다. 총리는 힌두 신의 현신이기라도 한 것처럼 사프란색* 망토를 두른다. 항상 같은 자리가 접히도록 멋지게 주름이 잡

* 힌두 민족주의의 상징색.

혀 있다. 총리 때문이라고 엄마는 말한다. 자기가 진정한 사랑을 만나지 못한 게.

나는 어둠 속에서 눈을 뜬다. 전화기에 딜럽이 건 부재중 전화가 열 통쯤 와 있다. 거실에서 불빛이 깜박거린다. 엄마가 텔레비전을 소리가 나지 않게 켜놓고 움직이는 입 모양을 보고 있는 모양이다.

하늘은 캄캄하지만 15킬로미터 떨어진 곳에 있는 산업단지에서 동이 트기 전부터 분홍색 빛이 나온다. 거실로 나와보니 소파에 엄마가 없다. 처음에는 망사 커튼 뒤에서 창문에 몸을 기대고 서 있는 엄마가 안 보인다. 회색과 흰색 페이즐리 무늬가 있는 얇은 커튼이 엄마의 몸 일부를 뒤덮고 그림자를 드리웠다. 얇은 천을 통해 엄마 견갑골 위에 있는 타원 모양의 짙은 색 점이 보인다. 등판 위의 과녁. 마치 숨이 멈춘 것처럼 상체가 전혀 움직이지 않는다.

엄마는 벌거벗은 채 유리에 비친 자기 모습을 보려고 한 걸음 뒤로 물러선다. 자기 옆에 나타나는 내 모습을 보고, 양쪽의 차이를 모르겠다는 듯 다시 자기를 봤다가 나를 봤다가 한다. 극과 극이 서로 닮는 일이 종종 일어난다.

내가 팔꿈치를 건드리자 엄마는 움찔한다. 그러더니 리모컨으로 침묵시킨 텔레비전 화면 속 남자를 가리킨다.

"너도 한통속이지." 엄마가 속삭인다.

"엄마." 나는 엄마를 진정시키고 창문에서 떨어뜨리려 하지만 엄마는 뒤로 물러서며 들짐승 같은 이글이글한 눈으로 쳐다본다. 내 얼굴을 알아보는 것 같지 않다. 엄마는 곧 정신을 차리지만, 순간 나타난 그 표정 때문에 나는 가슴이 철렁한다. 엄마는 내가 누구인지 몰랐고 그 순간 나는 아무도 아니었다.

엄마를 달래 침대에 눕히고 의사에게 전화를 건다. 의사 목소리는 퉁명스럽다. 어떻게 번호를 알았냐고 묻는다. 갑자기 전화통화에서 은밀한 느낌이 든다. 내가 선을 넘은 것 같아서. 아마 아내가 잠에서 깨어 옆에 누워 있을 것이다. 나는 두 사람이 어떤 옷을 입고 잠이 드는지, 밤이 깊어가며 옷이 어떻게 벗겨질지 상상한다. 가랑이가 축축해지는 게 느껴진다.

"엄마가 한순간 날 못 알아봤어요." 내가 말한다.

"그럴 수 있어요. 그런 일들에 익숙해져야 해요." 발음이 분명하지 않고 짜증이 묻어나는 목소리이고 나는 시험에 떨어진 것 같은 기분이다.

나는 종일 이 생각 저 생각을 해본다. 과학에 흥미가 있었던 적은 없지만 전문용어의 홍수에 몸을 맡겨본다.

엄마가 먹는 약의 화학성분을 찾아본다. 육각형이 우아하게 연결되어 있고 염화수소 분자 하나가 꼬리처럼 달려 있다. 나는 동물실험 결과와 쥐의 두개골을 열어 뇌활동을 기록한 도표를 찾아낸다. 엄마가 먹는 작은 알약은 아세틸콜린이라는 신경전달물질을 분해하는 콜린에스테라아제 효소를 억제한다. 그럼으로써 병의 진행과정에서 나타나는 증상을 완화한다.

아세틸콜린이 신체에 쌓이면 유해하다.

아세틸콜린은 살충제나 신경가스라고 흔히 불리는 화학작용제에 함유된 물질이다.

어떤 약이든 조금 먹었을 때는 만병통치약이 될 수 있다. 양이 많아지면 치명적이다.

다른 창을 또 연다. 헬리코박터 파일로리는 과도하게 증식하면 위궤양과 위암을 일으키지만 또 어린아이 몸안에 이 균이 전혀 없으면 천식 확률이 높아진다.

적절한 정도일 때 편안한 상태라면 좋을 텐데.

부작용 목록이 의사가 말한 것보다 길다. 의사에게 다시 전화를 걸고 싶지만 한편 겁이 난다. 의사와 관계가 불편한 상태다. 그걸 관계라고 부를 수는 있나? 나는 이 문제를 두고 너무 오래 생각하지 않으려고 자제한다.

도네페질을 저주하려는 목적으로 개설된 게시판이 있다. 열거된 여러 불만 가운데 효과가 없다는 말도 있다. 대신 크릴오일이 뇌 건강에 좋다고 추천하는 사람이 많다. 크릴은 필라멘트만큼 가는 다리로 움직이는 극미한 갑각류 동물인데 뭔가 완벽한 점이 있다고 한다. 크릴이 생선보다 좋다고, 도표를 들어가며 설명한다. 뇌가 크릴오일의 인지질을 더 좋아한다고.

나는 인지질의 구조와 화학식을 공책에 옮겨 적는다. 하지만 내 그림은 원본하고 다르게 분자라기보다 크릴새우처럼 보인다. 에틸 에스테르가 얇은 외골격이고 지방산 세 개는 흔들리는 다리 같다. 크릴오일을 사려고 시도하는데 인도 세관에서 통관이 지연되더라도 판매자는 책임지지 않는다는 경고가 뜬다.

크릴오일은 빛에 민감하고 고온에서 쉽게 변질된다는 것도 알려준다.

내 남편 딜립은 미국에 살다 와서 로티를 두 손으로 찢어 먹는다.* 몇 년 전 딜립이 직장 때문에 푸네로 오면서 우리가 만나게 됐다. 미국에서 푸네로 온 건 일종의 좌천이었지만 딜립이 노스 메인 로드에 있는 독일 빵집에서 처음 나에게 말을 걸었을 때는 그런 말은 하지 않았다. 나는 그 카페에 누구 다른 손님이 있을 거란 생각을 하지 않았다. 일요일 아침이기도 했고 2010년 그곳에서 폭탄이 터진 뒤로는 찾는 사람이 별로 없었기 때문이다.

나는 노트북을 가지고 가서 빨간 플라스틱 의자에 앉았는데 딜립이 내 옆 테이블에 앉았다. 딜립이 나를 보며 웃었다. 치아가 하얀 타일처럼 가지런했다. 딜립이 나한테 와이파이 패스워드를 아

* 로티는 토르티야와 비슷한 빵. 인도에서는 식사할 때 주로 오른손만 쓴다.

냐고 묻더니 커피 한 잔 사줄까 물었다. 나는 커피를 마시면 가슴이 두근거리고 배에 가스가 찰 때도 있다고 말했다. 딜립이 나한테 무슨 작업을 하느냐고 물었는데, 내 그림 이야기는 별로 하고 싶지 않았지만 한편 예술가는 낯선 사람과 비밀을 공유하기를 두려워하면 안 된다는 생각도 들었다.

딜립은 숨을 들이마시며 귀를 기울였고 몸을 앞으로 내밀었다. 빨간 플라스틱 의자가 딜립의 몸 아래에서 삐걱거렸고 딜립의 다리가 예각으로 구부러졌다. 우리는 잠시 서로 마주보았고 딜립이 주말에 밥 먹으러 가지 않겠냐고 물었다. 나는 '밥'이라는 말에 눈을 끔벅였는데 잠시 뒤에 그게 식사를 같이 하자는 뜻이라는 걸 깨달았다. (그뒤로 딜립 특유의 말투를 많이 알게 되었다.)

딜립이 아슈람 앞길에 있는 레스토랑 중에 아는 데가 있냐고 물었다.

"네, 어릴 적에 아슈람에서 산 적이 있어요. 그 동네 잘 알아요." 내가 말했다.

데이트는 즐거웠다. 우리는 익혀서 접시에 새 둥지 모양으로 담은 스파게티를 나눠 먹었다. 녹색 바질잎이 가장자리에 박혀 있고 가운데에 빨간색과 노란색 구운 방울토마토가 아직 부화하지 않은 알처럼 놓여 있었다. 환하게 불빛이 켜진 마당에 커다란 바니안나무가 그늘을 드리워 사람들 얼굴이 흐릿하게 보였다. 우리는 구석에 감춰진 테이블에 앉았는데 불륜 커플에게 완벽한 자리겠다 싶었다. 이 정도로 완벽한 곳이 있으니 한 글자만으로도 충분히 의사소통을 할 수 있을 것 같았다. 만날 시간을 뜻하는 숫자를 보낸다든가. 장소는 정할 필요도 없이 계속 같은 곳에서 만나면 되니까.

내가 이런 생각을 여과 없이 입 밖에 냈더니 딜립이 재미있고 심지어 창의적이라면서 이야기 만드는 걸 좋아하냐고 물었다. "의사소통을 최대한 효율적으로 하는 데 관심이 있죠." 내가 말했다. 나는 우리가 지금 데이트를 하는 거냐고 묻고 싶었다. 나는 친구나 혹은 친구를 통해 만난 사람하고 종종 잤고 그러면서 친구와 연인의 중간쯤 상태를 유지했는데 다만 레스토랑 식사나 누가 돈을 낼 것인가 하는 문제가 끼어든 적은 한 번도 없었다.

딜립은 그 일을 다르게 이야기한다. 어쩌면 모음을 둥글게 발음하고 단어를 뭉개는 딜립의 목소리로 들어서 다르게 느껴지는 것일 수도 있지만. 딜립은 나를 처음 봤을 때의 감정을 묘사하며 내가 보헤미안 예술가처럼 보였고 물감 얼룩이 묻은 티셔츠를 입고 있었다고 기억한다. 그건 사실이 아니다. 나는 작업실에서 입는 옷과 밖에서 입는 옷을 철저히 구분한다. 그리고 물감으로 그림을 그리지도 않는다.

딜립은 과장을 좋아한다. 자기 여동생이 아름답다고 말하는데 사실은 전혀 그렇지 않다. 또 그런 말을 들을 자격이 없는 사람을 좋은 사람이라고 부른다. 딜립이 아름답고 좋은 사람이라 그런다고 나는 생각한다. 딜립은 또 미국에 친구가 수백만 명 있는 것처럼 말하는데 우리 결혼식 때 푸네에 온 사람은 넷뿐이었다. 그렇다고 섭섭했다는 건 아니다. 우리 결혼식은 내가 우겨서 이틀 만에 끝냈다. 딜립의 어머니는 여기까지 오느라 고생한 것에 비해 너무 짧다고 불만이었지만. 딜립의 부모님과 동생이 친척 댓 명과 함께 미국에서 건너왔다. 우리 외할머니는 미국에서 온 구자라트인 하객행렬이 초라하다고 한마디했다.

결혼 준비 기간에 딜립의 어머니가 점성술사에게 내 생일과 생시를 알려주고 아들과 별자리 궁합이 잘 맞는지 알아보았다. 그런데 사실은 오래전 엄마와 내가 집 없이 떠돌아다니던 와중에 내 출생증명서가 사라졌는데, 공식 출생기록을 찾아보기는 귀찮아서 대략 그럴듯하게 생시를 만들어냈다.

"어두울 때였어." 엄마가 말했다.

"그러면 새벽 아니면 한밤중이었겠네." 내가 대답했다.

우리는 딜립의 어머니에게 내가 저녁 여덟시 이십삼분에, 군용시간으로는 2023시에 태어났다고 말했다. 0이나 5로 끝나는 수는 지어낸 것처럼 보일 것 같아서 23이라고 했다. 결혼식 넉 달 전에 딜립의 어머니가 우리집으로 전화를 했다.

"판디트*하고 이야기했는데 아주 걱정스럽다고 한다."

나의 출생차트가 나왔다고 했다. 내가 태어난 순간의 천체의 배치를 나타내는 그림이다. 붉은 행성인 망갈이 결혼을 뜻하는 영역 안에 위태로이 떡하니 자리잡고 있었다.

"너는 망글릭이야. 너 같은 사람들을 그렇게 불러." 시어머니가 말했는데 통화 상태가 좋지 않아 그다음에 이어진 비난은 잘 못 들었다. 대략 내가 당신 아들하고 결혼하면 내 불의 에너지가 아들을 죽일 거라는 이야기였다. 나는 잠시 말없이 들으면서 이게 결혼을 무르려는 핑계일까 생각했다. 딜립이 어머니한테 전화로 약혼을 깨라고 시킨 걸까? 딜립 어머니의 숨소리, 수화기 가까이에서 축

* 힌두교의 스승.

축한 입술을 벌렸다 오므리는 소리가 들렸다. 어쩌면 내가 사과하기를 기다리는지도 몰랐다. 나는 사과하지 않았다.

"걱정 마." 침묵이 길어져 불편할 지경이 되자 시어머니가 이렇게 말했다. "판디트가 방법이 있대."

다음날 판디트가 우리집에 찾아왔다. 우리 시어머니의 판디트는 아니고 상황을 바로잡기 위해 대신 파견된 이 지역 사람이었다.

"뭐하는 거예요?" 엄마가 판디트가 아파트 바닥에 돗자리를 까는 걸 보며 물었다.

"화성의 기운이 너무 많아요. 남편한테 좋지 않아요." 판디트가 말했다.

"말도 안 되는 미신이에요." 엄마가 판디트의 손에서 향 막대를 하나 뽑더니 판디트의 머리 주위에서 흔들었다.

판디트는 굴하지 않고 자기 할일을 했다. 먼저 금속 쟁반 위에 과일을 늘어놓았다. 다음에는 꽃. 우유. 사리와 자수가 놓인 붉은 천도 꺼냈다. 이후 토기를 놓고 그 앞에 앉아서 기 버터*, 나무토막, 신문으로 불을 붙였다.

여름날의 나른한 기운이 내려앉은 아파트가 압력솥처럼 푹푹 쪘다. 재채기를 했더니 시커먼 콧물덩어리가 손바닥에 얹혔다. 종양처럼 끈적하고 피가 묻어 있었다. 나쁜 조짐처럼 느껴져서 튜닉 아래 살에 문질러 닦았다. 판디트는 나무토막 몇 개 위에 붉은색과 주황색 천을 겹쳐 얹었다. 손을 빠르게 움직여 쌀알로 만卍자를 그리고는 우주의 행성을 뜻한다는 빈랑나무 열매를 여기저기에 올려

* 인도식 버터.

놓더니 내가 알아들을 수 없는 말로 축복했다.

나는 청동 조상 네 개 앞에 앉았다. 10센티미터 정도밖에 안 되는 작은 조상이 몸에 천을 두르고 목에 화환을 걸고 있었다.

"오늘, 이게 당신 남편입니다." 판디트가 말했다.

나는 신상을 보았다. 얼굴이 다 비슷비슷하게 생겼는데 코끼리 얼굴의 가네샤만은 상아가 구부러져 웃는 얼굴이었다.

"네? 전부요?"

"아니, 이것만요. 비슈누요." 판디트가 미소를 지었다. "비슈누가 먼저 당신과 혼인해 나쁜 에너지를 흡수할 겁니다. 다음 남편이 고통을 받지 않도록요."

비슈누는 매부리코에 턱은 짧아서 성격이 섬세해 보였다.

"꼭 해야 해요?" 내가 판디트에게 물었다. "그냥 했다고 치면 안 되고요?"

판디트는 대답하지 않았다.

예식은 길었다. 몇 달 뒤에 내가 딜립과 치를 예식보다 길었고 기도문을 많이 읊었다. 나는 작은 신을 팔에 안고 움직이지 않는 얼굴을 보면서 불 주위를 돌았다. 내 목에 단순한 디자인의 망갈수트라 목걸이를 걸고 가르마에 붉은색 신두를 발라 결혼한 여자라는 표시를 했다.* 예식이 끝난 다음에는 목걸이를 잡아뜯고 가르마의 붉은 가루는 이마에 문질렀다.

"결혼하고 이혼했습니다." 판디트가 말했다. 나는 거울을 보았

* 망갈수트라는 힌두교 예식에서 신랑이 신부에게 걸어주는 목걸이, 신두는 여성의 가르마에 발라 결혼했음을 표시하는 붉은색 화장분을 가리킨다.

다. 목걸이 후크가 피부 위에 자국을 남겼다. 얼굴에는 붉은 가루가 점점이 튀어 있었다. 상당히 과격한 일이었다. 판디트가 내 손을 잡고 악수를 했다. 그런 다음 기부금과 차 한 잔을 달라고 했다.

결혼식 한 달 전에, 딜립과 같이 차로 네 시간 거리 뭄바이공항으로 딜립의 어머니를 모시러 갔다. 딜립이 운전사를 고용하고 어머니의 짐을 다 실을 수 있도록 널찍하고 에어컨이 잘 나오는 이노바 자동차를 빌렸다. 우리가 도착했을 때 어머니는 공항 건물 밖에 짐꾼 한 명을 데리고 서서 안내책자로 부채질을 하면서 택시 운전사들을 물리치고 있었다. 딜립의 어머니는 키가 큰 사람은 아니었으나 상당한 공간을 차지하고 서서 지나가는 행인들을 팔꿈치로 밀쳐대며 다리를 벌려 길을 가로막았다. 비치모자, 샌들, 바지, 티셔츠까지 모두 같은 톤의 분홍색이었다. 아들이 눈에 들어오기 전까지는 어머니 표정이 험악했다. 그러다 우리 쪽을 보고는 비치모자가 살짝 기울어질 정도로 격하게 손을 흔들었다.

"인도에 온 게 십 년 만이야!" 어머니의 첫마디였다. 자동차가 수려한 서고츠산맥을 넘어 달리는 내내 어머니는 졸지도 않고 고속도로 주위에 쓰레깃더미가 나타날 때마다 손가락질하며 고개를 절레절레 흔들었다. 나는 딜립 어머니에게 몬순 기간에는 언덕이 비와 안개에 촉촉이 젖어 무척 아름답다고 말했다. 지금 여름하늘은 멋없고 눈부시기만 한 흰색이지만. 어머니는 안 믿는 것 같았고 요금소를 통과할 때마다 불신감이 더욱 커지는 것 같았다. 어머니는 요금소가 차의 평균 높이나 사람 팔의 평균 길이를 고려하지 않고 지어졌다고 지적했다. 그래서 요금소 직원에게 돈을 전해주는 사람이 두 명 필요했다.

"이 나라는 정말." 어머니가 한숨을 쉬었다. "그러면 일자리는 많이 생기겠네. 한 사람이면 되는 일을 세 사람이 하니까."

푸네에 가까워져 화려한 색채의 입간판으로 장식된 넓은 고속도로에서 나와 작은 상점이 길가에 늘어선 좁은 길로 들어섰다. 모텔, 식당, 자전거 가게가 드문드문 있었다. 신호에 걸려 멈춰 기다리는데 어린 남자아이 둘이 근처 슬럼 가건물에서 나왔다. 두 아이는 눈을 비비고 하품을 하면서 쭈그려앉았다.

"맙소사." 딜럽의 어머니가 말했다. "재들 좀 봐라. 집 뒤로 갈 것이지? 저기 화장실 팻말이 있는데."

나는 화장실이 쓸 만한 상태가 아니어서 그럴 거란 생각을 했지만 아무 말도 하지 않고 우리 앞에 있는 차가 움직이기만을 기다렸다. 하지만 차는 꿈쩍도 안 했고 다른 아이 하나가 더 나와서 갓돌 가까운 쪽에 쭈그려앉았다.

"왜 저런다니." 어머니가 소리를 쳤다.

"내버려두세요." 딜럽이 웃으며 말했다.

"창피한 걸 모르고." 어머니는 가방에서 전화기를 꺼내서 동영상을 찍기 시작했다. 나는 팔짱을 낀 채 속으로 아이들이 모르길 빌었으나 셋이 동시에 벌떡 일어나 우리 차를 쳐다보는 걸 보고 알아차렸음을 알았다.

다행스럽게도 신호가 바뀌었다. 차가 움직이기 시작하자 딜럽의 어머니는 웃음을 터뜨렸고 집에 가는 내내 동영상을 돌려 봤다. 나는 어머니 관심을 다른 데로 끌려고 했다. 푸네에는 처음이시라고 하니 군부대가 있는 넓은 녹지를 가리켜 보이고 오래된 바니안나무 아래를 지나갈 때는 짙은 그늘에 주의를 끌었다. 푸네는 내륙에 있어 공기가 건조하고, 겨울에는 춥고 여름에는 먼지가 많기는 하지만 뭄바이처럼 축축하고 불쾌지수가 높을 때는 없다고 했다. 우리가 가볼 만한 곳들도 읊었다. 역사적 건물로는 페슈와왕조의 궁이었던 샤니와르 와다 요새가 있고, 작지만 아름다운 시바 사원이 있고, 단것이 당긴다면 중심가에 내가 가장 좋아하는 사탕 가게가 있다고 했다. 우리 결혼식과 피로연이 열릴 푸네 클럽 앞을 지나갈 때는 여기에서 결혼할 수 있다는 게 나한테는 얼마나 큰 의미인지 설명하면서 깊은 인상을 주려고 했다. 우리 조부모님이 사십 년 동안 이 클럽 멤버였으며, 어머니는 관심이 없지만 딜립과 나도 곧 멤버가 될 수 있을 거라고 했다. 또 우리가 일요일 늦은 오후 수영을 마치고 맥주를 마시며 처음으로 결혼 이야기를 나눈 곳도 여기였다. 이곳에 얽힌 다른 기억은 언급하지 않았다. 회원만 들어갈 수 있는 클럽 입구 밖에 거지처럼 앉아 있었던 기억이라든가. 어떤 것들은 일단 결혼식을 치른 뒤로 미루는 편이 나았다.

딜립의 어머니는 안쪽을 들여다보고 고개를 끄덕이더니 보일 듯 말 듯한 미소를 지었다. "영국인들이 건물을 예쁘게 지었지."

결혼식 전 몇 주는 여름 중에서도 가장 더운 기간이었다. 용감한 사람만이 감히 밖으로 나갈 엄두를 냈다. 소고 개고 사람이고 거리에서 픽픽 쓰러졌다. 바퀴벌레들이 조의를 표하러 왔다. 시어머니와 딜립이 점심을 먹으러 우리 아파트에 온 날은 그중에서도 특히 더운 날이었다. 나는 나쁜 인상을 주고 있는 푸네를 저주했다. 푸네의 불쾌한 점들, 전에는 의식도 못했던 것들이 다 내 책임인 것 같았다. 날씨는 그냥 더운 정도가 아니라 참을 수 없을 정도였다. 공기는 그냥 답답한 게 아니라 숨을 쉴 수 없을 지경이었다. 딜립의 기준과 취향에 맞추다보니 나도 우리 일상의 평범한 결함과 장애에 전보다 민감해진 것 같았는데, 딜립의 어머니가 오자 딜립은 사실 여기 살면서 여러 불편에 상당히 무뎌진 상태라는 걸 알게 되었다. 나는 흠이 될 만한 것이 나타날 때마다 초조해하면서 한편으로는 어떤 결함이 도시의 매력을 배가해주지는 않을까 극도로 예민하게 의식했다. 내가 사는 곳을, 나 자신을 어찌나 다르게 꾸며서 보여주고 싶던지. 그런데 어떻게 꾸미는 게 적절하고 어떤 건 아닌지 내가 알 수나 있었을까?

딜립과 어머니는 코코넛 워터와 새콤한 님부 파니*를 마셨다. 딜립과 어머니는 내가 지난주 내내 엄마와 사는 아파트를 청소했다는 사실은 까맣게 몰랐다. 표면이 울퉁불퉁해진 벽에 페인트를 다시 칠하고 깨진 거울은 치우고 찢어진 소파 커버를 기웠다.

시어머니는 독특한 색의 옷을 입는 걸 좋아했고 또 모자를 좋아했다. 딜립과 어머니가 집안으로 들어올 때 엄마는 웃음을 감췄고 내가 보기에도 시어머니 될 분의 의상이 과하다 싶었다. 시어머니가 취향이 탁월하거나 고급스러운 사람도 아닌데도 푸네를 못마땅해하면 나는 상처를 받았다.

점심을 먹고 우리집 작은 발코니에 앉아서 결혼식 준비를 의논했다. 이웃 사람들도 층층이 위로 쌓인 상자처럼 보이는 발코니에 나와 있는 시간이었다. 이웃 사람들은 팔을 흔들어 비둘기와 까마

* 인도식 레모네이드.

귀를 쫓고 오후 햇볕에 널어놓은 빨래가 다 말랐는지 만져보았다.

얼굴에 땀방울이 솟았다. 세 층 아래 길 위에 있는 어떤 여자의 머리가 보였다. 정수리 쪽은 휑하고 희끗한 머리카락을 땋아 머리 둘레에 둘렀다. 여자가 갈대를 묶어 만든 빗자루로 길바닥을 쓰는 소리가 들렸다. 나뭇잎과 흙이 부스스 일었다 떨어지고, 부스스 일었다 떨어지며 이전과 조금 다른 모습으로 바뀌었다. 공기 중에 연기가 퍼지고 석유와 쓰레기 타는 냄새가 풍겼지만 우리는 집안으로 들어가지 않았다. 근처 철로로 기차가 지나갈 때마다 낮은 경적 소리가 울리는 바깥에 비해 아파트 안이 상대적으로 조용했다.

나는 뿌연 하늘을 올려다보며 만족감을 느끼려고 해보았다. 오래 살아온 집을 이제 떠날 수 있게 되었다는 사실에서. 딜립을 쳐다보았다. 딜립은 잘생기고 키가 크고 외국에서 자란 티가 났다. 야구모자, 세련된 매너, 수년간 미국 유제품을 섭취한 결과. 딜립은 몰랐지만 딜립이 나를 구해내는 거였다. 우리 엄마가 뭐라고 말하자 딜립이 활짝 웃었고 청소년기에 교정기로 바로잡은 가지런한 이 서른두 개가 전부 보였다.

나중에 달콤한 우유 라브리*를 먹다가 시어머니가 우리 엄마에게 말했다. "타라 님. 판디트가 예식에 관해 의논하고 싶어해요. 어머니 대신에 식장에서 신부를 인도해줄 친척이, 적당한 부부가 있는지 물어보네요."

"없어요." 엄마가 말했다. "사촌은 있지만요. 나 혼자서도 잘할 수 있어요."

* 우유를 낮은 온도로 오래 끓이고 설탕, 향신료, 견과류 등을 첨가한 디저트.

딜립의 어머니는 입을 열었다가 다시 닫으며 공기를 여러 차례 들이마셨다가 내뱉은 다음에 다시 말을 했다. 어머니의 버릇이었다. 마치 말을 밖에 내보내기 전에 인공호흡이 좀 필요한 것 같았다. "어머니가 미망인이신 경우에는 예식 때 보통 다른 친척이 그 부분을 대신하죠."

"하지만 전 미망인이 아닌데요." 엄마가 말했다.

딜립의 어머니가 숟가락을 내려놓았다. 입이 벌어졌다가 다시 닫혔다. 그러더니 마치 앞에 있는 무언가에 불이 붙기라도 한 듯 소리 내어 숨을 들이마셨다가 내쉬었다. 우리는 다 같이 딜립을 쳐다보았다. 딜립은 디저트를 더 먹으려고 덜면서 테이블 위에 크림을 흘리고 있었다.

"그래야 이러쿵저러쿵 말이 없을 거라." 나중에 우리끼리 남았을 때 딜립이 말했다. "미국에 사는 인도인들은 보수적이야. 너희 부모님이 이혼했다고 말하기가 좀 그래서."

나는 학교에서 돌아와 엄마 아파트 발코니에서 떠돌이 개를 보곤 했다. 떠돌이 개들은 보통 게으르고 앞발을 다쳤거나 귀가 물어뜯겨 있고 모여서 늘어져 있다가 차와 릭샤를 피할 때나 제 어미나 누이들을 올라탈 때만 움직였다. 그게 내가 두번째로 본 섹스였을 것이다. 남색 교복을 입고 발코니에 앉아 아래에서 펼쳐지는 광경을 봤는데 사실 싸움인지 교미인지 구분하기는 어려웠다. 가끔 다른 떠돌이 개가 이 개들 영역으로 들어오면 싸움이 벌어졌다. 큰 소리로 으르렁거리거나 가지를 밟아 부러뜨리면서 싸움을 시작하는데, 한밤중 모기장 아래에서 자고 있어야 할 시간에 나는 개들의 전투의 함성을 듣곤 했다. 어느 날 학교에 가는 길에 아파트 입구 근처에 앉아 있는 강아지를 본 기억도 난다. 기생충 때문에 배가 부르르 떨렸고 벼룩이 콧잔등을 가로질러 튀었다. 꼬리가 있어야 할 자리에는 피가 고인 구멍만 있었다.

딜립과 결혼하면서 나는 딜립의 가족, 딜립의 세간, 그리고 새로운 떠돌이 동물들을 물려받았다. 딜립의 집 근처에 사는 개들은 푸네의 어느 가정주부 단체에서 중성화시키고 먹이도 넉넉히 줘서 얌전하다. 개들은 공기 중에서 냄새를 맡고 송곳니 위로 혀를 늘어뜨린다. 가끔은 서로의 생식기를 물고 먹을 것을 달라고 낑낑거린다.

나는 몬순이 오기 전 6월에 딜립의 아파트로 이사했다. 우기가 늦어지고 있었다. 나쁜 징조였다. 흉작이 예상되었다. 신문에 농부들은 성직자들이 신에게 호소하지 않은 탓이라고 비난하고 성직자들은 농부들이 신앙심이 부족한 탓이라고 나무란다는 기사가 실렸다. 도시에서는 그런 종류의 논쟁보다는 기후변화를 우려하는 이야기가 더 많이 나왔다. 도시 옆으로 흐르는 강은 수위가 일정하게 오르내리는데, 그러다가 몬순이 오면 성난 갈색 물이 쏟아져내려온다.

딜립은 내 몸에서 아래쪽으로 내려가서 음순에 코를 대고 숨을 들이마신다.

"아무 냄새도 안 나." 딜립이 말한다. 딜립은 그렇단 사실을 자랑스럽게 여긴다. 특이한 점이기도 하고 아마 그게 우리가 같이 사는 이유 중 하나일 거라고 말한다. 지금 딜립의 삶은 사무실이건 엘리베이터이건 코를 찌르는 냄새로 가득한데, 운동을 한 뒤나 스트레스가 높은 상황을 겪은 후에 나한테 아무 냄새가 나지 않는다는 데서 안도감을 얻는다고 한다. 밀워키에서 성장한 딜립의 귀는 부드러운 면봉과 조용한 교외의 소리밖에 겪어보지 못했다. 그런데 푸네는 너무나 시끄럽고 너무나 자극적이다. 그렇게 감각에 맹공이 가해져도 집에 오면 다시 중립 상태로 돌아갈 수 있는 한 버틸 수 있다고 한다. 딜립은 내가 자기 아파트로 들어왔어도 거슬리는 변화 같은 게 하나도 없었다고, 내 삶이 자기 삶과 매끈하게 통합되었다고 말한다.

그가 변화를 두려워한다는 걸 알기 때문에 나는 조심스럽게 바꿔나갔다. 일단 다른 여자가 썼을 가능성이 있는 침대 시트와 수건부터 갈았다. 다음에는 여자에게 선물받았을 법한 책이나 옷을 치웠다. 그런 책은 보통 사랑 시집이고 첫 장에 누가 써놓은 글귀가 있어 쉽게 알아볼 수 있었다. 나는 천천히 다른 존재의 흔적을 지웠다. 오래된 사진, 편지, 머그, 호텔에서 가져온 볼펜, 같이 여행한 도시의 이름이 적힌 티셔츠, 관광명소 냉장고 자석, 종이 사이에 끼워진 나뭇잎, 바닷가로 놀러갔을 때 모아 병에 담아둔 조개껍데기. 극단적인 조치이긴 하나, 나는 우리집과 결혼에 애매한 회색지대 같은 것은 없기를 바랐다.

엄마가 레인지에서 가지를 굽는다. 보라색 껍질이 불꽃에 타들어가는 걸 본다. 가지의 연갈색 살에서 연기가 난다. 엄마는 씨를 파서 쓰레기통에 버린다. 그러고도 손을 데지 않으니 신기하다. 엄마는 흰색 플라스틱 도마에서 고추와 쪽파를 썬다. 도마에 누런 강황 물이 들어 있고 쪽파 줄기에는 흙이 묻어 있는데 사소한 걸로 트집잡지 말라고 한다. 엄마는 커민 씨앗을 기름에 볶은 다음 김이 나는 가지 위에 얹고 고수잎을 뜯어 그 위에 뿌린다. 레인지 옆쪽에 기름이 튄다. 나는 그릇에서 재료를 섞으면서 기침을 한다. 우리집 메이드인 일라는 사리의 주름을 펴며 한숨을 내쉰다. 우리가 음식을 덜렁이 앉아 있는 식탁으로 나르는 동안 일라는 벌써 우리가 어질러놓은 것을 치우기 시작한다.

엄마는 우리집에 좀처럼 오지 않는다. 거실 네 벽을 덮은 거울에 모든 게 사방으로 반사되어 불편하다고 한다. 딜립이 집을 보러 다닐 때 딜립한테는 거울이 이 집에서 특히 마음에 드는 점이었다. 무언가를 이루었다는 징표이자 거울과 포르노영화에 관련된 딜립의 판타지를 완성하는 것 같았다. 우리 엄마는 모든 사물과 사람이 복제되어 네 배로 늘어나는데다가 거울끼리 반사하다보니 방이 살아 있는 것처럼 느껴진단다. 엄마는 식탁 앞에 앉아 불안한 듯 다리를 움찔거리고 한낮 더위를 피해 달아나는 생쥐처럼 발 위에 발을 교대로 올린다. 나는 어떻냐면, 이제 거울에 익숙해져서 딜립과 싸울 때는 꼭 거울을 보곤 한다. 거울 속 사람이 소리지르는 모습을 보면 텔레비전 화면을 보는 것처럼 느껴지기기 때문이다.

"그래 엄마, 요즘은 어떠세요?" 딜립이 말한다.

딜립은 우리 엄마를 자기 엄마 부르듯 부른다. 나는 처음에 힘들어했지만, 딜립한테는 두 사람을 엄마라고 부르는 것이나 두 장소를 집이라고 부르는 게 아무렇지도 않게 쉬운 일이었다.

엄마는 딜립이 있을 때는 미국식 억양으로 말하려고 한다. 그러지 않으면 딜립이 못 알아들을 거라고 생각한다. 딜립이 힌디어로 더듬더듬 말해도 엄마는 영어로 대답한다. 엄마는 딜립의 중서부식 발음이나 문장을 맺을 때까지 세상 사람 모두가 기다려줄 거라고 생각하는 듯 자신 있게 말을 멈추는 버릇도 흉내낸다.

"있잖아 아들, 솔직히 의사한테 그 얘기를 들었을 때는 최악의 상황이 생각나고 무섭더라고. 나 스스로 목숨을 끊을 생각까지 했었어—얘한테 물어봐, 그랬지? 미안, 밥 먹는데 이런 얘길 해서. 일단 먹어, 일단 먹어. 나중에 얘기하고. 암티* 맛이 어때? 너무 맵지 않고? 그래, 방금 물어본 거에 대답하자면 처음에는 겁이 났는데 지금은 아픈 것 같지가 않아. 아주 건강한 기분이야."

딜립이 고개를 끄덕이고 자기 앞쪽에 있는 거울을 본다. "정말 다행이네요."

"엄마, 의사가 엄마 기억력이 사라진다고 했어."

"스캔 결과는 정상이었어."

"그래, 스캔은 정상이어도—"

"넌 왜 자꾸 내가 아프다고 우기는 거야?" 엄마는 손에 생양파 한 조각을 들고 있다. 엄마가 말을 하는 동안 양파가 접시로 다시 떨어진다.

"자꾸 잊어버리잖아. 뭘 어떻게 하는지 잊어버리고, 기본적인 것들, 휴대폰 사용법이나 전기요금 내는 거나."

"아, 난 원래도 전기세 내는 법은 몰랐어. 그 온라인 뭐라고 하는 건 너무 복잡해."

나는 손을 내려놓는다. 의사한테는 그렇게 말하지 않았었다.

"칼리 마타한테 전화한 거는? 나한테 죽은 지 십 년 된 사람한테 전화 걸라고 시켰잖아."

"칠 년이야." 엄마가 말하더니 딜립을 돌아본다. "쟤 거짓말하는 거 봤지?"

딜립은 우리 둘 사이를 본다. 딜립이 얼굴을 찌푸리면 관자놀이에서 오래전에 라크로스를 하다가 생긴 흉터가 희미하게 보인다.

"거짓말하는 거 아냐."

"맞잖아. 맨날 하면서. 넌 거짓말 진문가야."

---

* 렌틸콩과 커리 등으로 만든 수프.

저녁식사를 마치고 엄마를 집에 데려다주고 오는 길에 딜립이 낮은 소리로 콧노래를 부른다. 무슨 곡인지 알 수가 없어 노래를 끊는다.

"엄마는 어떻게 그렇게 말하지?"

딜립이 잠시 말없이 있다가 대답한다. "본인은 아프지 않다고 생각하시는지도."

"그러면 안 돼."

"당신이 권위자는 아니잖아."

내 지식 부족이 그렇게 훤히 보인다니 속이 쓰렸다. "내가 권위자라고 말한 적 없어. 의사가 엄마가 아프다고 했다고."

"엄마 뇌가 젊은 사람 같다고 말했다며."

"어쨌든 잊어버리잖아—중요한 것들을."

"누구한테 중요한 건데? 엄마는 잊고 싶으실 수도 있지—친구가 죽었다는 사실을 기억하고 싶지 않으실 수도 있어."

"어쨌든 간에, 잊어버리는 건 사실이잖아." 내 목소리 톤이 날카롭게 들린다.

"일부러 잊는 것하고 치매는 다르잖아, 안타라."

"말도 안 돼. 그럼 왜 나를 잊고 싶은 건데?"

딜립이 숨을 크게 들이마시고 고개를 젓는다. "당신은 예술가잖아. 여러 가능성에 마음을 열어봐."

"엄마가 나한테 거짓말쟁이라고 했어."

"그게, 당신 작품 주제 아니야? 사람은 믿을 수 없는 존재라는 거?"

그가 고개를 숙인다. 실망한 표정이다. 나도 그에 걸맞은 표정을 지어보려 하지만 그런 감정이 들지 않아 가운뎃손가락 손톱을, 정확히 말하면 큐티클 부분을 물어뜯는다. 딜립이 손을 뻗어 내 팔을 아래로 내린다.

내 작품 주제는 거짓말이 아니다. 데이터, 정보를 수집하고 불규칙성을 찾아내는 것이다. 내가 하는 예술은 패턴이 존재하지 않는 곳을 응시하는 것이다.

결혼하기 전에, 외할머니가 자기 집에 있는 방 하나를 작업실로 쓰라고 내주었다. 아늑하고 빛과 어둠이 적절한 비율로 있는 방이고 어릴 때 내 수집욕이 처음 발동한 곳이기도 하다. 나나와 나니 이전에 이 집에서 살다 죽은 사람들이 남긴 물건들이 그 방에 있었다. 텅스텐전구, 배터리, 전선, 펜, 우표, 동전 등등. 나는 도서관에 가서 에너지와 특허 백과사전에 머리를 박고 물건들의 제조일자와 디자인을 찾아보다가 처음 시작한 곳에서 멀고 먼 곳으로 흘러가곤 했다. 이렇게 옆길로 빠지는 것을 방지하기 위해 내가 직접 물건을 보이는 대로 최대한 정확히 베껴 그리기 시작했다. 내 글씨체는 별로일지 모르겠지만, 어쩌면 멋이 없고 너무 딱딱할 수도 있겠지만, 그래도 손은 정확하고 흔들림이 없다. 다음에는 죽은 벌레를 수집하기 시작했는데 온전하고 깨끗한 것을 발견하기가 의외로 어려웠다. 내가 소중히 여기는 수집물 중 하나는 밀랍으로 굳힌 나방인데 유리병에 넣어 보관한다.

박물관은 최초의 휴대전화, 최초의 컴퓨터 등 중요한 물건들을 수집한다. 아마도 미래 언젠가 전시하려고 모으는 것일 것이다(미래에도 박물관이 존재할 거라는 가정하에). 나는 유선전화와 스와

치 손목시계의 시대에 자랐고 나 나름의 컬렉션을 만들어놓았다. 섬즈 업 콜라와 골드 스폿 등 이제는 생산되지 않는 음료수병, 골동품 혀 클리너, 어릴 때 길에서 지나가는 사람들에게 내밀고 사인을 받곤 했던 파스텔색 사인북.

딜립은 만약에 지구 곳곳의 화산이 폭발해 지표 전체가 화산재로 덮였는데, 미래의 고고학자들이 하필 우리 아파트를 발굴한다면, 조상들이 정말 희한한 것에 몰두했었다고 생각할 거라고 말한다. 나는 쓰레기를 모아 그걸로 예술작품을 만드는 걸 발명한 사람들이 바로 미국인들이라고 대꾸한다.

딜립이 미국에서는 아무도 혀 클리너를 안 쓴다고 말한 적이 있다. 혀의 백태는 칫솔로 닦으면 되기 때문이란다. 딜립은 나더러도 그렇게 해보라고, 입속을 닦을 때 도구 두 개가 아니라 한 개를 쓰면 간편하지 않냐고 한다. 나한테는 별로 좋은 방법으로 느껴지지 않아서 교차 감염 가능성이 있지 않냐고 묻는다. 딜립은 어깨를 으쓱한다. 입은 한 구멍이고 한 공간이고 한 도시라고. 한쪽에서 일어나는 일은 다른 쪽에서도 일어날 수밖에 없다고. 나는 만약 그렇다면 내 컵에 든 물을 당신 무릎에 쏟아도 아무렇지도 않겠네, 라고 말한다.

내가 딜립의 집으로 들어왔을 때 딜립이 손님방을 작업실로 쓰라고 했다. 어차피 손님은 거의 안 오니까. "그리고 또 당신이 종일 집에 있다고 생각하면 좋아." 딜립이 말했다.

수수하고 해가 잘 드는 방인데 예술활동을 할 법한 공간은 아니다. 나는 찬장을 진기한 물건 박물관으로 바꾸어 내 물건을 채워넣고 잠가두었다. 어떤 것은 상자에 담고 어떤 것은 살균 소독한 플라스틱 케이스에 넣는다. 이미지를 주제와 범주와 수집일에 따라 구분해 바인더에 끼운다. 딜립이 사무실에서 가져온 나무 책상과 의자가 하나 있다. 벽에는 달력이 있어서 날마다 하루의 일을 마친 다음 달력에 표시한다.

나는 삼 년 전부터 한 가지 프로젝트를 해오고 있는데 얼마나 오래할지는 나도 모른다. 우연히 시작된 것이었다. 어느 날 사진을 보고 어떤 남자의 얼굴을 그렸는데, 다음날 그림과 원본을 비교해 보려 했으나 사진이 보이지 않았다. 종일 찾았는데 찾을 수가 없었다. 저녁때가 되어 포기했다. 대신 다른 종이를 한 장 꺼내서(내가 작업할 때 쓰는 종이는 딱 한 가지인데 고급 종이는 아니고 중국산이지만 흑연이 잘 묻는다) 내가 그린 그림을 보고 최대한 정확히 베꼈다. 음영을 섬세하게 넣고 선 굵기를 정확히 맞췄다. 그걸 날마다 하게 됐다. 전날 그린 그림을 꺼내서 내 능력이 닿는 한 최대한 정확히 베끼고 날짜를 적은 다음 둘 다 서랍에 넣고 달력에서 그날 날짜를 지운다. 어떤 날에는 한 시간 만에 그리는데 어떤 날에는 몇 시간이 걸릴 때도 있다.

프로젝트를 시작하고 일 년이 되었을 때 뭄바이에 있는 작은 갤러리에서 내 작품을 전시하겠다고 했다. 내 친구이기도 한 큐레이터가 내 작품의 시간의 작용과 흐름을 온 카와라* 작품에 비교하면서 내 작품을 예술가의 일기라고 불렀고 그걸 작품 제목으로 삼았다. 나는 나를 온 카와라와 연결시킨 게 맞지 않는다고 생각했다.

* 일본의 개념미술가.

온 카와라의 작품은 사람의 손이 개입하지 않는 기계적인 작품이다. 내 작품은 인간의 불완전성에 경의를 표한다. 온 카와라의 작품이 셈에 대한 것이라면 내 것은 셈을 놓치는 것에 대한 것이다. 큐레이터는 그 점을 고려하고 싶어하지 않았다. 도록에 실릴 글을 이미 써서 맞춤법 체크까지 마치기도 했고 문제를 복잡하게 만들면 판매에 오히려 도움이 안 된다고 말했다. 어떤 수집가가 전시회 개막 전에 내 작품에 관심을 보였다. 요새는 이런 식으로 서서히 축적되는 작품이 중요하다고 수집가가 말했다.

내 연작은 팔리지 않았다.

나는 제목 때문이라고 생각한다. 일기라니. 그게 대체 뭐라는 건지. 일기라고 하면 너무 사소하고 터무니없이 유치하게 들린다. 누가 일기 따위에 돈을 쓰고 싶겠나? 나는 그 작품을 일기라고 생각해본 적이 없었다. 그저 인간의 손과 눈이 어떤 객관성 같은 것을 유지하기란 얼마나 불가능한가 하는 생각을 했을 뿐이다. 하지만 사실 모든 게 늘 그런 식이 아닌가? 의도와 해석이 서로 맞아떨어지는 일은 좀처럼 일어나지 않는다.

개막식 날 나는 속살을 드러내지 않으면서 매혹적으로 보이게끔 신중하게 옷을 골라 입었다. 이날이 내 경력에서 가장 중요한 날이라는 걸 알았지만 전혀 준비되지 않은 느낌이었다. 전시회를 한다는 이야기는 아무한테도 하지 않았는데 엄마가 알아냈다. 엄마가 개막식에 와서 전시실마다 돌아보고 365개의 얼굴 앞에 섰다. 첫 번째 그림과 마지막 그림이 입구 양쪽 벽에 걸려 갤러리 앞쪽에서 만나 차이의 대화를 나누게 되어 있었다. 두 그림을 서로 다른 두 사람, 다른 얼굴, 다른 화가가 그린 그림이라고도 볼 수 있었다. 완벽하게 베끼려는 내 프로젝트는 실패했고, 실패였기 때문에(실패일 수밖에 없으므로) 지역 예술계에서는 그걸 대단한 성공으로 보았다. 일간지 몇 군데에 짧은 리뷰가 실렸고 내 작품이 흥미진진하고 강박적이며 불안감을 주는 동시에 매혹적이라며, 내가 얼마나 오래 지속할지 궁금하다고 논평했다.

엄마는 귓속말 전하기 게임을 하는 거냐고 했다.

일주일 뒤에 푸네로 돌아갔을 때 엄마가 소리를 지르면서 밀방망이를 들고 나한테 덤볐다. 울면서 나더러 배신자이자 거짓말쟁이라고 했다. 왜 그런 작품을 전시했는지 알고 싶다고 했다.

엄마 손에서 억지로 뺏은 밀방망이를 든 채로 나는 식탁 가장자리에 앉아 숨을 골랐다. 대체 왜 그러냐고, 나는 물었다. 왜 나는 내가 하고 싶은 예술을 하면 안 되냐고.

엄마는 당장 집에서 나가라고 했고, 내가 어느 날 오후 딜립과 같이 집에 와서 약혼했다고 말하기 전까지 나를 보지 않았다.

나는 아빠를 만나서 엄마의 병에 대해 이야기하기로 마음먹는다. 푸네 위쪽 아운드에 있는 아버지 집은 나무와 성가신 다람쥐들로 둘러싸여 있고 머리 위에서 공군 훈련이 펼쳐지면 창문이 부르르 떨린다. 거실에 있는 키 큰 괘종시계가 정시가 되면 새 한 마리와 함께 독일 동요를 내뱉는다.

아버지의 미간에 주름이 짙은 색 실로 수놓아져 있다. "어제 다섯 번인가 여섯 번 전화했었어."

나는 고개를 끄덕인다. 아버지에게 늘 듣는 익숙한 책망이고 다섯 번 여섯 번은 어떤 수치도 될 수 있는 어림수다. 나는 아버지가 하는 말을 건성으로 듣는다. 이렇게 아버지를 잠깐 방문할 때는 보통 뇌를 칸칸이 나누고 아버지의 얼굴을 머릿속 구석으로 밀쳐버린다.

아버지는 아무것도 직접적으로 묻지는 않는다. 나는 아버지 목소리에 담긴 나무람에 대답한다. "엄마하고 같이 병원에 다녀왔어요."

거실 소파가 기차역 대합실처럼 배치되어 있어 우리는 마주보고 앉았다. 아버지는 두 손끝을 서로 맞부딪히며 내가 더 말하기를 기다린다. 나는 몸을 앞으로 숙여 의사의 진단서를 아버지에게 건넨다. 아버지는 천천히, 플라스틱 파일 커버를 지나치게 긴 시간을 들여 열고 풀이 발라진 봉투를 조심스럽게 뜯는다. 봉투가 조금 찢어지자 아버지는 마치 손을 베기라도 한 것처럼 헉 놀라더니 찢어진 부분을 고통스러운 듯 살핀다. 그러더니 봉투 안에 든 종이를 멀찍이 들고 소리 없이 입만 움직이며 읽는다.

"안됐구나, 정말 안됐어." 다 읽고는 이렇게 말한다. "내가 할 수 있는 일이 있으면, 어디 연락을 넣어볼 만한 데가 있으면 나한테 얘기해."

아버지는 옆쪽 테이블 위에 서류를 던지고 나에게 차를 더 마시겠냐고 묻는다. 나는 고개를 저으며 차 표면에 뜬 캐러멜색 막을 찻숟갈로 훑는다.

"안타까운 일이야." 아버지가 말을 잇는다. "내가 도울 수 있으면 좋겠지만, 이렇게 된 게 내 뜻은 아냐."

늘 하는 이야기고, 그러고 나면 책망이 뒤따른다. 아버지와 대화할 때면 아버지는 늘 과거나 현재나 미래의 모든 책임이나 선택은 자신과 무관하다고 선언하는 것부터 시작한다. 내가 원망을 제기하지 못하게 사전에 저지하려는 것이다. 내가 당신 집 문턱을 넘기 전에 마음을 싹 비운다는 사실은 모른다. 그뿐 아니라 아버지 집

안에 들어오면 내 앞에 닫힌 문 하나가 또 놓인다는 사실을 내가 안다는 것도.

아버지가 진심으로 자기로서는 어쩔 수 없었다고 생각하는 걸까, 살면서 내린 결정 가운데 자기 책임이라고 생각하는 게 있기는 할까 궁금하다. 아버지 편의 이런 일방적인 이야기가, 나에게 말할 때의 독특한 어투가 나에게는 늘 고통스러우면서 또 흥미롭다. 아버지 머릿속의 목소리는 어떤 말을 할까 궁금하다.

아버지의 부인이 방으로 들어오자 아버지가 말을 멈춘다. 아버지 부인이 나를 포옹하고 등을 두드린다. 두 사람의 아들도 와서 내 맞은편에 앉는다.

아버지 부인의 팔이 몸 양옆으로 핀처럼 대롱대롱 늘어진다. 아들은 이제 늘 내 머릿속에 떠오르는 아기의 모습이 아니고 몇 살인지 잘 짐작이 안 되는 십대가 되어 있다. 우리는 피부 톤을 제외하곤 서로 닮은 데가 별로 없다. 나는 늘 우리 아버지와 새어머니가 무척 닮았다고 생각했다. 촘촘히 뜬 스웨터처럼 얇으면서 북실한 느낌이다. 나는 서로 닮은 세 얼굴을 보면서 미소를 짓는다.

동생에게 대학에 관해 묻고 대답을 듣는데 동생의 턱에 수염이 돋기 시작한 게 눈에 들어온다. 나는 동생에게는 별 관심이 없고 보통 아버지에게 집중한다. 새어머니하고. 새어머니는 두꺼운 이중초점 안경을 쓰고 있어 눈이 잘 안 보인다.

일어서려는데 아버지가 엄마의 안타까운 병에 대해 다시 유감을 표하며 나더러 자기를 보러 더 자주 오라고 말한다. 헤어질 때마다 아버지는 늘 그렇게 말하지만 다음번 만나기 전까지 필연적으로 여섯 달은 지나야 한다.

집으로 돌아가는 길에 보트 클럽 로드에 들른다. 초인종이 새소리처럼 울리고 나이 많은 메이드 찬다의 바타* 신발이 고무오리처럼 삑삑거리며 문으로 다가온다. 찬다는 아래턱을 떨며 웃음을 짓고 내 뺨에 손을 얹는다.

"피곤해 보인다." 찬다가 말한다.

나는 화장실로 가서 세면대에서 세수를 한다. 세면대는 삐딱한 파이프에 비스듬하게 연결되어 있다. 나중에 생각나서 뒤늦게 덧붙인 것처럼. 수도꼭지에서 물이 콸콸 쏟아져 발이 젖는다. 세면대 뒤쪽 꽃무늬 타일은 빛이 바랬고 때와 얼룩이 끼어 있다. 회색 물이 소용돌이를 만들며 배수구로 내려간다.

나니는 차르파이**에 책상다리로 앉아 무선전화 세 대를 앞에 늘어놓고 있다. 나를 보고는 손을 들어 인사한다. 우리 엄마, 외할머니, 나 세 사람은 시간의 흐름이 남긴 흔적만 빼면 쏙 닮았다. 미묘하게 다른 데가 있다면 할머니는 발목이 굵고, 매끈하게 흘러내리는 머릿결이라 가르마가 기름이 흐르는 지류처럼 반들거린다. 엄마는 피부가 희고 종아리 뒤쪽에 피부 속으로 파고든 털이 까만 겨자씨처럼 점점이 박혀 있다. 나는 피부색이 진하고 물에 젖어야만 펴지는 곱슬머리다.

내가 자리에 앉자 나니가 사람들이 전선을 깐답시고 집밖 도로를 파헤쳐댄다고 불평한다. 할머니는 지방정부가 사기를 치는 거

* 다국적 신발 브랜드.

** 나무틀에 천연섬유 끈을 엮어서 만든 작은 침대.

라고 한다. 지방정부가 어떻게 부패했다는 거냐고 물었더니 고개를 저으며 시선을 돌린다.

"나는 간디 시대 공기를 마시며 자랐어." 할머니가 말한다. "깡패들 머릿속은 짐작 못해." 할머니가 쓰는 영어는 책이 아니라 텔레비전에서 배운 것이라 들쑥날쑥하다.

나는 할머니의 시선을 따라 창밖을 본다. 도로변에는 허름한 이층집과 꽃이 핀 불꽃나무가 빽빽이 들어서 있다. 여느 날처럼 햇빛이 집안으로 들어와 파란 세라믹 바닥재의 색을 빨아들인다.

할머니와 할아버지는 이 집을 이십 년 전에 팔이 마시멜로 같은 파르시교도 독신 여자 노인한테서 사들였다. 파르시교도 노인은 집을 힌두교도에게 팔고 싶어하지 않았으나 달리 사겠다는 사람이 없었다. 나나와 나니는 원래 쓰던 가구를 가지고 들어왔다. 나니의 의자는 시샴 목재로 만든 것이고 고드레지 제품인 커다란 찬장은 무덤처럼 튼튼하다(나니는 지금도 찬장 열쇠를 끈에 묶어 허리에 매달고 다닌다).

나나와 나니는 이사를 하고 싶었다. 예전에 두 분이 사시던 아파트에는 나나의 외도와 나니가 수차례 겪은 사산의 기억이 남아 있고 툭하면 전기가 과부하로 끊어졌다. 그런데 얄궂게도 이전 주인의 죽은 조상들 유령이 남아 있는 집으로 이사한 것이다. 우리 엄마는 두 분이 자기들의 나쁜 기억을 남의 나쁜 기억으로 바꾼 셈이라고 했다.

이 집으로 이사오던 날 나는 이사업체 일꾼들이 레이스 테이블보를 뭉쳐서 싸는 걸 보았다. 남자들 수십 명이 템포 트래블러 승합차를 타고 상자를 나르러 왔다. 벽장이 열리며 수 세대 전부터 내려온 물건들이 밖으로 나왔다. 이제 쓸 수 없는 오래된 전구, 윤을 잃은 은 장식품, 원래 상자에 그대로 들어 있는 티 세트. 유리 샹들리에는 거미줄로 덮여 있었다. 일꾼들이 쿠션이 가라앉은 친츠 소파를 들어올리는 걸 보니 내가 교복에 받쳐 입었던 회색 캘리코 셔츠가 생각났다. 일꾼들은 낡은 담요로 가구를 쌌고 일꾼들이 지나간 자리에 몸냄새가 남았다. 파르시교도 집주인은 창가에서 홀로 휠체어에 앉아 간병인이 오기를 기다리고 있었다.

그게 벌써 여러 해 전이지만 낯선 사향냄새가 풍기고 먼지가 한 꺼풀 덮인 집안 느낌은 그대로다.

"엄마 일로 드릴 말씀이 있어요." 내가 말한다.

"네 엄마가 왜?" 나니가 묻는다.

"병원에 갔었어요. 엄마 기억이 깜박깜박해요."

"남편이 없어서 그래. 혼자 사는 여자들은 자꾸 뭘 잊어버려." 그러더니 할머니는 이런 말을 덧붙인다. "사실 건망증이 유전이야. 네 할아버지도 깜박깜박했어."

나는 맞장구를 치는 대신 어깨를 으쓱한다. 할아버지가 가끔 나니한테 신문을 보라고 건네곤 했던 게 기억난다. 할머니가 글을 읽을 줄 모른다는 사실을 깜박하고. 할머니는 할아버지가 자기를 놀린다고 생각하고는 할아버지 손을 찰싹 치고 방에서 쿵쾅거리며 나가버렸다.

"그거하고는 달라요." 내가 말한다. "며칠 전에는 내가 누군지를 몰랐어요." 할머니가 고개를 끄덕이고 나도 고개를 끄덕이며 우리 사이에 무언가 이해가 이루어진 것처럼 행동하지만 그게 무엇인지는 알 수 없다. 잘못된 확신에서 오해가 생긴다. 나는 내가 진실만 말했는지 사실과 다른 무언가를 암시했는지 생각해본다. 몇 마디 말과 고갯짓으로 엄마를 실제보다 더 아픈 사람으로 만들지 않았는지. 그랬더라도 나쁜 일은 아닐 것이다. 우리 모두 신경 쓰고 경계할 필요가 있으니까.

나는 진찰실에서 있었던 일을 이야기할까, 구름과 아밀로이드 플라크 그림을 그릴까 생각해본다.

나니가 손을 당신 뺨에 얹는다. "네 엄마 요새 엄청 살쪘어. 손마디가 두 배로 굵어졌던데. 죽은 다음에 손에서 반지가 안 빠지면 어떡하지?"

아침은 심호흡을 하고 우리 몸안에서 자신을 새로이 발견하는 시간이다.

내가 이런 말을 잡지에서 읽을 때 엄마는 거실에서 새치를 염색한다. 나는 가능한 한 최대한 엄마를 따라다니기로 했다. 엄마가 돈을 치르기 전에 청구서를 재차 확인하는지, 안전벨트는 채우는지 본다. 엄마는 가끔 다른 사람들이 다 듣는 데서 내가 자기를 핍박한다며, 제발 좀 내버려두라고 소리를 친다.

어떤 부부는 숙면을 취하고 나면 전날 밤의 불화를 잊는다고 잡지에 나와 있다. 그렇다면 행복한 결혼생활을 위해서는 불면증이 있는 사람이나 생활패턴이 일정하지 않은 사람은 피해야 하니?

아침에 내가 기지개를 켜며 팔과 다리가 반대 방향으로 움직이는 걸 느낄 때면 내 몸통이 무거운 팔다리 사이의 빈틈 같다. 내 몸

한가운데의 구멍이 나를 갉아먹는다. 잠에서 깨면 늘 배가 고프고 입이 얼굴 전체를 차지하는 느낌인데 바싹 말랐고 뜨뜻하고, 꼭 어두운 모래 구덩이 같다. 옆에 누워 있는 딜립의 몸 아래 시트가 축축하고 차갑다. 자면서 땀을 흘리며 괴로워하는데 무슨 꿈을 꾸었는지는 기억 못한다.

나는 날마다 딜립이 출근한 다음에 시트를 빨아서 정오에 해가 드는 건물 바깥쪽 복도에 널어 말린다. 이웃 사람들이 일라에게 엘리베이터를 기다릴 때 우리집 침구가 눈에 들어와 거슬린다고 불평했다. 이웃집 문에는 타일에 남색과 흰색 페인트를 칠해 만든 현판이 붙어 있는데 '총재'라고 적혀 있다. 두 사람 다 은퇴했는데 여자는 전에 학교 선생이었고 남자는 해군이었다. 여자가 뭄바이에 있는 언니 집에 갔을 때 딜립과 내가 총재님이 발코니에 앉아 담배를 피우며 엉엉 우는 것을 본 일이 있다.

"부인이 보고 싶은가봐." 딜립이 말한다.

"어쩌면 언니 집에 간다고 했지만 실제로는 아닐지도. 남편이 그걸 아는 거야."

딜립은 놀란 얼굴로 나를 쳐다본다. 자기는 그런 생각은 꿈에도 못했다는 듯이, 그러더니 내가 그런 생각을 했다는 데 무슨 특별한 의미라도 있다는 듯이 나를 빤히 본다. 한때는 딜립이 나의 이런 면을 재미있어했는데.

"당신이라고 딱히 너그럽거나 남들에게 공감을 잘하는 것 같진 않은데." 내가 말한다. 거실에 있는 잡지에는 이 두 가지 성향이 좋은 관계의 필수 요소라고 나와 있다. 딜립은 내가 말하는 동안 무언가에 시선을 뺏긴 듯 먼 곳을 응시한다. 고개를 돌려야 나를 더 잘 이해할 수 있다는 듯이.

"난 아무 말도 안 했어." 딜럽이 대꾸한다.

저녁때 우리는 우리 건물에 있는 체육관에 간다. 딜럽은 한 번 운동할 때 입으면 두 번 빨아야 하는 폴리에스터 민소매 셔츠를 입는다. 딜럽이 거울 1미터 앞에 서서 덤벨을 들 때마다 짧게 숨을 내쉰다. 딜럽이 소리 내어 숨을 쉬는 게 나한테는 방귀를 뀌거나 장기를 내보이는 것만큼 창피하다. 나는 누가 내 코고는 소리를 듣는 것도 싫다.

나는 계단 오르기 운동기구에 올라가 헤드폰을 머리 위 텔레비전에 나오는 음악 채널에 맞춘다. 퇴근시간 이후에는 사람이 많아서 기구를 사용하려면 순서를 기다려야 할 때도 있다. 나는 어릴 때는 운동을 한 적이 없는데 서른 살이 되면서 몸이 과하게 익은 서양배 모양처럼 되어가기 시작했다.

딜럽은 운동을 하면 확연히 달라진다고 하지만 난 뭐가 다르다는 건지 잘 와닿지 않아서 딜럽에게 같이 운동하기 싫다고 말한다.

딜럽은 내가 왜 기분이 상했는지, 딜럽이 내 몸매를 칭찬하면 왜 불편한지, 내가 딜럽이 하는 말을 왜 안 믿는지 이해를 못한다. 나는 가끔 딜럽의 사고방식을, 그의 생각이 지나가는 곧고 단선적인 경로를 생각해본다. 딜럽의 세계는 닫혀 있고 유한하다. 딜럽은 내가 하는 말을 문자 그대로는 알아듣는다. 말에는 뜻이 있고 뜻에는 말이 있으니까. 하지만 나는 다른 가능성을 상상하고 말의 무게를 느낀다. x라는 점에서 이을 수 있는 다른 점들 전부로 선을 긋는다면 나는 빠져나갈 방법을 알 수 없는 무언가의 중심에 있게 된다. 오해의 여지가 너무 많다.

딜립은 한 가지 생각이 정신 전체를 반영한다고 생각한다. 나로 사는 건 무척 피곤할 것 같다고 말한다.

"네 엄마는 여기가 뒤집어졌어." 나니가 머리 옆쪽을 두드리며 말한다. 나니는 차르파이에 책상다리로 앉아 있고 나는 옛날 사진을 본다. 나니는 가끔 무선전화가 제대로 작동하는지 신호음을 들어본다.

엄마가 어릴 때, 머리카락이 길고 다루기 힘들었을 때 사진이 있다. 엄마는 매주 다림질판 위에 누워 머리카락을 신문지 사이에 끼우고 다리미로 폈다. 엄마가 열네 살, 열다섯 살 때 벌였던 행각에 대해서도 들었는데, 날마다 오후가 되면 학교에서 빠져나와 옛날 뭄바이-푸네 고속도로 옆에 있는 식당으로 갔다고 한다. '펀자브 요리'라는 간판이 붙어 있는 기사식당이었다. 거기에서 엄마는 맥주를 큰 병으로 주문하고 병째 들고 마셨다. 책가방에서 골드플레이크 담뱃갑을 꺼내 줄담배를 피웠다. 택시나 스쿠터를 모는 운전자들이 화장실을 쓰거나 식사를 하려고 식당에 들렀다. 특히 짐이 별로 없고 돈도 거의 없는 외국인들이 아슈람으로 가는 길에 들르곤 했다. 엄마는 그 사람들에게 말을 걸고 사귄 다음에 차에 얻어타고 다시 시내로 돌아오기도 했다. 나니는 엄마가 그렇게 혼자 싸돌아다니다가 아슈람에 관심을 갖게 되었다고 생각하지만, 나는 엄마의 자기파괴 성향은 그 이전부터 있었다고 생각한다.

그 무렵에 엄마는 흰색 옷을 입기 시작했다. 머리끝부터 발끝까지 흰색으로, 낮이고 밤이고, 아슈람 수행자들처럼 입었다. 면으로 된 옷. 거의 비칠 정도로 얇은 재질이었다는데 빛바랜 사진으로는 천의 재질이 잘 안 보인다.

"희한하게도 누가 죽지도 않았는데 하얀 옷을 입고 싶다는 거야." 나니가 말한다. "다른 여자애들은 미니스커트나 나팔바지를 입는데. 타라는 아니었어. 촌스러운 아줌마처럼 보였어. 그런데 또 두파타*는 안 두르고."

사진 무더기 중에 나니의 결혼식 날 사진도 있다. 눈을 동그랗게 뜬 조그마한 나니는 열다섯 살 정도밖에 안 되어 보인다. 빨간 신부복을 입었고(흑백사진을 보고 추측한 거라 확실하진 않다) 사리에는 수가 딱 한 줄 놓여 있다. 요즘 같으면 결혼식 하객도 안 입을 수수한 사리다. 코걸이가 반짝인다. 뒤쪽에 신부의 아버지가 서 있는데 배가 나와서 부시 셔츠가 팽팽하다. 주위에 있는 다른 친척들이 내가 아는 사람들, 할머니의 형제자매 조카들하고 닮은 듯도 하다.

"근데 두파타는 뭐하러 입는 거예요?" 내가 말한다. 두파타는 윗도리도 아니고 아랫도리도 아닌 그냥 긴 천인데 이미 가린 부분을 다시 가리는 것 말고 아무 용도도 없는 것 같아서다.

"두파타는 명예야." 나니가 말한다. 그러고는 내 손에서 사진을 가져간다. 나는 내키면 집에 놓고 다닐 수 있는 명예란 어떤 걸까 생각해본다.

나니가 따로 숨겨둔 사진도 있다. 엄마가 열여덟 살 무렵의 사진이다. 이제 머리카락이 관리하기 쉽게 짧아졌고 얼굴에 파란 아이섀도와 분홍 립스틱을 빌랐다. 옷은 잡종 열대새 무늬가 있는 실크

---

* 인도 여자들이 몸에 두르는 숄.

블라우스를 하이웨이스트 진에 넣어 입었다. 어깨패드가 귓불에 닿을 정도로 솟았다. 입을 벌리고 있는데 웃는 건지 소리를 지르는 건지 알 수 없다.

나는 엄마의 이런 모습을 본 적이 없지만, 아버지를 만나 사랑하게 된 때 엄마는 이랬다.

그때가 말하자면 황금기였다. 과거의 잘못을 바로잡고 희망찬 앞날을 내다볼 때—나니는 엄마가 아버지를 만났을 때를 그렇게 묘사한다.

아버지와 아버지의 어머니가 나니의 집에 초대받아 오후 티타임에 왔던 날, 엄마가 느지막이 땀을 흘리며 갈색 젖꼭지가 슈미즈를 통해 비치는 상태로 집에 들어왔고, 이후 두 사람의 혼인이 결정되었다.

아버지는 큰 키에 마르고 휘청거렸고 아직도 변화한 자기 몸을 잘 가누지 못하는 상태였다. 코밑에 거뭇한 가루가 내려앉은 것처럼 보였고 눈썹이 움찔거리다가 가운데에서 만났다. 마치 관절에 자력이 작용하는 듯 팔꿈치끼리, 무릎끼리 서로 달라붙으려 했고 상체도 구부정했다. 어머니가 가끔 아들을 툭 쳐서 몸을 죽 펴게 만들었다. 엄마가 다리에 힘을 주고 큰 소리로 말하는 동안 아버지는 바닥만 내려다보았다.

한동안은 엄마의 욕구가 다른 곳으로 옮겨간 것처럼, 십대의 반항기가 가라앉고 부모님이 '안정된 미래'라고 부르는 것을 향해 가려는 것처럼 보였다.

엄마는 머리를 잘랐고 알록달록한 색의 옷을 샀고 클럽에서 시간을 보냈다. 공부를 더 하고 싶다고 했고 아버지가 공학 학위를 따려고 공부하는 동안 자기는 호텔경영을 배우겠다고 선언하기도 했다.

결혼식 일 년 뒤에 내가 태어났다.

그로부터 오 년 뒤에 아버지는 이혼 신청을 했다. 엄마는 그 자리에 없었다.

얼마 뒤에 아버지는 새 아내와 같이 미국으로 갔다.

"이걸 가지고 뭘 하려고?" 내가 사진을 봉투에 담자 나니가 묻는다.

"엄마한테 보여주려고요. 엄마 기억을 일깨워줘야 해요." 내가 말한다.

"왜 자주 안 뵙는 거야?" 딜립이 말한다.

우리 아버지 이야기를 하는 거다. 나는 딜립을 쳐다보지 않는다.

우리는 클럽에서 친구들을 기다리고 있다. 딜립은 맥주를 마시고 나는 올드 몽크 럼과 다이어트 코크를 마신다. 도사*와 칠리 치즈 토스트를 주문한다.

딜립은 인도에 살기 전까지 클럽 멤버십이 얼마나 중요한지 몰랐다. 그전에는 인도에 잠깐씩 지내러 와서 친구나 친척 집에 머무르며 에어컨이 나오는 차를 타고 돌아다녔다고 한다. 그렇지만 인도에서 자란 사람한테는 삶이 클럽을 중심으로 흘러가기 마련이다. 아니면 도시 어디에 가서 이런 녹색 공간을 찾겠나? 클럽 건물

* 발효한 반죽에 향신료를 첨가해 얇게 부쳐 만든 빵.

은 택시 운전사들 누구나 아는 주요 랜드마크다. 외할아버지는 영국인들이 남긴 것 중에 쓸모 있는 게 철도만이 아니라고, 클럽이라는 것도 있다고 농담을 하곤 했다. 방과후에 운동경기를 하는 곳도, 부모님, 조부모님들이 사교활동을 하는 곳도, 우리가 수영을 배우는 곳도 클럽이었다. 클럽 담을 따라 자라는 야생 부겐빌레아 뒤에서 첫 키스를 했고, 그곳에서 생애 처음으로 콘서트에 가봤고, 신년 파티도 거기서 했다.

나는 몇 해 동안은 클럽에 관심을 끊고 도시에 새로 생긴 술집, 카페, 레스토랑 등에 주로 갔었다. 클럽은 답답하고 시대에 뒤떨어진 느낌이었다. 조부모 세대에 속한 것 같았다. 그런데 몇 년 전부터 다시 클럽에 드나들게 됐다. 매년 보는 익숙한 얼굴, 늘 똑같은 망가진 계단, 영영 보수되지 않는 갈라진 벽에서 편안함을 느낀다. 삶은 계속 변화하는데 클럽만은 변하지 않는 것 같다. 딜립도 클럽을 좋아하게 됐다.

딜립은 농담으로 클럽 멤버십이 내 결혼 지참금 같은 거라고 말한다.

테이블 위에는 직원을 부르는 벨이 있다. 술은 인근에서 제일 싸다. 목요일에는 잔디밭에 가족들이 모여 탐볼라*를 한다. 카드 룸에는 러미를 할 수 있는 테이블이 여덟 개 있다.

"당신 아빠를 여기로 초대하면 어때." 딜립이 말한다. "클럽에서 만나자고. 그럼 서로 편하니까."

"겁나." 나는 남편을 위해 문제를 단순화한다. 딜립은 지난 일의

* 빙고와 비슷한 게임.

영향이 쓰러지는 도미노처럼 오늘날까지도 계속 이어진다는 걸 완전히는 이해 못한다. 이를테면 딜립의 어머니가 우리 결혼식 때 진실을 밝히면 문제가 복잡해지니까 아버지가 죽은 것처럼 하자고 했던 일 같은 것. 그렇지만 딜립은 문제를 해결하기를 좋아한다. 어떤 문제든 해결방법이 있다고 생각한다. 방법을 찾을 때까지 찾고 뒤지고 파헤친다.

"겁날 게 뭐 있어." 딜립이 말한다.

딜립이 마음을 쓰고 있다는 걸 깨닫고 나도 다정하게 반응한다. 내가 웃으며 고개를 끄덕이자 딜립도 자기 할일을 다했다고 생각하며 웃는다. 하지만 나는 화제를 돌려서 친구들이 오기 전에 다른 이야기를 하고 싶을 뿐이다. 지난 삼십육 년 동안 나한테 마음의 평화라는 건 있었던 적이 없었고, 이 온화한 밤에 몇 마디 다정한 말을 건넨다고 우리 이전부터 존재했고 치료방법도 없는 병을 낫게 할 수는 없기 때문이다.

1981년

나의 아버지는 군인 자녀라 어릴 때 해마다 전학을 다녔고 뇌물을 써서 반 아이들을 친구로 만들어야 했다. 가장 흔히 돌린 선물은 집에서 빼돌린 수입 술이었다. 아버지의 아버지는 육군 중장이었는데, 계절에 따라 이사를 다녀야 했어도 늘 집을 외국에서 들여온 진귀한 물건으로 가득 채웠다. 나막신, 손으로 짠 태피스트리, 너무 귀한 것이라 메이드가 닦을 때마다 어머니가 감독하곤 했던 크리스털 제품. 아버지의 어머니인 나의 할머니는 부엌에 들어가기를 싫어했는데, 혼자 힘으로 식사를 차려본 적은 한 번도 없다고 외할머니한테 자랑스럽게 말했다고 한다. 할머니는 자기 집안 혈통을 거슬러올라가면 마르와르왕가 조상이 나온다는 이야기를 자주 했다. 할머니는 알아야 할 사람들을 알았고 두 딸을 좋은 집안에 혼인시켰는데, 남편이 델리로 출장을 갔다가 어느 오후에 느닷없이 죽는 바람에 큰 타격을 받았다.

결혼사진을 보면 장식한 말 위에 젊은 신랑인 우리 아버지가 올라앉아 있다. 아버지 앞에 어린 남자 조카가 앉아 있는데 나팔이 울릴 때마다 말이 움찔 앞으로 나가는 바람에 겁에 질렸다. 아이와 신랑은 똑같은 사파*를 머리에 두르고 빳빳한 칼라에 금사로 수놓은 옷을 똑같이 차려입었다. 신행행렬의 선두에 선 악사들은 빨간색과 녹색 셰르와니**를 입었는데 결혼식 하객으로 손색없는 차림이다.

남자들은 악사들 주위를 돌며 돌락*** 리듬에 맞춰 환호하고 휘파람을 분다. 여자들은 조금 뒤쪽에서 사리 자락을 밟지 않게 조심하면서 한 손을 흔들며 춤을 추고 남자들 쪽을 보고 있지만 거기까지는 않는다. 어딘가, 아마도 결혼식장 입구에서 행렬이 멈추고, 우리 엄마와 엄마 가족이 하객을 맞는 사진이 있다. 평복 차림의 지나가던 사람들도 드문드문 보인다. 행인들도 행렬에 끼어들어 같이 웃고 악수를 나눈다. 사진사 조수가 노란색 빔 조명을 신랑에게 쏘아 신랑이 환하게 빛난다. 젊은 신랑의 눈에 밝은 빛이 가득하다. 신랑이 사진마다 땀을 닦고 있다. 눈을 뜨고 있을 때도 시선은 말에 고정되어 있다.

연회장 안에서 찍은 사진도 있다. 가구와 먼 친척들에 에워싸여 그날의 핵심 행사, 지참금과 신부 전달 행사를 준비하는 사진이다.

---

* 인도 남성이 머리에 쓰는 터번 비슷한 전통 모자.

** 길이가 무릎까지 오고 목까지 단추를 채우는 남자용 코트.

*** 길쭉한 모양의 북.

여자들이 신부 곁에 오직 그들만이 이해할 수 있는 두려움을 품은 채 옹기종기 모여 있다. 남자들은 입꼬리를 내리고 어슬렁거린다.

그날 엄마는 실제 어떤 모습이었을까? 조명 때문에 얼굴이 하얗게 날아가지 않은 엄마의 모습은 어땠을까? 새로 생긴 가족의 낯선 얼굴을 보며 어떤 기분이 들었을까? 나의 아버지인 신랑은 당혹스러운 표정이다. 아직 너무 어려서 곧 자기가 저지르게 되어 있는 허가받은 납치가 잘 실감이 안 난다.

내일 아침이면 신부는 다른 존재가 될 것이다. 새 남편, 새로운 삶. 혼자 남겨지면, 어쩌면 지나간 날을 생각하면서 울지도 모른다. 죽음으로 맞은 것이 아닌 종말을 애도하면서.

외할머니는 엄마가 새로운 환경에 어떻게 적응할지 항상 걱정이었다고 말한다. "너희 엄마는 이상한 애였어. 대체 뭘 하고 싶은지 아무도 속을 몰랐지. 지금도 마찬가지인 것 같긴 해. 그런데 너희 아버지의 어머니도 정말 이상한 사람이었어. 두 사람이 같은 집에 살면서 좋을 수가 없었지."

엄마는 신혼 초 생활이 얼마나 기이했는지 나한테 여러 차례 말해주었다. 시어머니는 남편이 심장마비로 사망한 이래로 날마다 카슈미르 마늘 절임을 먹었다. 소화된 마늘 특유의 냄새가 집안에 감돌았다.

엄마가 시집에 들어온 첫날에, 시어머니가 목욕할 때 쓸 거친 비누와 수건을 한 장 주었다. 또 당신 시어머니 것이었던 낡은 사리 한 무더기도 물려주었다. 이제부터는 그걸 입으라고 했다. 옷에 코를 대보니 수십 년 동안 쌓인 먼지와 좀약 냄새가 났다. 엄마는 몸을 부르르 떨었다.

둘째 날에는, 엄마가 집안에서 돌아다니는 걸 보고 시어머니가 라디오 소리가 쩌렁쩌렁 울리는 거실로 부르더니 뭐하냐고 물었다. "아무것도요." 엄마가 대답했다. 사실이었다. 아무 할일이 없었다.

"나하고 같이 앉아서 음악 듣자."

엄마는 옛날 노래가 지겨워질 때까지 소파에 앉아 있었다. 엄마는 도어스나 프레디 머큐리 노래를 좋아했다. 하지만 엄마가 자리에서 일어나려고 하면 시어머니가 팔을 잡았다. "여기 있어. 같이 있으니 좋구나."

라디오 옆 소파에 같이 앉아 있는 시간이 최대 여섯 시간까지 계속되었다. 식사와 티는 하인들이 거실로 가져왔다. 시어머니는 손에 족집게를 하나 들고 있었다. 턱을 만져보고 억센 털이 나 있으면 족집게로 뽑곤 했다. 거울도 안 보고 뽑다가 살갗을 쥐어뜯을 때가 종종 있어 엄마는 경악했다. 시어머니의 턱은 딱지와 억센 털로 오돌토돌했다.

"이렇게 하면 좋지 않겠니?" 시어머니가 말했다. "우리 아들이 집에 올 시간쯤에 네가 문가에 서서 기다리면 말이야. 나는 신혼 때 그렇게 남편을 맞았단다."

시어머니는 벽에 걸려 있는 커다란 사진을 가리켰다. 사진 속 남자는 진한 눈썹이 이마에서 하나로 이어졌고 험악한 표정으로 옆쪽을 보고 있었다. 사진에 말린 꽃 화환이 걸려 있었다.

"너도 그렇게 할래?" 시어머니가 물었다.

엄마는 현관문 아래 틈으로 빛줄기가 들어오는 것을 보고 있었다. 무언가가 그 선을 반으로 가르기를 기다리면서 보고 있었다. 누군가의 발이. 문으로 다가오는 사람의 그림자가.

싫다고 말했더라면, 이 일을 안 할 핑계를 찾아냈더라면 하고 엄마는 후회했다. 이 집안은 뒤로 퇴보하는 집안이었다. 차라리 거실에 앉아 있는 편이 나았다.

한번 해보지 그래? 너도 해보면 좋을 수도 있잖아.

어떤 점이? 문 옆에 개처럼 서 있어서 좋을 일이 뭐가 있지?

여섯시 오 분 전이 되면 엄마는 문가로 가 파수병처럼 서서, 교통상황과 남편이 집에 오는 데 걸리는 시간 등에 따라 최대 삼십 분까지 몸을 흔들면서 기다렸다.

시어머니는 엄마가 똑바로 서 있는지 보기 위해 거실 문을 열어 놓고 있었다. 나흘이 지나자, 그렇게 오래 서 있기는 지루한 일이란 걸 시어머니도 인정했고 대신 하인이 부엌 창문 옆에 서 있다가 젊은 나리가 오는 걸 보면 소리쳐 부르는 방법을 고안해냈다. 그 순간이 오면 시어머니는 흥분한 듯 팔을 퍼덕거리며 엄마한테 빨리 문으로 가라고 손짓을 했다.

그래서 여섯시 오 분 전이 되면(사실 아들이 집에 들어오는 시각이 평균 여섯시 반경이었음에도) 시어머니는 라디오를 끄고 하인한테 밖을 감시하라고 소리를 쳤다. 엄마는 방이 조용해져서 좋았지만, 머리를 뒤로 기대거나 눈을 감기라도 하면 시어머니가 툭툭 쳤다.

"이제 더는 안 하고 싶어요." 어느 날 엄마가 말했다.

엄마가 일어서서 자기 방으로 가는 동안 시어머니는 아무 말도 하지 않았다. 키쇼르 쿠마르가 부르는 옛 노래 가락이 허공에 영원히 감도는 것 같았다.

방은 새장 같았지만, 엄마가 마음을 놓을 수 있는 유일한 곳이기도 했다. 때로 엄마는 벽에 머리를 박으며 속으로 비명을 질렀다. 때로는 침대에 누워 눈을 감고 밝은 생강색 사이드테이블에 팔을 부딪치며 멀리 여행을 갔다. 매트리스는 엄마가 쓰던 것보다 얇았다. 침대보는 회색 합성섬유여서 메이드들이 어떻게 세탁을 하는지 의문이었다. 바닥에는 불타는 듯한 붉은색 대리석이 깔려 있어서 어떤 때는 바닥 없는 심연처럼 보이기도 했다. 화장대 위에는 솔빗과 납작빗을 꽂아놓은 컵이 있었다. 엄마는 그 컵을 엎었다가 다시 일으켜세우기를 반복하며 작은 충돌소리를 들었다. 솔빗에 끼어 있는 자기 머리카락을 전부 빼서 납작빗에 감았다. 가끔은 머리카락을 손가락에 친친 감으며 살 속으로 파고드는 걸 보기도 했다. 그것도 지겨워지면 침대 헤드보드에 발을 올리고 가는 발목을 보면서 남편 생각, 남편이 지금 뭐하고 있을까 하는 생각을 띄엄띄엄 하다가 지금 누워 있는 침대로 생각이 돌아오고 아는 남자나 스치듯 지나쳤지만 잊히지 않는 깊은 인상을 남긴 남자들을 떠올렸다. 엄마는 결혼이라는 게 대체로 불행하다는 건 알았지만, 아직 어렸기 때문에 이런 게 자기 현실이 될 수 있다는 생각은 깊이 해보지 못하고 결혼에 뛰어들었다. 지금도 자신은 특별하고 예외적이며 다른 사람들이 하지 못하는 생각을 한다고 믿었다.

엄마는 작은 세이코 알람시계 바늘이 움직이는 걸 보며 문밖에서 나는 소리, 복도에서 지나가는 발걸음 소리에 귀를 기울이면서 하루가 끝나기를 기다렸다.

얼마 뒤에는 용기를 내서 아버지의 옷장을 열어봤다. 안에는 아버지가 입은 걸 본 적이 없는 옷들이 엄청나게 많았다. 아마도 이제는 몸에 안 맞는 옷일 성싶었다. 엄마는 다른 사람에게 주어버릴 옷들을 속으로 점찍어놓았지만 단 한 벌도 치우지는 않았다. 셔츠마다 소매를 건드려보았다. 남편 신발 밑창이 닳은 모양새를 살피고 속옷에서 어느 부분이 해지는지 보았다. 느긋하게 들여다보는 일이 어쩐지 즐거웠는데, 정작 남편 본인한테는 절대 그렇게 하지 않았다. 남편이 어떻게 생겼는지 알긴 하나 싶은 생각이 들 때도 있었다.

아버지는 공부를 마치고 집에 돌아오면 할머니에게 인사를 하고 씻고 책을 읽으러 갔다. 저녁식사 뒤에는 보통 거실에서 자기 어머니와 같이 시간을 보냈다. 아버지가 할머니 무릎을 베고 누우면 할머니는 아들 이마에 손을 얹고 잔머리를 반대 방향으로 자라라 하면서 쓰다듬었다. 아버지는 자기 어머니 무릎을 베고 누워 아내를 쳐다보았다. 할머니는 두 사람 다를 지켜보았다. 몇 달이 지나면서, 선이 그어졌다.

남편과 아내가 거의 말을 하지 않는 날이 많았다. 엄마는 자기 남편이 이상하고 침울하고 냉담하다고 생각했다. 시어머니는 아들이 공부에서 두각을 나타낼 거라고 철석같이 믿었고 아들은 어머니를 기쁘게 하고 싶었다. 공부의 결실은 미국이 될 것이었다. 미국에 가서 눈이 내리는 곳에서 날마다 햄버거를 먹고 물 빠진 청바지를 사며 석사학위를 딸 거라고 믿었다. 엄마도 그 꿈이 이루어지기를 바라게 되었다. 한동안 엄마는 남편이 자기를 자랑스러워하길, 클럽에서 같이 팔짱을 끼고 다니길 기대하며 긴 머리를 잘랐고 일요일에 같이 점심을 먹으러 클럽에 갈 때는 꽃무늬 실크 원피스를 입었다. 엄마는 계획을 세우고 구상을 했고 사랑하는 두 사람이 함께 미국에 갈 수만 있다면 남편이 숨겨두었던 낭만적인 면을 보여줄 거라고, 수학과 어머니로 채워져 있지 않은 면을 보여줄 거라고 상상했다.

엄마는 임신했다는 것을 알게 되었고, 또 그 무렵에 시어머니 역시 미국에 같이 가려고 계획하고 있다는 사실도 알았다. "당연히 가야지." 시어머니가 족집게를 집어들며 말했다. "너 혼자는 살림을 못할 테니까."

엄마는 우울이 깊어졌고 친정 식구들도 외면하자(외할머니가 엄마의 불평을 들어주지 않았다) 외롭고 절박한 심정이 되었다. 그게 아니라 나 때문일지도, 임신하고 호르몬이 급증한데다 새로운 삶에 두려움을 느꼈기 때문일지도 몰랐다. 어쨌거나 엄마는 예전 모습으로 돌아가기 시작했다.

머리카락이 자라도록 내버려두고 화장도 안 하고 어깨패드도 넣지 않았다.

시어머니가 물려준 사리는 전부 처분하고 늙은 하인 소행이라고 덮어씌웠다.

태아에게 해롭다는 걸 알면서도 몰래 담배를 피웠다.

열심히 사들였던 브라는 벗어던지고 예전에 입던 헐렁한 무명옷을 입었고 종교집회에 가서 구루의 설교를 듣겠다고 선언했다.

엄마가 지금껏 종교에 아무 관심을 보이지 않았던지라 뜻밖이었다. 시어머니가 막으려 해봐야 며느리의 고집은 꺾을 수가 없었다. 엄마는 이미 남들이 어떻게 생각하든 신경쓰지 않는 사람이 되어 있었다. 나를 낳은 다음에도 엄마는 나에게 젖을 안 주고 날마다 젖을 줄줄 흘리며 어디론가 가버리곤 했다.

"애도 데리고 가." 내가 어느 정도 자라자 할머니가 말했다. 할머니는 엄마와의 사이가 나빠진데다, 성가신 여자애일 뿐인 나에게도 애정이 없었다.

그래서 나는 엄마하고 같이 아침에 나가서 저녁 늦게 집에 왔다. 엄마는 날마다 몸에서 땀냄새와 행복한 기색을 풍기며 집으로 왔다. 그러다가 어느 날은 집을 나가서 돌아오지 않았다.

엄마 삶에서 이 시기의 기록은 오래된 사진 앨범에 없다. 엄마 집 먼지 덮인 철제 장 안에 있다. 엄마는 장문을 잠가놓지 않는다. 그 안에 있는 게 소중하지 않아서일 수도 있고, 어쩌면 그 물건들이 어느 날 그냥 사라졌으면 하는 생각 때문일 수도 있다. 장이 잠겨 있진 않는데 문짝이 잘 안 열린다. 푸네는 습도가 높지 않아 녹이 잘 안 스는데도 경첩 부분이 지저분한 갈색으로 변했고 문 안쪽은 살짝 삭았다. 바다 밑바닥에서 건진 것처럼 보인다.

장 안에는 사리 한 무더기, 사이사이 종이를 넣어가며 곱게 개어놓은 다른 시대의 천—반짝이는 실을 넣고 짠 바나라시 천이 있다. 그중에서 특히 아름답고도 특히 무거운 천은 엄마가 결혼식 때 똑 떨어지게 주름을 잡아서 입은 것이다. 천이 바스락거릴 정도로 빳빳하고 좀약과 아이오딘 냄새가 나지만 금빛은 바래지도 어두워지지도 않았다. 금이 진짜이고 값비싼 천이며 조부모님이 외동딸을 위해 상당한 돈을 쓰셨다는 징표이다. 거의 위압적일 정도의 붉은색이라 더욱 화려하고 진짜 신부 예복답게 보인다. 그 아래에 다른 혼수들이 있다. 정성스럽게 고른 사리, 화려한 색의 실크와 장식무늬가 든 양단 등, 여자가 살면서 맡게 되는 역할 가운데 가장 중요한 역할인 '결혼한 여자'의 새로운 삶으로 데려가줄 옷들이다. 일 년 동안은 충분히 버틸 만큼의 천을 딸려보냈으니 남편이 아내를 (적어도 당분간은) 부담스럽게 생각하지 않으리라는 뜻이다. 보석 색깔의 투사르, 프렌치 노트 스티치가 가득 놓인 두파타, 파스텔색 칸지바람, 패럿그린색 파톨라까지 보인다.*

그리고 한 칸 아래에 다른 옷이 있다. 나도 많이 본 옷이다. 프린트가 흐릿해진 낡은 면티도 몇 장 있지만 대부분 흰옷이다. 얼굴을 가까이 대면 마치 엄마가 어제 입은 것처럼 아직도 엄마 냄새가 난다. 빛이 들지 않는 곳에 방치되어 축축한데다 비참하게 살던 시간의 냄새가 난다. 작업복으로 입는 거친 조직의 면이다. 흰색이 아직 바래지 않아 여전히 눈부시고 어떤 건 거의 푸른 기가 돈다. 과부, 가족을 잃은 사람, 은둔자, 성자, 수도승, 수녀의 흰색, 속세에 속하지 않는 사람의 흰색, 이미 다른 세계에 발을 들여놓은 사람의 흰색이다. 구루와 추종자들의 흰색. 어쩌면 흰 무명옷을 엄마는 진실을 찾기 위한 방법, 자신을 다시 만들어가고 자유의 길을 찾기 위한 백지상태로 보았을지 모르겠다. 나에게는 전혀 다른 것으로 느껴진다. 우리 살아 있는 죽은 자들을 감싸던 수의, 너무 희어서

* 바라나시, 투사르, 칸지바람, 파톨라 모두 고급 실크의 일종이다.

점잖은 사회에 도저히 받아들여지지 않는 색. 우리를 외부인으로 만드는 표식. 엄마에게는 흰색이 자기 무리의 색이었으나, 나는 엄마가 모르는 걸 알았다. 흰옷이 우리를 우리 가족으로부터, 친구로부터, 그밖에 모든 이들로부터 분리했으며 그 안에서의 내 삶을 감옥으로 만들었다는 것.

우리집에서 엄마 집까지는 지름길을 택하고 중앙로를 파란불에 바로 건널 수 있으면 걸어서 사십오 분이 걸린다. 가는 길에 삼각형 모양으로 배치된 쇼핑몰 세 개를 지나간다. 하나에는 멀티플렉스 상영관이 있어서 블록버스터를 개봉하는 주에는 바깥쪽 회전교차로가 막힌다.

좁은 강 위에 2차선 다리가 놓여 있다. 몬순 때는 범람하고 여름에는 말라붙는 강이다. 고인 물에서 나는 악취가 엄마 아파트까지 풍길 때도 있다. 강둑에 건물들이 속속 들어서는데 그중 고급 콘도미니엄과 오성 호텔을 갖춘 복합시설 홈페이지에 들어가보면 객실에서 강이 보인다고 자랑해놓았다. 공사장 사이 임시 울타리는 힌디어 드라마와 미백크림을 광고하는 거대 광고판이다.

교차로마다 출근길 정체가 일어나고 푸네 전체가 기다란 병목 같다. 자동차가 총알을 난사하듯 마구 경적을 울려대 나는 곧 구멍이 숭숭 뚫린 벌집이 된다. 곧 겨울이 되어 기온이 뚝 떨어질 것이다. 사람은 서서히 적응을 시켜줘야 한다. 갑작스러운 변화는 조현병이나 목감기를 불러온다.

엄마 집이 있는 길로 들어서면서 히나를 지나친다. 히나는 한때는 작은 수레에서 과일을 팔았으나 지금은 번듯한 가게의 주인이다. 딜립은 히나가 현대 인도의 성공스토리이므로 히나에 대한 책이 나와야 한다고 말한다. 나는 히나에게 손을 흔들지만 히나는 망막박리가 일어났는데 수술을 안 하고 버티고 있어서 나를 알아보지 못한다. 히나 옆쪽에 무니라 헤어 가든이라는 미용실이 있다. 딜립은 가위 모양 로고가 절묘한 위치에 있어서 '헤어Hair'가 '털 많은Hairy'처럼 보인다고 했다. 그 옆에는 전기용품을 파는 약국이 있고, 길 건너에는 불법으로 약을 파는 전기용품점이 있다.

아파트 입구에서 수위가 인사를 건넨다. 나는 엘리베이터를 기다리며 라오 부인에게 인사를 하지만 라오 부인은 나를 보고 얼굴을 찌푸리고 그 집 포메라니안종 개는 화분 옆에 똥을 싼다. 입구 타일 사이에 낀 때는 붙박이다. 부식에 오랜 세월의 방치가 더해져 바닥재가 분리되어 있다. 다른 많은 것들처럼 이 건물도 패배 상태다. 나는 복사한 열쇠로 엄마 아파트 문을 열고 들어간다.

문 옆에서 향 막대 일곱 개가 타고 있다. 내가 기침을 하자 엄마가 부엌에서 빼꼼 내다본다. 땅콩과 커민 씨앗을 기름에 볶는 냄새가 난다. 나는 운동화를 벗는다. 끈을 풀지 않고 신고 벗어버릇해 신발 목 부분이 늘어나 있다. 바닥은 차갑고 레몬그라스 밀크 냄새가 난다. 동쪽으로 난 부엌 창문으로 빛이 들어와 엄마가 실루엣만 보인다. 엄마는 불린 타피오카 알갱이 한 그릇을 냄비에 넣고 뚜껑을 덮고 찐다.

"아침 먹었니?" 엄마가 묻길래 나는 먹었지만 안 먹었다고 한다.

늘 하던 것처럼 상을 차린다. 물과 버터밀크 마실 잔을 놓고, 손으로 먹는 걸 좋아하는 엄마 자리에는 숟가락을 놓지 않는다. 엄마는 붉은 고춧가루, 다진 풋고추를 꺼낸다. 냄비를 테이블 위에 놓고 뚜껑을 열자 냄비 안 음식을 덮고 있던 구름이 공중으로 흩어진다.

나는 큰 숟가락으로 음식을 푼다. 타피오카 알갱이가 접시에서 튀어 번들거리는 궤적을 남기며 굴러간다.

한입 가득 입에 넣는다. "뭔가 빠졌어."

"뭐가?"

"소금. 감자. 레몬."

엄마는 한입 먹고 의자에 기대 천천히 씹는다. 엄마가 화를 내길 기다리는데, 대신 엄마는 일어나 부엌으로 간다. 냉장고 문이 열렸다가 닫히는 소리, 주방 도구가 부딪는 소리가 난다. 엄마는 작은 쟁반을 들고 와 식탁 위에 올려놓는다. 레몬즙과 소금병이 있다.

"감자는?"

"사부다나 키츠디에는 감자가 안 들어가."

"엄마는 원래 감자 넣어서 만들잖아."

엄마는 잠시 말이 없다. "이번에는 안 넣었어."

나는 접시 위에서 음식을 이리저리 밀면서 엄마를 쳐다본다.

"그런 얼굴로 보지 마."

"엄마는 이걸 진지하게 생각 안 하지."

엄마가 고개를 뒤로 젖히며 웃음을 터뜨린다. 엄마 입 안쪽 어둑한 곳에 달라붙은 크림색 타피오카가 보인다. "뭘 진지하게 안 생각해?"

"왜 딜럽한테 내가 거짓말쟁이라고 했어?"

"그런 말 한 적 없어."

이 건망증이라는 게 이제 아주 편리한 구실이 됐다. 자기가 한 말과 자기가 한 행동을 기억하고 싶지 않다는 거다. 나는 지난 일을 생각하면 날마다 부글부글 끓는데 엄마는 머릿속에서 지워버릴 수 있다니 너무나 부당하다. 나는 종이에, 서랍에, 방에 기록과 메모와 생각을 남겨놓지만 그래 봐야 엄마의 기억은 하루하루 흐려진다.

엄마는 한입을 더 먹는다. "기억력이 쇠퇴하면 다른 기능이 더 발달한대."

"어떤 기능?"

"전생을 보거나 천사하고 이야기를 할 수 있는 여자들이 있어. 앞날을 내다보는 사람도 있고."

"엄만 미쳤어." 나는 가방에 손을 뻗어 스케치북을 꺼낸다. 마지막 장을 펼쳐 마흔 가지 항목이 적힌 목록에 오늘 날짜를 추가로 쓴다. 날짜 옆에 '감자'라고 적는다.

엄마는 스케치북을 들여다보더니 고개를 절레절레 흔든다. "네 남편은 어떻게 널 참고 산다니?"

"엄마는 남편도 없는 사람이 어떻게 알아?"

내가 말하는 동안 엄마의 입이 옴싹거리는 걸 보고 엄마가 내 말을 입 모양으로 흉내내는 건가 하는 생각을 한다. 전에 우리가 이

것하고 똑같은 말을 주고받은 적이 있던가? 나는 대답을 기다리지만 그 순간은 지나간다. 겨드랑이가 축축해지고 뱃속에서 뭔가 치밀어오른다.

엄마가 웃는다. 햇빛 속에서 엄마 치아가 뾰족하게 보인다. 엄마는 이런 순간을 즐기는 건가, 이런 일이 일어나길 기대하고 있었던 걸까. 심장이 빨리 뛰고 숨이 가빠진다. 나에게도 반가운 일이다.

엄마가 내 손을 두드리더니 공책을 가리킨다. "너는 내가 아니라 네 정신 상태를 걱정해야겠다."

나는 내가 적어놓은 목록에서 또박또박 적은 단어들이 기둥을 이루는 것을 보다가 조용히 공책을 덮는다. 내 접시 위의 타피오카가 굳어지고 있다. 우리 사이의 달구어진 공기도 식는다. 몇 분 만에 우리는 심한 말이 오갔던 것을 잊는다.

우리는 뜨거운 물에 레몬즙을 몇 방울 넣어 발코니로 나간다. 엄마가 손빨래한 브라 여남은 개가 빨랫줄에 걸려 있다. 천을 덧대어 기운 것도 있다.

"새거 사." 나는 너덜너덜해진 지저분한 레이스를 건드리며 말한다.

"뭐하러? 누가 본다고?"

저 아래 건물 안마당에서 아기가 메이드 품에 안겨 앙앙 운다. 여자는 경비원과 이야기를 나누면서 아기를 미친듯이 흔든다. 아기 울음소리가 고통에 시달리는 짐승 울음 같다. 우리는 말없이 앉아 아기가 울다 지치기를, 목구멍에서 소리가 더는 안 나오길 기다리지만 울음이 그치질 않는다. 메이드는 어쩔 줄 모르고 계속 흔들며 헥헥거리는데 아마도 위층에 있는 고용주들이 울음소리를 못

듣기를 빌고 있을 듯하다.

"왜 새 브라를 안 사겠다는 건지 모르겠어." 내가 말한다. 이 이야기를 다시 꺼낼 생각은 아니었는데 어쩌다보니 그렇게 됐다. 아기는 계속 운다. 아기가 뭘 바라는지, 왜 그거 말고 다른 건 다 소용없다는 건지 궁금하다.

"본보기가 되려고 하는 거야."

"무슨 본보기?"

"너한테 본보기가 되려고. 다른 사람이 뭐라고 하는지 그렇게 신경쓰면서 살 필요 없어. 세상에 보여주려고 살지 말라고. 가끔은 그냥 하고 싶은 걸 하면서 살아."

만약 우리 대화가 여행 경로라면 매번 아무도 빠져나갈 수 없는 이곳 텅 빈 막다른 골목으로 되돌아오는 경로가 만들어질 것이다.

나는 미끼를 덥석 문다. "내가 하고 싶지 않은데도 한 일이 뭔데?"

엄마는 너그럽게 봐준다는 듯한 제스처를 해 보인다. "아냐, 이 이야기는 그만하자."

그냥 놓아주지 않겠다는 거부. "그럼 왜 말을 꺼낸 건데?"

다시 묵살과 거절. "됐어. 중요한 거 아냐."

분노. "나한테는 중요해."

나머지는 예상대로 흘러간다. 엄마는 나한테 왜 종일 자길 쫓아다니면서 물고늘어지냐, 왜 광견병 걸린 개처럼 송곳니를 드러내고 달려드냐고 따진다. 엄마 괴롭히는 거 말고 다른 할일이 그렇게 없어?

나는 한순간도 망설이지 않고 엄마는 자기 생각밖에 안 한다고 말한다. 엄마의 표정이 상처받은 듯 바뀌다가 다시 원래대로 돌아오더니 이렇게 말한다. "자기 생각을 하는 건 잘못이 아냐."

늘 찾아오는 교착 상태에서 나는 멈춘다. 여기에서 이제 어디로 가나?

나는 엄마에게 그게 왜 잘못인지 낱낱이 말하고 싶지만, 표현할 말이 떠오르지 않는다. 나는 엄마에게 다른 사람이 원하는 대로 하는 게 왜 그렇게 싫냐고, 다른 사람을 행복하게 해주는 게 뭐 어떻냐고 묻고 싶다. 엄마는 억압처럼 느껴지는 것이 있으면 언제나 달아났다. 결혼, 다이어트, 병원 진단. 그랬는데도 엄마가 과다 체지방이라고 부르는 게 저절로 빠졌다. 엄마는 날씬한 몸매에는 아무 관심이 없다며, 압박에 시달리는 무지한 사람들을 주위에 두고 싶지 않다고 말한다. 그런데 그건 상대방도 마찬가지다. 클럽에서 엄마 또래 사람들 몇몇은 엄마한테 인사를 안 한다. 어릴 적 엄마를 기억하고 애정을 느낄 법한 나이 많은 친척들은 아프거나 이미 세상을 떴다. 물론 엄마 주위에도 엄마를 좋아하는 사람이 있긴 하다. 하지만 내가 보기에는 너무 적다. 우리는 늘 그렇게 외톨이였다.

엄마가 선택한 삶의 여파는 아직 가시지 않았다. 이런 손실을 감수할 가치가 있었던 건지, 엄마는 그럴 가치가 있었다고 믿는 건지 궁금하다. 내가 딜립한테로 돌아가고 나면 엄마가 방을 둘러보며 생각에 잠기는지 궁금하다. 어쩌면 이 상황은 엄마의 선택이 아닌지도 모른다. 그냥 엄마가 되풀이해서 그리고 또 그린 길, 떨쳐버릴 수가 없는 길일지도. 엄마가 달아나 있는 나날 동안 엄마의 일부는 나한테 와달라라고 외치고 있지는 않았는지 엄마에게 묻고 싶다. 엄마는 붙들려 다시 돌아와서 자기가 꼭 필요하고 중요한 사람이라고 다독임을 받고 싶었던 걸까?

이런 질문들은 엄마가 의자에 기대어 눈을 감고 아기 우는 소리를 배경으로 콧노래를 부르며 새콤한 물을 홀짝이는 걸 보는 순간 전부 공중으로 흩어진다.

딜럽은 어제 미국에서 수사자가 암사자를 죽였기 때문에 채식주의자가 되려고 한다.

동물원에 갇혀서 같이 자라온 사자들이었다. 여러 차례 짝짓기를 했고 새끼들을 낳았으나 새끼들은 어릴 때 다른 곳으로 보내졌다. 어느 주말 사람 많은 오후시간에, 사자들은 평소처럼 우리 안에 앉아 있었고, 아이들이 우리 주위를 뛰어다니면서 사자를 가리키며 부모에게 진짜냐고, 내셔널 지오그래픽 채널에서 본 것 같은 진짜 사자냐고 물었다. 다음은 신문기자가 덧붙인 말이다. 사자들이 마치 그 말을 들은 것처럼 서로 마주보더니 이렇게 말하는 것 같았다. 저애들이 우리가 진짜인지 알고 싶대. 진짜라는 걸 보여줄까?

그러고 수컷이 암컷의 머리를 뜯어먹었다.

정확히 그랬던 건 아니고, 수컷이 암컷의 얼굴을 물고 꼼짝 못하게 붙들었고 인간들이 비명을 질러대는 가운데 암컷이 수컷의 입 안에서 질식했다.

기사는 독자들에게 몇 가지 질문을 던진다. 사자들이 우울했던 걸까? 시월드에서 그랬던 것처럼 은폐된 다른 사건들이 있었을까?* 흔히 일어나는 일인데 처음인 척하는 걸까? 동물을 감금하는 것이 정상일 수 없는데도 그걸 우리 문화의 일부로 삼고 놀러가라고 어린아이들을 부추기는 게 옳은 일일까? 아이들도 진실을 알 권리가 있지 않나?

딜럽은 자기는 어릴 때도 동물원에 가는 게 싫었다고 한다. 우리에 갇힌 짐승을 보는 게 너무 끔찍했다. 식민 역사를 배울 때 교과서에서 호텐토트 비너스**가 목이 사슬에 묶인 채 담배를 피우는 한 페이지 크기 그림을 보았을 때도 비슷한 감정이 들었다. 사진 아래에 호텐토트 비너스가 죽은 뒤에 해부되어 장기가 전시되었다는 설명이 있었다. 딜럽은 십대 때 가족끼리 뭄바이로 여행 갔을 때 주후 해변에는 가지 않겠다고 버텼다 한다. 언젠가 사촌에게 거기 있는 낙타들이 너무 높은 습도 때문에 숨을 잘 쉬지 못해 거대한 폐가 젖은 베갯잇처럼 푹 젖어 있다고 들은 적이 있었던 탓이다.

남편은 어떤 것들에 크게 영향을 받는데 그게 뭐가 될지 나는 도무지 예측할 수가 없다. 딜럽은 케일이 유행하기 전에도 케일을 먹

---

* 2010년 미국 플로리다에 있는 해양 테마파크 시월드에서 범고래쇼를 하던 범고래가 조련사를 공격해 사망한 사건이 있었다. 시월드측에서는 조련사의 잘못으로 몰아가려 했으나 범고래가 지내던 열악한 환경이 조명을 받아 논란이 되었다.

** 19세기 유럽을 돌면서 구경거리가 되었던, 남아프리카공화국 코이코이족 사르키 바트만에게 붙여진 별명.

었고 비누를 직접 만들려고 한 적도 있다. 여름에는 새들이 목이 마를까봐 창턱 위에 물그릇을 올려놓는다. 딜립은 인종주의, 성차별주의, 동물 학대가 다 같은 데서 오는 것이라 생각하고 같은 개념인 것처럼 이야기한다.

그날 저녁 시어머니가 전화를 하셨길래 사자 이야기를 한다. 시어머니는 아들을 비웃으면서 대체 어째서 그런 생각을 하게 된 건지 모르겠지만 어쩌면 언젠가 여름에 수라트에서 아버지 쪽 친척들하고 같이 지낸 적이 있어 그러는지도 모르겠다고 한다. 그 사람들이 채식주의를 설파했다. 시어머니는 정작 밀워키에 있는 자기는 사자 사고 소식을 못 들었다며, 인도 신문은 미국 동물원 이야기 말고 기삿거리가 그렇게 없냐고 한다.

시어머니의 말을 전했더니 딜립이 어깨를 으쓱한다. "사람마다 생각이 다를 수 있으니까."

딜립이 이가 보이지 않게 웃음을 짓는 걸 보자 갑자기 무언가를 털어놓고 싶은 생각이 든다. "나 어릴 때 민달팽이 죽이는 거 좋아했어." 나는 내 안에 있던 독기가 밖으로 흘러나오는 것처럼 땀이 흐르고 있다는 걸 깨닫는다. "아슈람에 살 때."

딜립이 나를 쳐다보는데 표정을 읽을 수가 없다. "그래."

"민달팽이에 소금을 뿌리면 쪼그라들면서 소리를 질러. 칼리 마타가 가르쳐줬어."

딜립이 거울을 바라보며 대꾸한다. "소리를 지르진 못할 텐데."

"질러. 소리지르는 거 들은 기억이 나."

"그런 건 큰일 아냐. 어릴 때 일이잖아."

"오늘 엄마랑 싸웠어."

"무슨 일로?"

"늘 싸우는 걸로."

"당신들은 무슨 말을 하면 상대를 자극할 수 있는지 서로 너무 잘 알지."

딜립은 그날 저녁으로 달*과 채소 두 가지를 먹더니 채식을 세 끼 했을 뿐인데 벌써 몸이 건강하고 가벼워진 느낌이라고 말한다.

이틀 뒤에 퀴노아와 시금치 수프를 먹으면서 딜립은 사실은 어머니 말이 맞는다고, 여러 해 전에 구자라트주 수라트에 갔을 때 무슨 일이 있었다고 한다. 그때 자기 아버지의 고모 이야기를 들었다. 아버지의 고모는 이름이 카말라이고 1923년에 태어났는데, 카말라의 아버지는 바브나가르라는 도시에서 최초로 자동차를 산 사람이었다고 한다. 또 딸들을 아들과 차별 없이 교육시킨 최초의 사람이기도 했다. 그러다 카말라가 대학에 갈 나이가 되었는데, 카말라는 아버지에게 자이나교 수도자가 되어 팔리타나라는 작은 도시에 있는 사원 옆에 살면서 날마다 샤트룬자야 언덕의 계단 수천 개를 다른 순례자들, 신도들과 같이 오르겠다며 허락해달라고 빌었다. 카말라는 같은 꿈을 계속 꾼다는 이야기도 했다. 팔리타나의 어느 사원에 있는 자이나교 신 아디나타 조상의 얼굴이 계속 꿈에 나왔다. 카말라가 가까이 가면 얼굴이 어둠 속으로 사라졌다.

내가 알기로 자이나교도들은 가장 극단적인 채식주의자여서 고기하고 달걀 정도만 피하는 게 아니라 뿌리를 뽑아 수확한 채소도

* 렌틸콩 등의 콩, 혹은 콩으로 만든 수프.

안 먹는다. 양파와 마늘 없이 음식을 만든다. 나는 딜립이 그 지경으로 가겠다고 하면 바꿔야 하는 요리법들을 머릿속에서 전부 떠올려본다. 자이나교 여자 수도사들은 입을 흰 천으로 가리고 한 걸음 내디딜 때마다 빗자루로 바닥을 쓸어서 실수로라도 생명체를 입으로 들이마시거나 발로 밟지 않으려고 한다. 그렇지만 내가 아는 몇몇 신도들은 가죽으로 만든 신발도 신고 인도에서 산업화된 낙농이 젖소들에게 무얼 강요하는지 별 관심이 없는 것 같았다.

나는 마치 어두운 과거가 드러나기라도 한 듯 배신당한 기분이다. "당신이 자이나교도란 말은 한 적 없잖아."

"4분의 1만. 아버지 쪽으로."

"카말라 씨는 그 사원이 어디에 있는지 어떻게 알았대?"

딜립이 손끝으로 테이블을 두드린다. "몰라. 가본 적이 있었겠지."

내가 고개를 끄덕이자, 딜립이 이야기를 다시 이어가지만 아까보다는 열의가 좀 수그러든 게 느껴진다.

카말라의 요청은 거부되었고, 카말라는 매를 맞고 방에 감금되었다. 어머니가 음식이 담긴 접시를 들고 방문을 두드렸으나 카말라는 이레 동안 음식에 손도 대지 않았다. 여드레째 날에 카말라의 아버지가 문을 열었는데 딸이 자이나 수도사들이 입는 얇은 흰색 천을 몸에 두르고 있었다. 아버지는 화가 나서 딸의 머리를 덮은 흰 천을 벗겨냈다. 눈앞의 모습에 아버지는 손을 멈칫했다. 머리카락이 하나도 없었다. 두피는 빨갛고 상처투성이였다. 무슨 짓을 한 거냐고 묻자, 카말라는 자이나교의 축일인 파류샤나가 시작되었는데 이때는 성찰과 금욕의 시기이므로 여자 수도사들이 참회의 뜻으로 머리카락을 전부 뽑는다고 말했다.

"사람 머리에 머리카락이 몇 개나 있지?" 내가 이야기를 끊는다. 딜립은 어깨를 으쓱한다.

"팔리타나 언덕 꼭대기까지 계단이 몇천 개라고?" 내가 또 묻는다.

"정확히는 몰라. 아주 많아." 딜립이 말한다.

"이 이야기는 과장된 부분이 많아."

"그건 모르지."

"왜 몰라. 다음 세대는 카말라가 물위를 걸었다고 할걸."

"내 말은, 우리 집안 사람들에게 소명이 있다는 거야."

"무슨 소명?"

"극단적 비폭력에 대한 소명."

"그런데 그 반대에 대한 소명도 있잖아." 내가 말한다. 나는 딜립의 어머니가 식탁 위에 커다란 새 요리를 올리는 미국 명절을 좋아하고 중서부 겨울을 나기 위해 모피를 즐겨 입는다는 사실을 지적한다. 또 아내를 때리는 삼촌도 있고.

나로서는 머리에서 머리카락을 죄 뽑는 것이나 날마다 수천 개의 계단을 오르내리는 게 어째서 비폭력적이라는 건지 알 수 없다. 나는 여자들뿐 아니라 남자 수도사들도 그런 식으로 자기 몸을 해하냐고 묻고 싶은데, 딜립의 표정을 보고 입을 다문다.

"뭔가 당신한테 불편한 이야기인가보네." 딜립이 말한다. "걱정 마. 당신이 못하겠다면, 나 때문에 고기를 안 먹을 필요는 없어."

내 기억 중 가장 오래된 기억은 피라미드 안에 있는 거인이다. 거인이 단 위에 놓인 피라미드 중앙에 앉아 있다. 자신이 앉아 있는 구조물 모양을 흉내낸 듯 거인의 흰옷과 회색 머리카락과 무성한 턱수염이 커다란 흰색 피라미드 모양을 이룬다. 거인 둘레에 더 작지만 마찬가지로 하얀 피라미드들이 있는데 그중 하나는 우리 엄마다. 피라미드의 바다 중 하나. 위를 올려다보면 방 천장이 머리 위쪽 높은 곳에 있는 꼭짓점으로 모여 그 바깥쪽 하늘을 가리킨다.

작은 피라미드들은 책상다리로 앉아 있다. 회합의 목적이 거인을 따라 하는 것인 모양이다. 나는 그 방안에서 가장 작은데 더 커지면 어떻게 해야 할지 알 수 없다. 어떤 피라미드는 가까이 가보면 무섭다. 털이 있고 여드름이 있고 코에 커다란 땀구멍이 있다.

나처럼 작은 아이가 하나 더 있다. 구석에서 손에 걸레를 들고 서서 우리를 보고 있다. 가끔 누가 물을 달라고 하면 앞으로 나와 물을 준다. 전에, 이 피라미드 안으로 들어올 때 그 아이가 밖에 쭈그리고 앉아 아슈람 개들이 싼 똥을 줍는 걸 보았다.

거인이 눈을 뜬다. 눈꺼풀이 벌어진다. 얼굴이 온통 털로 덮여 있지만 나는 그가 짐승이 아니라 사람이라는 걸 안다. 엄마가 무서워하지 않는 걸 보고 나도 겁내지 않으려고 노력한다. 목둘레에 갈색, 분홍색, 녹색 구슬 목걸이 세 줄이 서로 엉켜 있다. 목걸이를 벗겨서 내 목에 걸고 싶다. 나는 목걸이가 없으니까. 하지만 감히 가까이 다가가지는 못한다. 거인의 입이 열리고 혀가 나오고 목구멍 안의 어둠, 한없는 심연에 묻힌 치아가 보인다.

나는 엄마 옆으로 간다. 엄마는 거인을 보고 있고 방안에 있는 모두와 마찬가지로 땀을 흘리고 있지만 엄마 특유의 냄새를 맡을 수 있다. 설명하기는 어렵지만, 엄마를 알기 때문에 나는 엄마를 사랑한다.

엄마가 나를 끌어당겨 입에 뽀뽀한다. 그러고 나를 옆구리 쪽으로 꼭 끌어안고 목덜미를 간지럽힌다. 나는 부끄럽기도 하고 엄마가 애정을 표현하고 나면 뭔가 안 좋은 일이 일어나곤 하기 때문에 불안하다.

거인이 혀를 다시 집어넣고 침을 삼킨 뒤 다시 혀를 내밀 준비를 한다. 침이 1미터 앞쪽, 중간 크기의 피라미드에 떨어진다. 머리카락이 노란 남자인데 침을 맞고도 꿈쩍 않는다. 남자가 황홀경에 빠져 거인을 따라 혀를 내밀자 남자의 그림자 너머로 침방울이 튄다. 주위를 둘러보니 나의 엄마를 비롯해 다른 피라미드들도 다 그렇게 하고 있다. 거인이 웃는 건지 기침을 하는 건지 모를 소리를 내고 또 이어 웃고 기침을 하자 거인 앞쪽으로 툭 튀어나온 배가 흔들리고 머리카락은 촉수처럼 일렁인다. 나머지 사람들도 따라서 기침하며 웃는다. 트림을 하는 소리도 들린다. 내 옆에 있는 여자는 울기 시작하는데 얼굴을 보니 눈물은 흐르지 않는다.

방안에서 더 뜨뜻한 냄새가 난다. 배꼽을 팠을 때 손가락에서 나는 냄새하고 비슷하다. 내 옆에 있는 여자는 우는 중간중간 비명을 지르고 몇몇 피라미드도 따라서 비명을 지른다. 엄마를 보았더니 얼굴이 시뻘게져 기침을 하고 있다. 나는 엄마의 손을 잡지만 엄마는 손을 밀어내고 일어선다. 거인도 일어섰고 다른 피라미드들도 전부 흰 기둥으로 바뀌어간다.

나는 일어서서 엄마의 쿠르타* 가장자리를 붙들어 손안에 말아 쥐고 손가락으로 천을 문지른다.

거인이 팔을 들어 흔들자 팔이 몸에서 떨어질 것처럼 씰룩거리며 날개 친다. 숨과 침을 내준 것처럼 팔다리도 떼어 흰색의 바닷속으로 던져주려는 것 같다.

땅이 움직인다. 사람들이 움직이기 때문에. 피라미드들이 펄쩍펄쩍 뛰고 쿵쿵 발을 구르고 춤을 추고 서로 끌어안는다. 어떤 사람은 내 이마를 건드리고 어떤 사람은 나를 끌어안는다. 나는 울면서 엄마를 부르지만 엄마가 보이지 않는다. 그러다가 엄마가 내 뒤에 있다는 걸 안다. 흰색 쿠르타 속에서 엄마의 가슴이 출렁이고 사람들이 주위를 둘러싸고 엄마의 몸을 어루만지다가 놓아준다.

* 무릎까지 오는 헐렁한 셔츠.

거인이 개굴거리는 소리를 내는데 눈이 불거져 꼭 개구리 같다. 거인이 다시 개굴거리자 몇몇이 따라 한다. 어떤 사람들은 다른 동물처럼 몸을 흔들며 히힝거리고 메애거리고 몸안에서 낯선 소리를 끌어낸다. 내 주위 사방에서 사람들이 다가왔다 멀어지고 아무도 바닥에 앉아 있는 내 존재를 모르는 것 같지만 나는 타일이 깔린 바닥 위에서 움직이는 사람들의 발냄새를 맡을 수 있다.

엄마, 나는 엄마를 보면서 속으로 부른다. 엄마가 나를 쳐다봤으면 좋겠지만 엄마는 다른 곳에 가 있다. 얼굴을 보면 알 수 있다. 엄마한테 내가 보이지 않을 때의 얼굴이다. 그 얼굴을 전에 언제 보았는지는 이전 기억이 없기 때문에 모르지만, 내가 아는 얼굴이고 내가 무서워하는 얼굴이다.

엄마는 팔을 공중에 들고 빙빙 돈다. 엄마 양옆에 남자가 둘 있는데 그들이 춤을 추자 엄마가 안 보인다. 엄마가 빙빙 돌기를 멈추고 비틀거리니 남자 한 명이 웃으며 엄마가 쓰러지지 않게 붙들지만 엄마는 얼굴에 머리카락이 들러붙고 입이 비뚜름한 채로 균형을 못 잡는다. 다른 사람들은 소리를 지르고 헛구역질을 하고 폐가 터져라 소리를 지르고 뜻 모를 소리로 방안을 가득 채운다.

"엄마." 내가 부른다.

엄마 입이 제자리로 돌아오더니 입꼬리가 올라가고 엄마가 누군가를 보고 웃는다. 엄마의 시선을 따라가보니 거기에 거인이 있다.

거인도 엄마를 따라 웃는다. 어쩌면 엄마가 거인을 따라 웃는 건지도 모른다. 누가 먼저 웃었는지 보지 못했으므로 어느 쪽인지 나는 영영 알 수 없을 것이다. 거인은 손과 무릎을 땅에 대고 엎드려 있다가 벌떡 일어난다. 긴 머리카락이 얼굴 위로 쏟아진다. 입에서 게거품이 일어 수염에 묻는다.

내가 엄마 다리를 찰싹 때리자 엄마는 나를 내려다보더니 밀어낸다.

"그러지 마." 엄마가 말한다.

팔에 힘이 빠져 옆으로 늘어진다. 엄마가 다시 밀자 나는 뒤로 휘청거린다. 엄마 가슴이 보기 흉하게 출렁인다.

"대체 왜 그러니?" 엄마가 말한다. "춤춰! 왜 그러고 있어?"

엄마와 나 사이에 다른 몸들이 더 많아진다. 흰옷을 입은 다른 몸들이 방 뒤쪽에서 앞쪽으로, 거인에게 가까이 가려고 움직인다. 사람들의 얼굴이 부풀어오르고 턱 아래에서 맥이 뛴다. 감히 너무 가까이 다가가지는 못한다.

나는 다시 일어선다. "엄마." 내가 부른다. 엄마는 환호와 웃음과 울음 속에서 내 목소리를 듣지 못한다.

"엄마." 내가 소리를 지르는데 갑자기 아랫배에서 무언가가 다급하게 느껴진다. 조금 전까지만 해도 못 느꼈는데 이제 터질 것 같다.

"엄마!" 고함을 질러보지만 내가 내는 소리는 묻혀버린다.

"엄마! 엄마! 엄마!" 팔을 파닥거리지만 엄마는 나를 보지 못한다.

"왜 그러니, 예쁜 아가?" 귓가에서 목소리가 들린다. 뒤로 물러서자 얼굴이 보인다. 얼굴에 흰 칠을 하고 검은색 옷을 입은 아줌마가 내 옆에 무릎을 구부리고 앉아 있다. 흰옷의 바다 속에서 단 하나뿐인 검은 옷. "무슨 일 있어?"

"엄마." 내가 말한다.

"엄마? 엄마한테 무슨 말을 하고 싶어?"

나는 엄마를 가리키지만 주위에 사람이 너무 많다.

"그래, 알았어, 도와줄게. 내가 해줄 수 있는 일이 있을까?"

나는 내 배를 가리키고 이어 엄마를 가리킨다. 뱃속에서 생긴 거품이 목구멍으로 솟구친다. 비누거품처럼 부드러운 거품이 아니라 단단한 플라스틱 거품이 자리를 잡고 부풀어오른다. 입에서 아무 소리도 나오질 않는다.

아줌마가 내 배를 보았다가 내 얼굴을 본 다음 반짝이는 눈썹을 치키자 파란 눈 주위 콜 가루를 시커멓게 칠한 부분이 커진다. "배가 아파?" 특이한 목소리에 전에 들어본 적이 없는 억양으로 말을 하는데 마치 노래하는 것 같다.

"쉬 마려." 내가 작은 소리로 말한다.

"알았어. 내가 데려가줄게. 화장실이 어딘지 알려줄게." 아줌마는 내 손을 잡고 우리는 흰옷의 무리 사이를 구불구불 빠져나간다. 아줌마의 거친 손안에서 꼼지락거리던 내 손가락이 긴 손톱 가장자리에 닿는다. 나는 슬쩍 뒤를 돌아보지만 엄마는 흰 바다 속으로 사라져 보이지 않는다.

화장실은 조용하다. 내가 구멍 위에 쪼그리고 앉을 수 있게 검은 옷을 입은 아줌마가 겨드랑이를 받쳐준다. 우리는 서로 마주보고 앉아 내 오줌이 변기 바닥에 떨어지는 소리를 듣는다. 다 누고 나는 고개를 끄덕인다. 아줌마는 바지를 추켜주고 허리끈을 나비매듭으로 묶어준다. 나는 아줌마 손톱이 회색이고 오돌토돌 세로줄이 있으며 손등은 검버섯으로 덮여 있는 걸 본다.

"예쁜 아가, 밖에서 나 기다려줄래?"

나는 고개를 끄덕이고 화장실 문 밖에 서서 안에서 나는 소리를 듣는다. 검은 옷을 입은 아줌마는 내 오줌소리보다 훨씬 크고 빠르고 줄기찬 소리를 낸다. 나는 화장실 문이 하나가 아니라 여럿이고, 긴 통로를 따라 문이 죽 늘어서 있는데 대부분 닫혀 있다는 걸 알아차린다. 자물쇠를 하나씩 흔들어본다. 무겁고 차갑고 금속성이다. 머리 위에서 알전구가 웅웅거리고 라디오에서 목소리가 흘러나온다. 복도 끝에는 안마당이 내려다보이는 격자 모양 난간이 있고 초파리 크기의 빗방울이 대기를 부옇게 덮었다.

헉헉대는 소리가 들려 돌아보니 문 하나가 열려 있다. 그 문 뒤에서 짐승소리 라디오 소리 또 뭔지 모를 소리가 난다. 자물쇠가 잘린 팔처럼 경첩에 걸려 있다. 문을 밀자 활짝 열린다.

걸레를 들고 있던 작은 여자아이가, 걸레 없이 방안에 십자가처럼 드러누워 있다. 여자아이는 테이블 위에 두 팔을 양옆으로 펼치고 누워 있고 흰옷을 입은 남자가 아이의 다리를 벌려 잡고 있다. 흰색의 바다에 있던 사람이다. 머리카락이 노란 피라미드였던 사람. 바지가 발목께까지 흘러내렸고 끙끙거리는 소리를 내며 아이 위에서 몸을 움직인다. "예쁜 아가, 예쁜 아가." 검은 옷을 입은 아줌마가 나를 부르는 소리가 들린다. 나는 열린 문에서 몸을 돌리고 뛴다. 아줌마는 화장실 밖에 서 있다. 아줌마는 걸을 때 이쪽저쪽으로 몸이 흔들리고 긴 옷자락이 바닥에 쓸린다.

"간식 먹을래?" 아줌마가 물으며 포도당 비스킷 한 봉지를 꺼낸다. 비스킷을 입안에 가득 넣지 과자 표면이 내 입안의 침을 다 빨아들이고 나서야 녹기 시작한다. 토할 것 같은 기분이지만 먹기를 멈출 수가 없다. 아줌마한테는 천냄새가 나고 옷에서는 오랜 세월

축적된 연기 냄새가 난다.

아줌마는 쉬면서 엄마를 기다리는 게 어떻겠냐고 묻는다. "네." 나는 대답한다.

우리는 안마당에 있는 축축한 매트리스 위에 함께 눕는다. 얼룩이 있고 빛이 바래서 바닥에 깔린 갈색 타일하고 구분이 안 된다. 이제 비는 그쳤다. 피라미드에서 나는 비명이 들리지만 아득해서 다른 어디에 있는 다른 누구의 목에서 나오는 소리일 수도 있을 것 같다. 나는 그것으로부터 거리를 두고 소리의 근원으로부터 멀어지며 그 소리를 내가 모르는 사람, 나하고 아무 관련이 없는 사람에게 연결한다.

소리와 나 사이의 공간이 멀어지면서 소리가 물러나고 귓속이 고요해지고 얼굴이 누그러진다. 눈 주위 근육이 느슨해지고 주위가 더 희게 느껴진다. 어디에서 배웠는지는 모르지만 내가 잘 쓰는 수법인데 그뒤로도 자주 반복해서 썼다.

검은 옷의 아줌마가 나에게 별을 본 적이 있냐고 묻는다. 나는 있다고 대답하고 우리는 같이 구름 낀 하늘을 쳐다본다. 별에 대해 무슨 말을 더 하고 싶지만 별이 어떤 모양인지, 몇 개나 있는지, 어떤 모양을 이루며 모여 있는지 기억이 안 난다. 별이 가만히 있던가 움직이던가? 깜박이던가 전구처럼 빛나던가? 문득 내가 정말 별을 본 적이 있는지 아니면 엄마나 아빠나 혹은 내가 모르는 걸 가르치는 일을 맡은 사람을 통해 간접적으로 알게 된 건지 의문이 들기 시작한다. 그때로부터 지금까지 남아 있는 유일한 현실은 감정과 생각뿐인데, 그게 내가 만들어낸 것인지 나에게 주입된 것인지는 알 수가 없다.

"이름이 뭐니?" 검은 옷의 아줌마가 묻는다.

"안타라." 내가 말한다.

"안녕, 안타라. 나는 칼리 마타야."

칼리 마타가 칼리 마타가 되기 전의 이름은 이브였고, 이브는 펜실베이니아 레인스보로에 있는 2에이커 땅에서 남편 앤드루와 딸 밀리, 시어머니 준과 같이 살았다. 나는 칼리 마타가 남긴 사진에서 식구들이 혀를 내밀고 있는 옆모습을 봤다. 준 할머니가 살아있을 때 식구들은 식사 때마다 기도를 했다. 칼리 마타 말로는 준이 그런 점에서 아주 엄격했는데, 믿음이 깊어서라기보다는 자녀들에게 가르침을 주기 위해서 그런 거였다. 이브는 시어머니의 잔소리를 싫어했지만 노친네가 죽은 뒤에도(그렇게 기도를 드리고도 쉰아홉까지밖에 살지 못했다) 그 전통은 지키기로 했다. 시어머니는 이브가 살면서 처음으로 본 죽은 사람이었다. 직전까지도 악마가 조종하는 인형처럼 움직이던 시어머니가 한순간 그림자 같은 존재가 되어 땅바닥에 팔다리를 늘어뜨리고 쓰러졌다. 구급대원이 혈관이 터졌다느니 그런 이야기를 했으나 이브는 도무지 믿을 수가 없었다. 시어머니는 머릿속에서 폭죽이 좀 터졌다고 세상을 뜰 사람이 아니었다. 너무나 조용하고 급작스러운 죽음이라 식구들이 받아들이기 어려웠다.

이브는 자기 부모님이 죽는 걸 본 적이 없어서, 준의 끝없는 잔소리를 지겨워했음에도 준이 죽었을 때 큰 충격을 받았다. 남편 앤드루는 죽음이라는 현상에 대해 어린 밀리보다도 아내에게 오히려 더 많이 설명해야 했다. 밀리는 아빠의 손을 잡고 알겠다고, 아빠가 슬퍼하지 않았으면 좋겠다고 말했다. 그러나 정작 엄마이고 나이가 서른도 넘은 이브는 몇 주 동안 벽만 보고 있었다. “둘 사이가 정말 가까웠나봐.” 장례식 경야 때 사람들이 이렇게 속닥였다. “정말 가까워서 시어머니를 친엄마처럼 사랑했대.” 이브는 사람들이 하는 말을 고쳐주지 않았고 속으로 시어머니가 죽길 바라기도 했다는 말 역시 하지 않았다. 그렇지만 죽음을 목격했을 때 그게 정말 끝처럼 느껴졌다는 사실이 머리에서 떨쳐지지 않았다.

이브는 매일 저녁 기도를 드려야 한다고 고집했고 앤드루도 좋다고 했다. 그런데 이브는 식구들과 고개를 숙이고 일용할 양식을 주신 걸 감사드리면서 속으로 전능한 신과 협상을 했다. 신께서 설령 식탁 위의 음식과 머리 위의 지붕을 앗아가시겠다고 하더라도 어떻게든 살아가겠다고. 하지만, 만약 기도를 듣고 계시다면, 그리고 매주 일요일 먼지 가득한 헛간에서 성경 공부를 하면서 보낸 시간이 참회의 시간으로 충분하다 여기신다면, 부디 단 한 가지 소원을 들어주시길 빈다고, 아주 사소한 것이니 반드시 들어주셔야 한다고. 이브는 오직 신께서 자기를 가장 먼저 거두어주시길, 여기 식탁에 앉아 있는 식구들보다 자기를 먼저 당신의 왕국으로 데려가주시길 빌었다. 자기는 죽지 않고 소중한 이들을 제 손으로 묻어야 한다면 도저히 살 수가 없을 것 같았다. 이 두 사람의 장례식에는 참석하지 않을 거라고, 만약 이 작은 요청을 들어주시겠다면 식사 때마다 기쁘게 가족이 함께 기도를 드리겠다고 했다. 이브는 자기는 약속을 지켰는데 신은 그러지 않았다고 생각했다. 자동차 사고 소식을 듣고 난 다음 닷새 동안 이브는 슬픔을 가눌 수가 없었다. 닷새 뒤에는 가방을 싸서 집에서 나왔다. 이브는 정말 진심이었다. 장례식에는 참석하지 않을 것이고, 시신 확인도 하지 않을 생각이었다. 마지막 안식에 들어간 남편과 딸의 모습은 결코 보지 않을 것이다. 이브는 필라델피아 언니 집에 잠시 살면서 웨딩숍에서 판매원으로 일하다가 고빈다라고 하는 남자를 만났다. 고빈다는 밝은 갈색 머리에 안경을 쓴 잘생긴 남자였는데 이브와 비슷한 우울한 기운을 풍겼고 마리화나를 팔면서 돈을 벌었다. 고빈다가 이브를 하레 크리슈나 선교원에 데려갔고 그곳에서 다 같이 노래를 불렀고 다음에 자기 아파트로 데려가서는 자기는 인도 푸슈카르에 있는 브라마 사원에 가서 고통의 고리를 끊으려고 돈을 모으고 있다고 말했다. 이브한테 같이 가겠냐고 물었다.

푸슈카르에 온 이브는 수가 놓인 검은 옷을 입었다. 옷이 무거워서 천천히 움직일 수밖에 없었다. 이브는 원래 얼굴색이 희고 팔뚝에 오렌지색 주근깨가 있었는데 두 사람이 푸슈카르의 사막 지역에서 한 해를 보내면서 얼굴색은 진해지고 피부에는 잔주름이 생겼다. 머리카락은 짧게 드레드락으로 땋아내렸다. 질끈 감은 눈꺼풀 위에 아이섀도가 청록색 먼지처럼 얹히고 주름 사이로 들어가 무늬를 만들었고 눈 둘레 라인은 콜로 시커멓게 그렸다. 입술에는 진한 건포도색을 발랐다. 머리카락에는 방랑하면서 모은 여러 가지 장식을 꽂았고 깃털과 장신구를 끈으로 매달았다.

두 사람은 작은 마을 외곽에 살면서 사막을 방랑했고 이전의 삶은 잊었다.

아무도 여자가 어디에서 왔는지 몰랐다. 여자가 나이를 초월했고 사람들이 기억하는 가장 먼 옛날부터 타르사막에서 명상하고 있었다고 말하는 사람도 있었다. 마을 사람들은 여자를 보면 절을 하고 발에 손을 대기도 했고 아이들은 여자를 운트 바이—낙타 부인이라고 불렀다. 물 없이 살 수 있다고 생각했기 때문이다.

그곳에서 칼리 마타는 흰옷을 입은 거인을 만났고 같이 여행을 떠나자고 제안을 받았다. 칼리 마타가 왜 검은 옷을 입었는지는 아무도 몰랐지만, 거인은 그런 모습이 완벽하다고, 칼리 마타는 그 자체로 온전한 존재라고 했다. 어쩌면 칼리 마타가 아직 상중이었고 칼리 마타에게는 애도의 색이 검은색이어서 그랬는지도 몰랐다. 칼리 마타가 푸네에 있는 아슈람에서 살기 시작한 지 십 년이 지난 뒤 창백하고 혼란스러운 얼굴의 임신한 여자가 명상실에 들어왔다. 그때 칼리 마타는 이제 거인의 여자는 아니었지만 스스로를 거인의 아이들의 어머니이자 추종자들의 양육자로 여겼다.

칼리 마타가 새로 온 신도에게 앉으라고 했으나, 엄마는 고개를 저었고 방안 여기저기를 둘러보았다. 엄마는 여기 있고 싶은 건지 아닌지 확신이 안 든다고 말했다. 그러나 거인이 들어오자 엄마는 앞으로 달려나가 거인의 발치에 앉았다. 그 자리에서 네 시간 동안 가구처럼 미동도 안 하고 앉아서 명상했다. 엄마는 마침내 눈을 뜨고 구루를 올려다보며 자기 삶을 바치겠다고 말했다. 그러고는 구루의 무릎에 머리를 기대고 울었다.

칼리 마타가 처음으로 미국 이야기와 내가 사는 아슈람 이야기를 해주었을 때 나는 아마 세 살 정도밖에 안 되었을 것이다. 칼리 마타는 아슈람이 있는 곳도 푸네라고 말했지만 나는 그 말을 믿을 수가 없었다. 아슈람은 푸네하고는 너무나 달랐다.

칼리 마타는 거인의 이름이 바바라고, 다른 이름도 많이 있지만 우리는 그를 바바라고 불러야 한다고 했다. 그가 우리에게 아버지이자 지도자이자 신이 되어줄 거라고 했다. 그러나 바바가 우리를 무지로부터 구원하기 위해 인간의 육신을 택했으므로, 바바 자신도 여러 면에서 겸허하게 섬기는 존재일 수밖에 없다고 했다. 바바의 계보에는 유명한 스승과 현자가 여럿 있는데 심지어 고대 문헌에 등장하는 현인들도 있다. 바바의 자서전에 나와 있다.

바바는 메르세데스 벤츠를 타고 다니고 브리지트 바르도가 나오는 영화 VHS 테이프를 수집했다. 키가 240센티미터가 넘었는데 지금은 그게 뭐 그렇게 대단한가 싶다. 목소리는 부드럽고 조용해서 수천 명이 모인 회합에서 스피커를 통해 이야기할 때도 나긋나긋하게 들렸다. 바바의 가르침은 부처, 예수, 크리슈나, 조르바의 사상을 신중하게 겹쳐 만든 서사로 보편적인 호소력이 있었다. 바바는 과학을 좋아했고 컴퓨터에도 관심이 있었다. 인도 국가대표 크리켓 시합을 시청했고 일본 음식을 즐겼다. 누구에게나 와닿을 만한 무언가 친숙한 부분이 있었다.

십대 때 엄마는 아슈람을 바깥쪽에서 보면서 신자들의 자유로운 분위기를 동경했다. 그렇지만 여러 해가 지난 뒤, 남편의 집에 외로움과 따분함이 가득하다는 걸 알게 된 다음에야 아슈람에 발을 들여놓았다. 엄마는 탈출구를 찾고 있었다.

아슈람 홍보책자를 보면 아슈람이 처음 생겼을 때, 함석지붕을 얹은 빛이 거의 안 드는 간이건물이었을 때의 사진이 있다. 아슈람은 높이가 20미터나 되는, 사방으로 뻗은 구불구불한 기지가 위로도 아래로도 자라는 바니안나무를 중심으로 점차 커졌다. 수행자들이 언젠가 열매를 맺길 기대하며 레몬과 망고 묘목을 심었다. 서서히 상수도와 전기 설치 허가를 받았다. 우물을 팔 수 있는지 물길을 탐사했다. 정화조가 필요했다. 콘크리트를 붓고 토대를 만들었다. 틀을 세우고 트러스를 올렸다.

이런 사진들에 이어 리조트 겸 성소인 오늘날 아슈람의 모습이 나온다. 지도자는 죽었으나 그의 가르침은 아직 계속된다. 현재는 방마다 평면 티브이가 있고 커플 마사지와 타로점 서비스를 제공한다. 입장 전에 에이즈 검사가 필수다.

아슈람에서 살았던 사 년 가운데 내 기억에 남은 것은 아주 일부뿐이다. 내가 칼리 마타와 같이 쓰던 방 침대 위에 너덜너덜한 모기장이 걸려 있었다. 칼리 마타는 메이크업 팔레트에 있는 색조 화장품을 내 얼굴에 바를 수 있게 해주었다. 부엌은 아슈람에서 내가 가장 좋아하는 공간이었다. 반짝이는 스테인리스 접시와 컵 수백 개가 건조대에 걸려 있는 곳에서, 칼리 마타가 칼을 쥔 손에 힘을 일정하게 주고 사과를 깎는 법을 가르쳐주었다. 바바가 먹을 음식을 요리하는 엄마의 모습을 볼 수 있는 곳이기도 했다. 내가 엄마와 바바가 같이 쓰는 방의 묵직한 나무문을 두드리며 새와 뱀 조각을 손끝으로 만졌던 일도 기억난다.

또 어느 날에는 외할아버지가 찾아와서 엄마와 내가 이런 외국인과 창녀 집합소에 사는 걸 더는 못 참겠다고 했다. 할아버지는 엄마가 집안에 수치를 가져왔다며 당장 남편한테 돌아가라고 했다. 엄마는 말을 듣지 않았고 이제 여기가 자기 집이라고 말했다. 바바가 내 아버지가 되고 수행자들이 내 가족이 되어줄 거라고 했다.

걸레를 들고 있던 여자아이의 이름은 시타였다. 시타는 명상실을 청소하고 식물에 물을 주고 말은 한마디도 하지 않았다. 점심식사가 끝나면 누덕누덕 기운 밀짚 돗자리 위에 누워 쉬었는데 팔꿈치 사이 틈으로 눈이 반짝반짝 빛났다. 최근에 그애가 어떻게 되었는지 알아보았는데 그런 애가 있었다는 사실을 기억하는 사람이 아무도 없었다.

나는 바바의 이미지를 봉투 안에 모아놓았다. 바바는 사진을 좋아해서 사진사를 늘 가까이 두었다. "사진으로 역사를 기록하는 게 아닙니다. 사진이 역사를 결정하지요. 당신 사진이 남아 있지 않으면 당신은 존재한 적이 없는 겁니다." 바바가 말했다.

엄마가 바바 옆에 서 있는 사진이 몇 장 있다. 엄마가 사리를 입고 있는 사진도 있다. 남편 집에서 나온 뒤 처음으로 사리를 입은 날이었는데 바바와 상징적 결혼식을 올리기 위해 입은 거였다.

사리는 거친 면 재질의 눈부시게 흰 천 두 장을 꿰매어 만들었다. 페티코트는 없고 허리에 갈색 끈을 묶었다. 끈 끄트머리는 신발끈처럼 플라스틱으로 오므라져 있었다. 옷자락에 주름을 넣어 고정했는데 천이 부족해서 주름이 세 개뿐이고 주름 폭도 보통 사리의 절반밖에 안 되었다. 엄마는 그날 종종걸음으로 걸어야 했을 것이다. 엄마는 황마 돗자리 위에, 바바 옆에서 조금 뒤쪽으로 물러나 앉아 있다. 맨살이 드러난 어깨 위로 머리카락을 풀어 늘어뜨렸다. 사리의 짧은 끝자락이 머리 위에 얹혔다. 천 끝을 엄마가 손으로 잡았다. 햇빛이 눈부신 날이었는지 눈을 억지로 뜨고 있다.

내가 아슈람 서점에서 산 엽서와 열쇠고리에도 바바 사진이 있다. 또 나는 마이크로필름 자료를 인쇄한 바바의 부고 기사도 갖고 있다.

기사에는 사망 원인이 약물 과용으로 추정된다고 나와 있지만 추종자들은 바바가 지역 유지들에 의해 독살당했다고 주장한다. 쉰일곱 살이었고 거인증이라는 병이 있어서 그렇게 키가 컸다고 한다. 아내나 자녀 등 유족은 없었다.

보름달이 뜨면 엄마는 창문을 닫고 아파트 곳곳에 백단향을 피운다. 칼리 마타가 그렇게 하면 악령과 모기를 없앨 수 있다고 했다. 딱 한 번 이 습관을 따르지 않았던 해가 있는데 의사가 향 때문에 나한테 천식이 생겼다고 했을 때였다. 엄마는 그해를 모든 게 잘못된 해로 기억한다.

오늘은 카슈타가 이 작은 의식을 수행하고 있고 방안에 짙은 연기가 가득하다. 나는 기이한 무늬를 그리는 연기에서 어떤 모양이나 얼굴이 보이는지 들여다본다. 나니는 부연 연기에 둘러싸인 채 등받이가 수직인 의자에 앉아 있고 나는 기침을 한다. 나니가 자는 건지 아닌지 알 수 없다. 엄마는 나니 옆에 멍한 얼굴로 앉아 있다. 오늘은 엄마가 조금 멍하다.

나는 창문 옆에 선다. 하늘에서 달이 하얗게 빛나는 걸 보며 파도가 높이 솟구쳐 달빛에 물든 바닷가에 부딪히는 모습을 상상한다. 커피테이블 위에 잡지와 뜯지 않은 우편물과 함께 얹혀 있는 접힌 신문에 오늘 슈퍼문이 뜬다고 나와 있다. 다시 창으로 눈을 돌려 달의 표면을 본다. 빛나긴 하지만 너무 많이 얻어맞은 것처럼 멍투성이다. 나는 신문에서 달 기사가 난 면을 펼쳐 그 위에 연필로 달의 표면을 그리며 폭력의 흔적을 기록한다.

기사에 달이 평소보다 더 크게 보인다고, 1948년 이래로 달이 지구에 가장 가까이 다가온 날이라고 나와 있다.

"나니." 내가 부르자 할머니가 눈을 끔벅이며 나를 본다. "전에 달이 이만큼 가까웠던 게 1948년이래요."

나니가 웃으며 코를 긁는다. "할머니가 태어난 해네요." 내가 덧붙인다.

"그래. 그해 생각난다." 나니가 말한다.

나니는 언제 태어났는지 기록이 없다. 난민캠프의 아이들은 아기 머리를 깎는 문단 의식*을 치르기 전에 대부분 죽는 탓이었다. 할아버지가 여권을 만들려고 할머니 생일을 만들어냈다. 그렇지만 나니는 자기 삶 이야기를 할 때 첫 시작 순간부터 이야기한다. 산파들이 물탄 지방 방언으로 소리를 지르며 더러운 천으로 자기 몸에서 양수를 닦아냈다고. 나니는 배가 고파 울면서 절박하게 엄마 젖을 찾았는데, 피부가 하도 창백해서 가우리—하얀 아이라는 이름이 붙었다고 한다.

* 아기 머리를 처음으로 깎아주는 의식. 힌두 전통에서는 보통 생후 사 개월에서 삼 년 사이에 치러진다.

나는 나니에게 보통 사람은 어릴 때 일도 잘 기억 못하는데 어떻게 태어났을 때를 기억한다고 확신하냐고 묻는다.

나니는 콧방귀를 뀐다. 넌 그때 살아보지 않아서 모른다고 말한다. 분할시기*는 지금과 다른 시대였다. 그때는 그 이후에는 다시 일어나지 않았던 일들이 일어났다.

나니는 눈을 파르르 떨며 내 뒤쪽 벽을 응시한다. 나는 고개를 돌려 노트북을 열고 아밀로이드 플라크의 구조가 나와 있는 문서를 연다. 벨크로 테이프에서 짝을 이루는 한쪽이 사라진 것 같은 모양이다. 뇌조직이 아밀로이드 플라크에 파묻혀 너덜너덜한 모습으로 제자리가 아닌 곳에 갇혀 있는 그림도 있다.

알로이스 알츠하이머가 1906년 자기 환자 아우구스테가 사망한 뒤 뇌를 해부했을 때 발견한 게 이것이다. 불쌍한 아우구스테는 정신이 온전치 못했다.

과학자들은 아밀로이드 플라크가 어디에서 만들어지는지는 물론 이 단백질이 왜 비정상적으로 뭉치는지도 알지 못한다. 읽다보니 암에 관한 설명하고 비슷하다는 생각이 들지만, 말을 함부로 하는 것처럼 들릴까봐 입 밖에 내지는 않는다.

아밀로이드 플라크는 증상에 불과할 수도 있다. 원인은 뭘까? 염색체 끝에 줄넘기 손잡이처럼 달려 있는 말단소립의 길이도 한 가지 원인일 수 있다. 말단소립은 시간이 흐르면 짧아지는데 그게 생물학적 노화의 지표이다.

---

* 1947년 인도가 영국에서 독립하면서 인도 벵골주 일부가 갈라져나와 파키스탄이 되었다.

그게 원인일까 아니면 또다른 증상일까?

노화가 모든 사람에게 찾아오는 운명은 아닌 듯하다. 인지력 감퇴도 그렇고.

나이를 먹지 않는 사람도 있는지 궁금하다. 영원불멸하는 사람도 있을까.

나니는 건강이 좋아 보이고, 할아버지가 살아 있을 때보다 오히려 더 정신이 또렷한 것 같다. 그렇다고 나이를 먹지 않는 건 아니다. 나이들어 보인다. 관절도 생각도 경직되었다.

나는 x축과 y축을 그리고 한 축에는 나이, 다른 축에는 쇠락이라고 적는다. 그래프 위에 엄마와 나니를 표시한다. 두 사람 사이에 작은 크릴새우 가족이 있다.

나는 칼리 마타는 이 그래프의 제약을 따르지 않을 거라고, 무한에 한없이 가까워질 거라고 생각했다. 그런데 어느 날 아침 갑자기 자기 집에서 죽었다.

엄마가 기억을 되찾도록 하는 과정에서 얼마나 많은 크릴새우가 죽을 것인가? 나는 종이 위쪽 모퉁이에 달 표면을 그리기 시작한다.

"너 생리하지."

그림에서 고개를 든다. 달이 후추를 뿌린 오믈렛으로 바뀌어 있다. 엄마는 화장실 불을 끄고 소파에 앉는다. 연기가 가라앉는다. 나니 고개가 어깨 위로 기울어진다.

"응. 어떻게 알아?"

"냄새가 남아 있어. 파인애플냄새."

내 몸에서는 냄새가 난 적이 없다. 그렇게 특정한 무언가로 분류

될 만한 냄새가 안 난다. 딜럽은 말한 적이 없다. 딜럽이 파인애플 냄새를 알까 궁금하다. 전에 키위에 알레르기 반응을 일으켜서 입술이 퉁퉁 부은 적이 있었다.

나는 잠시 더 달을 쳐다본다. 딜럽이 집에 오면 같이 달을 보자고 말해야겠다.

엄마가 하품을 한다. "오늘 시작했어?"

나는 잠시 기억을 더듬어본다. "응. 오늘 아침에."

엄마가 고개를 끄덕인다. 쿠션에 몸을 기댄다. "항상 그러듯 달하고 같이 오지. 칼리 마타, 당신한테서 늘 파인애플냄새가 나."

달이 하늘 저편으로 움직여 이제 건물에 가려 보이지 않는다. 나는 기억에 의존해 달의 표면을 다시 그린다.

"이게 뭐야?"

내가 고개를 든다. 나니가 손에 구겨진 종이쪽지를 들고 있다.

"엄마 기억을 일깨우려고 집 여기저기 쪽지를 남겨뒀어요. 엄마가 찾아서 읽어볼 수 있게. 기억에 도움이 될 것 같아서요."

나니가 웃는다. "착하구나. 읽어주렴."

나는 잠시 머뭇거리면서 종이쪽지를 손바닥 위에서 펼친다. 몇 주 만에 고대 양피지처럼 변해 있다.

"안타라의 키츠디*에 고추를 넣었을 때." 내가 읽는다.

나니가 웃더니 내가 다 읽고 나자 기침을 한다. "그게 언제였어?"

---

* 쌀과 렌틸콩으로 만든 죽 비슷한 요리. 이유식으로도 먹는다.

"내가 매운 음식을 먹을 줄 알아야 한다고 그랬던 것 같아요. 딸꾹질이 멈추지 않는데도 계속 그랬어요."

나니가 고개를 젓는다. "너희 엄마가 네 키츠디에 고추를 넣은 게 아니야. 네가 독한 감기에 걸렸길래 내가 생강을 넣었어."

"아녜요." 내가 말한다.

나는 입에서 아픈 맛을 느낀 걸 확실히 기억한다고 생각했다.

"확실해." 나니가 말한다. "엄마한테 물어봤어? 엄마도 그렇다고 할 거다."

언젠가 내가 그 쪽지를 읽어줬을 때 엄마가 나를 멍하게 쳐다보길래 나중에 다시 찾아서 보라고 소파에 끼워넣었다.

"물어봐봤자 기억을 못해요." 내가 나니한테 말한다.

"그런 일이 없었으니까 기억을 못하지."

나는 다리 뒤쪽이 뻣뻣해지는 느낌이다. 나니가 딜립한테 들었을까? 엄마가 내가 거짓말을 한다고 할머니한테 말한 걸까?

종이가 내 손에서 스르르 빠져나간다. 사방 창문이 모두 닫혀 있는데도. 머리 위쪽에서 팬이 돌면서 팬을 다시 밀어내는 감춰진 기계장치가 있는 부분으로 돌아올 때마다 작게 쉿 하는 소리가 난다. 나는 종이를 주우려고 허리를 숙이지만 종이는 납작한 유령처럼 멀리 날아간다. 나니가 웃음을 터뜨리는데 웃음소리가 캑캑거린다. 웃음과 기침이 하나로 뭉쳐진 것 같고 기쁨과 불편 사이에 아무 경계가 없는 것 같다. 우리는 종이가 소파 아래로 들어가는 걸 본다.

나는 주머니에서 열쇠를 하나 꺼내 할머니에게 건넨다.

"이게 뭐야?"

“엄마 은행 금고 열쇠요.”

할머니는 돋보기안경을 끼고 열쇠고리를 살펴본다. 빛이 바래 색이 흐려진 주황색 가필드 고양이다. 할머니는 고개를 들더니 눈썹을 치켜올린다.

“혹시 모르니까요. 대비를 해야 해요.” 내가 말한다.

우리가 진찰실에 들어가자 새로 온 의사가 미소를 짓는다. 지난 번 의사는 휴가를 갔다.

엄마가 환자용 가운을 불편해한다. 가운에서 다른 여자 땀냄새가 확연히 난다고 의사에게 말한다. 의사 책상 위 금속제 컵에 의사가 쓰는 도구들이 꽂혀 있다. 혀 누르는 기구, 구부러진 핀셋, 내가 이름을 모르는 다른 것들. 의사 손에 들린 도구가 날카롭고 불친절하게 보인다. 진찰실이 더러운 느낌이다. 내 눈이 엄마로부터 천장으로, 흰 전등, 에어컨으로 움직인다.

"다른 일이 또 있었습니까?" 의사가 묻는다.

"네. 악몽을 꾸세요. 메이드 말이 아침에 엄마 집에 가보면 엄마가 겁에 질려 구석에 쭈그리고 앉아 있대요."

의사의 표정에는 변화가 없다. 그저 엄마의 파일에 몇 가지를 적는다. 의사들 글씨체가 보통 그렇듯 알아볼 수가 없다. 내가 입을 연다. "모든 게 아주 빨리 진행되는 느낌이에요. 증상이 심해져요."

"모든 게 예상보다 나쁘지 않은데요." 의사가 말한다. 수염이 어디는 희고 어디는 검어 얼룩무늬를 이룬다. 앞니 두 개는 위쪽으로 갈수록 좁아지고 말을 하면서 휘파람소리를 낸다.

"약을 먹고 있으니까요." 내가 말한다.

"병이 조기 발병했을 경우에 특히, 상황이 빨리 진전되는 케이스를 본 적이 있습니다."

"이 케이스가 그런 건가요?"

"그건 모릅니다."

"그럼 무슨 말씀이에요?"

"사실 이 병에 관한 연구는 아직 확실한 결론이 나지 않은 상태라서요."

나는 노트를 펼쳐 내가 적어놓은 목록을 읽기 시작한다. "엄마한테 사진하고 옛날 비디오를 보여줬어요. 엄마가 가장 좋아하는 영화도 보고요. 엄마가 자주 가시던 곳으로 산책도 가고 드라이브도 갔어요. 최근에 만든 적이 없는 요리도 함께 만들었고요."

나는 폴더를 의사의 책상 위에 올려놓고 프린터로 인쇄해서 노란색, 녹색, 오렌지색 형광펜으로 칠한 종이를 꺼낸다. 형광펜 칠 때문에 눈이 시어서 오래 보고 있기가 힘들다. 의사는 헛기침을 하며 안경을 치켜올린다. "엄마가 누출을 일으킨 게 아닌가 하는 생각이 들어요." 나는 그런 이론이 나와 있는 대목을 가리킨다.

"누출이요." 그가 말한다.

"네, 여기저기에서요."

나는 밑줄을 쳐놓은 학술저널 논문을 옆으로 치운 다음 내가 직접 만든 팸플릿을 펼쳐 내 필생의 역작을 내보인다. 엄마의 신체기능과 출생부터 시작해 엄마 삶의 이력을 도식화한 순서도이다. 출생 지점에는, 외할머니가 제왕절개수술을 받지 않았으므로 엄마에게 질관에 있는 미생물과 면역력을 적절히 전달했을 것이라고 적어놓았다. 그때부터 시작해서 엄마의 어린 시절이 죽 아래로 펼쳐진다. 백신을 맞거나 페니실린을 투약했을 가능성이 있었던 때를 열거했다.

다음 페이지에서는 미토콘드리아에 어떤 손상이 있을지에 집중했다. 미토콘드리아는 노화하지 않는 세포의 중심기관이며 모계로부터 물려받아 계속 몸안에 남아 있는 기관이다. 거대한 거미 그림 중심에 '미토콘드리아'라고 적었고 거미 다리가 서로 얽히며 크레브스회로라는 거미줄로 뻗는 모양을 그렸다. 말단소립이 짧아져 효소 생산을 하향 조정하고 따라서 미토콘드리아의 대사 속도가 감소한다. 가장자리에는 활성산소가 가득차 넘치는 작은 우리 같은 게 있는데, 활성산소가 기하급수적으로 늘어나면 위험도가 증가하고 전체 구조의 형체를 유지하는 얇은 막인 지질이중층이 갈라지고 무너지기 시작한다.

뒷장에는 엄마의 장을 그렸는데, 여러 해 동안 아무 음식 아무 약이나 먹은 탓에 구불구불한 복도에 구멍이 숭숭 뚫린 모양이다. 죽은 병사들을 산더미처럼 쌓아 화장 준비를 해놓았다.

"이게 뭐예요?" 의사가 묻는다.

나는 종이를 내려다본다. "공부를 좀 했어요. 이게 제가 지금까지 알아낸 거예요."

"지금 장난하는 거죠?" 의사가 말한다.

갑자기 의사의 얼굴을 똑바로 볼 수가 없다. 종이를 전부 구겨버리고 싶다.

"이거 치우세요." 의사가 말한다. "한번 시도해볼 만한 실험적 치료법이 있는데요." 의사가 부작용 몇 가지를 열거한다. 뇌졸중. 심장마비. 우울감.

나는 생각해보겠다고 말하며 바닥이 순간 확 꺼져서 내가 여기서 사라졌으면 좋겠다는 생각을 한다.

"그렇게 하세요. 또 따님이 이 시기를 잘 보낼 수 있게 도와줄 분이 필요할 것 같습니다."

나는 의사가 다음 이야기를 하길 기다린다. 의사는 고개를 갸웃하며 나를 본다. "심리치료사와 상담해보는 것도 좋겠고요. 전과 다른 입장이 되었는데 이걸 어떻게 겪어나갈 것인지. 보호자도 환자 못지않게 힘들 수 있습니다. 스트레스가 아주 많은 일이에요."

병원에서 집으로 돌아가는 길에, 유제품 가게와 독일 빵집 사이에 있는 작은 교회에 미사를 보러 가는 무리를 지나친다. 엄마와 나는 말없이 창밖을 본다. 크리스마스이브라 교회에 크리스마스 장식이 걸려 있고 동요에 나오는 작은 별처럼 반짝반짝 빛난다. 자정에 초에 불을 붙이려고 사람들이 길게 줄을 서 있어 길이 막히고 자동차 흐름이 멈춰 경적과 성난 고함이 찬송가 소리를 덮으며 울려퍼진다.

복잡한 길 건너 부서진 인도를 따라 조금 더 가면 나오는 모스크에서는 하루에 다섯 번 기도시간을 소리쳐서 알린다. 크리스마스라고 예외는 없다. 푸네에서는 기독교도들만 크리스마스를 즐기는 건 아니다. 특히 교회 입구에 서 있는 성모마리아 성상이 숭배자들에게 행운을 가져다준다고 믿는 사람이 많다. 분홍색 거즈천을 두른 조그만 성상을 사람들이 일부러 찾아간다. 나도 차가 그 앞을 지날 때 무심코 기도를 하게 되는데 구체적으로 무얼 비는 건 아니고 그냥 뭐든 잘되게 해달라고 빈다.

모스크를 지키는 사람들은 무슬림들도 성모마리아와 그 아들한테 축복을 받으려고 줄을 서는 걸 알아서 25일 해가 지고 나면 특히 우렁찬 소리로 저녁기도시간을 알린다. 열대지방에서 전나무가 아무리 반짝거리며 밝은 불빛을 내봤자 신자의 의무를 잊어서는 안 된다는 걸 일깨우기 위해서다.

나는 엄마를 본다. 차가 멈추자 엄마는 눈을 감는다. 우리가 이렇게 엉망이 아니라면 좋았을 텐데.

"하루이틀 우리집에 와 계시면 어때요, 엄마?" 나는 작은 소리로 말한다. 엄마가 내 말을 못 들었으면 하는 마음이 반이다. "다음주쯤? 새해 지나고?"

엄마는 눈을 뜨고 내 뒤쪽으로 사람들이 바글거리는 길을 본다. "봐서." 엄마가 말한다. "하루이틀 정도만."

자정이 지나 날짜가 바뀌고 교회, 모스크, 달구지에서 나는 소음이 더욱 커진다. 목소리가 불협화음을 낸다. 비명과 기도가 구분이 되지 않는다. 거리가 난장판이다. 소음이 점점 커지는 걸로 보아, 축일은 이미 지나갔고 이제 과식한 몸을 비우고 전날의 과잉을 반성해야 하는 때가 됐다는 걸 아무도 의식 못하는 것 같다.

그날 밤 나는 잠을 잘 이루지 못한다. 침대 테이블 옆 전선들은 벽 건너 혼란 속으로 사라진다. 머리 위에 있는 천장등은 나를 지켜보는 눈이다.

다음날 아침 도시는 비교적 조용한 상태로 되돌아왔고 교회에서는 전기를 아끼려고 크리스마스 조명을 바로 꺼버렸다. 기계, 사람, 짐승의 흐름이 원래 상태를 회복한다.

복싱데이*에, 딜립이 전화회의가 잡혀 있다고 해서 나는 혼자 외출한다. 릭샤 지붕을 덮은 검은색 고무천막이 양옆으로 차양처럼 늘어져 내 얼굴을 감추고 햇볕과 남자들의 음흉한 시선과 그 밖의 재앙을 차단한다. 어쨌거나 빛이 닿는 곳에는 남자들의 시선이 닿을 테고, 솜뭉치 같은 구름을 뚫고 전해지는 해의 온기가 몸으로 느껴지니 내 눈에는 그들이 안 보여도 그들은 샌들을 신은 내 발, 발목, 몸, 맨팔을 볼 것이다. 그 사람들 입장에서도 문이 없는 차를 타고 돌아다니는 여자를 구경할 때 머리가 없는 편이 더 보기 편하다.

가끔 얼굴이 덮개 아래로 불쑥 나타나기도 한다. 누가 탔는지 보려고 고개를 들이미는 사람이 있다. 하지만 차가 빠른 속도로 움직이기 때문에 내가 보기에는 구분이 안 가고 그 사람이 그 사람 같고 그 길이 그 길 같다.

복잡한 MG 로드를 통과하며 책방, 보석상, 혼잡한 가운데 서로 부르는 사람들을 지나친다. 이곳도 많이 바뀐 것 같은데 너무 빨리

---

* 크리스마스 다음날.

지나가서 어떻게 바뀌었는지는 알 수 없다. 말라붙은 콧구멍에 카야니 빵집 빵냄새가 들어온다. 릭샤가 신호등 앞에서 덜덜거리며 멈춰 엔진에서 연기를 뿜는다. 남자 둘이 옛날 전화교환국이 있던 곳 옆 다 무너져가는 문에 기대어 있다. 두 사람이 비디* 한 대를 나누어 피우고 남자들 머리 위쪽 담벼락에 박힌 깨진 유릿조각이 햇빛에 반짝인다. 내가 재채기를 하자 운전기사가 나를 흘긋 돌아본다. 운전사 입 옆에 주황색 침이 고여 있다. 운전사는 땅에 침을 뱉더니 양쪽 콧구멍에 손을 대고 차례로 속을 비운다.

버스 정류장에서 사람들이 버스 뒤쪽을 붙잡고 빨간색 차체에 몸을 붙인다. 길모퉁이에서 다리 없는 아이가 하루 지난 신문을 팔고 벼룩투성이 개가 길바닥에 등을 문댄다.

대학생들이 스쿠터 한 대에 세 명씩 타고 뒤쪽 먼지 속에 남아 있는 친구들에게 뭐라 소리를 지른다. 여자아이들은 웃고 있고 귀에는 귀걸이를 줄줄이 달았다. 옛날 엄마의 모습 같은 여자아이들도 있다. 머리부터 발끝까지 한가지 색 옷을 입고 머리카락을 뒤로 늘어뜨려 살아 있는 생명체처럼 출렁이게 하는 여자아이들. 그들의 눈, 옷, 팔다리, 벌린 입을 본다. 날이 따뜻하고 화창하다.

클럽에서 퍼비를 만나 점심을 먹는다. 오후는 엿듣는 시간이다. 우리가 산책로를 따라 빙빙 도는 동안 퍼비가 전날 밤 놀러갔던 나이트클럽 이야기를 한다. 나는 퍼비의 이야기를 들으면서 남자 둘이 강제 불임시술 계획의 이점을 논하는 것도 듣고 십대 여자아이들이 클럽 안에서 돌아다니며 부르는 노래 가사도 듣는다.

* 잎으로 말아 실로 묶은 담배.

길을 따라 돌다보면 관목 울타리와 철조망 바로 너머로 복잡한 교차로가 보일 때도 있다. 차가 끼익 브레이크 소리를 내며 멈추고 양쪽 운전자들이 서로 양보 못한다며 좁은 틈으로 차머리를 들이민다. 운전자들이 차에서 내려 모여서 이래라저래라 하고 사방에서 경적이 한없이 울린다. 고개를 젓고 욕설을 내뱉는데 처음에는 상대방의 어머니를 모욕하고 이어 누이와 여자 사촌들도 거론한다.

매연과 함께 불협화음이 번진다. 우리는 걷기를 멈추고 산울타리 뒤에서 구경한다. 고무 타는 냄새가 난다. 저마다 목소리를 높이자 알아들을 수 없는 소음이 된다. 팔이 앞으로 나오고 뒤이어 다른 팔들도 나온다. 멱살을 잡고 어깨를 밀치고 드잡이를 하며 먼지가 인다. 사람들 가운데 한 명이 쓰러져 모욕과 분노에 깔린다. 머리 위에 열기가 내리쬔다. 어떤 남자가 고개를 들어 우리를 본다. 험악한 인상으로 노려본다. 머리 위 나무가 이리저리 흔들리며 그늘도 움직인다. 나는 철조망에 감겨 있는 내 손을 내려다본다. 손을 펼쳐 철조망을 놓고 물러서지만 멀리에서는 싸움이 계속된다. 싸움에서 한 사람이 패한다.

퍼비는 계속 무어라 말하고 있다. 흥분해서 손으로 공기를 빚는 듯한 동작을 하더니 부적절한 단어를 지워내듯 두 손을 서로 비빈다. 퍼비 말이, 양쪽 손바닥이나 발바닥을 비비는 게 좌뇌와 우뇌를 통합하는 요가 동작이라고 한다. 퍼비는 어릴 때는 남자아이 같은 여자아이여서 자기 머리카락을 싫어했고 골반을 감췄다. 지금은 손톱에 칠을 하고 뾰족하게 다듬는다. 퍼비는 이른 나이에, 그럴 만한 이유로 결혼한 친구 중 하나다. 퍼비는 남편과 크루즈 여행을 다니고 별장을 빌리고 스키 타는 법을 배운다. 말을 사기도 하고 팔기도 하고 같은 옷을 두 번 입는 일이 드물고 아파트에는 에어컨을 늘상 켜놓는다. 가끔 이렇게 우리 둘만 있을 때 퍼비는 내 손을 깍지 껴서 잡고 아이가 배트를 휘두르듯이 팔을 흔든다. 걸으면서 퍼비는 나를 계속 건드린다. 팔꿈치를 비비고 손목 안쪽 예민한 부분이 스치게 하고 내 앞쪽으로 몸을 들이민다. 일 년 전에 클럽 화장실에서 퍼비가 나한테 핑거링을 한 적이 있다. 우리 남편들은 바에서 술을 주문하고 있었다. 그뒤로 그 일에 대해 이야기한 적은 없다.

"우리 아버지가 식구들하고 같이 왔어." 테이블에 앉은 다음에 내가 퍼비에게 말한다.

복싱데이라 놀러 나온 모양이다. 아버지의 아내는 하얀 등나무 의자에 기대앉았고 아버지는 팔걸이에 걸터앉았다. 서로 몸을 대고 있지는 않지만 자주 마주본다. 아버지가 뭐라고 말할 때마다 새어머니는 고개를 끄덕인다. 그러더니 새어머니가 내가 한 번도 보지 못한 웃음을 터뜨린다. 어깨가 들썩거리고 웃음소리가 터져나온다. 그 소리가 내 몸을 훑고 지나간다. 퍼비는 그쪽을 흘긋 보고 메뉴판으로 고개를 돌리지만 나는 계속 보고 있다. 아버지 가족이 앉은 테이블은 햇빛을 받고 있다. 우리와 몇 미터밖에 안 떨어져 있는데도 빛 때문에 전혀 다른 세상 같다. 내가 등나무 의자에 기대자, 그쪽 광경이 건물 흰 기둥이 이루는 프레임 안에 들어 있는 그림처럼 보이기도 한다. 빅토리아시대 명화 같은 것. 과거가 있고 현재가 있고 그 사이 틈은 메워지지 않는다. 저쪽에서도 내가 보일까? 당연히 보일 것이다. 바로 여기 있는데. 아버지 가족이 이따금

이쪽으로 고개를 돌리지만, 햇빛 때문에 내가 안 보이는 듯하다. 나는 투명인간이다.

웨이터가 이쪽저쪽으로 오간다. 나는 눈을 깜박이고 시선을 돌린다.

우리 아버지는 오래전에 우리 엄마를 좋아했다. 최소한 엄마의 외모를 좋아했다. 가끔 나를 만나겠다고 하는 것도 어쩌면 그 이유 때문인지도, 내가 당신이 전에 좋아했던 여자를 닮았기 때문인지도 모른다. 내가 자기 집 거실에서, 한때 자기 자존심을 다치게 했던 여자의 모습으로, 애원하듯 쩔쩔매고 있으니.

아버지 집 이층은 현재 어떤 모습일까 궁금하다. 새 아내가 거기 산 지 수십 년이 지났으니. 내가 보여달라고 하면 어느 방이 누구 방인지 보여주고 내가 어릴 때 거기 살 때 이래로 어떻게 바뀌었는지, 어떻게 좋아졌는지, 새 싱크, 새로 짜넣은 벽장, 다시 깐 바닥 타일을 보여주려나? 어쩌면 다음번에 또 굴욕감을 무릅쓰고 아버지 집에 방문했을 때 말해볼 수도 있을 것이다. 새어머니는 당연히 자기들 사는 모습을 보여주겠다고 할 것이다. 어쩌면 남자애가 집 구경을 시켜준다고 할지도 모르지. 나는 사실상 걔 누나니까. 어쩌면 아버지는 나의 굴욕감에서 엄마의 굴욕감을 보고 여러 해 전에 당했던 모욕을 되갚은 기분일지도 모른다. 아니면 내 얼굴에서 자기 자신의 모습을 볼지도 모른다. 아내에게서 자신의 모습을 보는 것처럼. 어쩌면 아버지가 아들한테 내준 방, 부모로부터 물려받아 자기가 결혼한 여자와 같이 쓰는 침실, 아들이 어릴 때 점프하고 놀던 침대, 어쩌면 아직 내 엄마를 생각하며 새 아내와 섹스를 하는 침대를 보여줄지도 모른다. 어쩌면 내가 섹스를 할 수도 있지—자기 자신의 모습을 보기 좋아하는 남자와 바로 그 침대에서 조용히, 다른 사람들에게 들키지 않도록 조심스럽게, 아래층에서 아버지의 아내가 차를 끓이는 동안에.

배에서 꾸르륵 소리가 난다. "배고파?" 퍼비가 묻는다.

나는 고개를 젓는다. 내 배는 고파서 꾸르륵거리는 게 아니라 느닷없이 자기주장을 하는 거다. 조용한 시험시간에, 엄숙한 만찬 때, 영화에서 긴장이 넘치는 순간에 꼭 그런다. 내가 말로 못하는 걸 늘 배가 말한다. 그게 허기일 수도 있겠지만, 다른 종류의 허기다.

클럽 입구에 오픈 기념일 장식이 아직 남아 있다. 공중에 떠 있던 풍선이 지금은 반짝이 리본 끝에 축 처진 채 매달려 있다.

딜럽과 저녁을 먹고 침대에 누워 텔레비전을 본다. 내가 아이 얘기를 꺼내지만 딜럽은 볼륨을 낮추지 않는다. 딜럽은 초대 손님과 이야기를 나누는 뉴스 앵커에게 시선을 고정하고 있다. 출연진들이 인도 회사가 아닌 회사에 간디의 이미지를 상업적 목적으로 사용할 권리가 있는지 토론한다.

딜럽이 내 말을 들었는지 알 수 없다. 벽에 그림을 더 걸었으면 좋겠다. 텅 빈 흰 벽만 바라보면 뭐하나? 딜럽은 벽이 비어 있어야 머리를 비울 수 있다고 말한다.

"인도가 지긋지긋해." 딜럽이 말한다.

나는 텔레비전 채널을 다른 데로 돌리라고 한다. "아니, 여기 모든 것이 다 그렇다고." 딜럽이 나를 봤다가 다시 화면으로 눈을 돌린다. "당신 빼고."

"뭐가 문제야?"

"이 삶. 일. 이 도시." 딜립의 다리 하나가 침대에서 미끄러져내려가 딜립은 반은 앉아 있고 반은 누운 상태다.

나는 고개를 끄덕이지만 딜립이 나를 보지 않길래 딜립의 손 위에 손을 얹는다. 텔레비전에서 광고가 정규방송보다 더 큰 소리로 나온다. 남녀가 녹아내리는 초콜릿 바를 나누어 먹으며 서로의 손가락을 핥는다. 로맨틱하게 보이라고 그러는 거겠지만 나는 역겨워져서 토하지 않으려고 고개를 돌린다. 나는 이 아파트가 싫다. 잡지에 나오는 것 같은 널찍한 곳에 사방에 아름다운 쓰레기를 적당히 많이 늘어놓고 살고 싶다. 방 한가운데 동상처럼 꿈쩍 않고 서 있을 수 있고, 그래도 내 몸에도 내 물건에도 영영 먼지가 쌓이지 않는 곳.

"여기 말고 어디로 가야 할지 모르겠는데." 내가 말한다. 딜립이 나를 쳐다보며 기다린다. 나는 딜립에게 이미 답이 있고 내가 그걸 떠올리길 바란다는 걸 깨닫는다.

"나도 가족이 있어." 내가 답할 시간이 지나자 딜립이 말한다.

나는 발을 내려다본다. 엄지발톱에 바른 네일 폴리시가 일부 떨어져나갔다. 발등에 가는 털이 몇 가닥 있다. 뽑아야 하는데 몇 달 동안 잊고 있었다. 딜립은 못 알아차린다. 어쩌면 알아차렸는데 신경쓰지 않는지도. 어쩌면 신경쓰이는데 착해서 차마 말을 못하는지도.

"아이 원해?" 내가 다시 묻는다. 이렇게 물으면서 나는 딜립처럼 말하는 아이는, 혀가 입에서 너무 자유롭게 움직이는 것처럼 말하는 아이는 원하지 않는다는 생각을 한다.

우리가 데이트를 시작하고 석 달 되었을 때 와인을 마시면서 내가 같은 질문을 한 적이 있었다. 우리 부모님의 불행에 대해 이야기하다가.

"그런 것 같아. 당신은?" 딜럽이 묻는다. 그때도 똑같이 그렇게 대답했었다. 딜럽은 똑같은 사람이다. 달라지지 않았다. 내일은 달이 그림자 속으로 들어가기 시작할 것이다.

"왜?"

"왜라니, 뭐가?"

"왜 아이를 원해?"

딜럽이 어깨를 으쓱한다. "그러면 다른 사람들처럼 되니까."

전에는 내가 뭐라고 말했는지 기억이 안 나고 나도 그렇게 되길 원하는지는 모르겠지만, 그 말이 어쩐지 익숙하게 들린다. 내가 할 법한 말 같다. 다른 사람들처럼 사는 게 내가 늘 바라던 바가 아니었나?

딜럽을 쳐다보았는데 딜럽이 웃고 있다.

"오늘 집밖으로 한 번도 안 나갔지? 아냐?"

1986년

나는 희고 차가운 아슈람 마룻바닥에 뺨을 대고 누워 있다. 사방에 갈라진 발뒤꿈치가 보인다. 다들 탈수 상태이면서도 땀을 흘린다. 흰옷을 입은 몸에 붙은 팔이 아래로 내려와 나를 일으킨다. 손으로 내 팔다리, 발목, 손목, 팔뚝을 잡아당겨 나는 바닥에서 몇 센티미터 위 공중에 떠 있다가 다시 바닥으로 내려간다. 사람들이 낮은 목소리로 나를 어떻게 할지 의논한다.

칼리 마타가 손으로 내 뺨을 쓰다듬는다. "아가, 일어나. 제발 일어나렴." 칼리 마타의 차가운 손길, 손톱에 낀 파와 기 버터 냄새에 나는 눈을 감는다. 나는 칼리 마타를 사랑한다. 칼리 마타를 위해 일어나고 싶다. 그런데 일어날 수가 없다. 목이 마르다. 입에서 물이 흘러나온다. 침. 머리 위에서 팬이 돌아간다. 도마뱀이 후다닥 벽을 가로질러 수도자들의 흰 다리 뒤로 사라진다. 나는 몸을 공처럼 둥글게 말려고 하지만 다리를 움직이자 뱃속의 구멍이 비명을 지른다. 나는 사람들의 얼굴을 올려다본다.

다 아는 사람들이지만 진짜 내 사람은 칼리 마타뿐이다. 칼리 마타의 파란 눈은 구슬 같다. 칼리 마타의 눈동자 안에, 말라붙은 하얀 페인트 얼룩처럼 바닥에 들러붙은 내 모습이 보인다. 사람들이 모여 나를 바닥에서 떼어내려 한다.

바닥이 진동하고—내 귀가 바닥에 붙어 있어 또렷이 들을 수 있다—엄마 목소리가 들린다. 엄마가 사람들 사이에서 나타나자 다들 길을 터준다. 엄마를 보고 나는 긴장한다. 엄마를 몇 주 동안 못 봤다. 엄마가 나를 잊었다고 생각했고 엄마가 죽었을지도 모른다고 생각했다. 내 앞에서는 아무도 엄마 이야기를 하지 않고 아무도 엄마를 보여주지 않는다. 왜 우리를 떼어놓으려고 하는 걸까? 왜 바바만이 엄마를 독차지해야 하나?

엄마가 나를 바닥에서 들어올려 다른 방으로 데려가 내 입에 물잔을 댄다. 잔이 내 이에 쨍하며 부딪힌다. 나는 물 한 모금을 마시고 숨을 푹 쉰다. 몸이 안쪽에서부터 바싹 말라 있다. 주위를 둘러보고 여기가 내 방, 내가 엄마 없이 지내는 방이라는 걸 알아차리고는 울면서 엄마를 와락 끌어안는다. 뱃속이 요동친다.

"며칠 동안 아무것도 안 먹었어요. 계속 엄마를 찾으면서 목을 가리키며 뭐가 걸렸다고 해요." 누가 한 말인지는 모르겠지만 그 말에 나를 안은 팔에 힘이 들어가는 게 느껴진다. 엄마가 화가 났다. 분노의 냄새가 느껴진다. 엄마가 나를 침대에 집어던졌는데 매트리스가 얄팍한 탓에 내 머리가 단단한 나무판에 부딪혀 떵 울린다. 나는 울부짖지만 엄마는 내 몸 위에 올라와 팔다리를 움직이지 못하게 누른다. 나를 사로잡았던 몸부림과 공포가 촉수를 접고 안으로 기어들어가 수그러든다. 엄마의 손이 벼락처럼 내 뺨을 친다. 소리가 나기 전에 빛이 먼저 번쩍한다. 엄마가 팔로 나를 감싸자 내 폐에서 숨이 빠져나가며 쪼그라드는 게 느껴진다. 소리를 지르는데 목소리가 안 나온다.

빛 가장자리가 어두워지며 서서히 중심을 향해 모여든다. 상처가 남지 않아도 구타인가? 무엇 때문에 아픈 건지 알 수가 없다.

"먹으라고 하면 먹어." 엄마가 말한다. "말 잘 들어야지."

내가 아슈람을 훤히 알던 때, 그곳 지형이 익숙하던 때가 있었다. 나는 맨발로 돌아다니며 발바닥이 자갈에 눌리는 느낌에서 쾌감을 느꼈다. 찢어지고 긁힌 자리에 칼리 마타가 알로에베라 잎의 속살을 짜내어 발라주었다. 칼리 마타가 돌보는 작은 과수원에서 시간을 보내기도 했다. 열매가 주렁주렁 열린 파파야나무가 많았다. 칼리 마타는 땅에 떨어진 파파야를 무딘 주머니칼로 갈라 나한테 한 조각 잘라주면서 파파야가 어디에 좋은지 줄줄이 이야기하곤 했다. 내가 자란 뒤에도 칼리 마타의 가르침은 계속되어 열여섯 살 때는 파파야 씨앗을 말려 차처럼 끓여 마시면 임신을 막을 수 있다고 알려주었다.

나는 칼리 마타와 함께 아슈람에서 돌아다니면서 지형을 익혔다. 땅이 요람처럼 우묵하고 나무뿌리는 흙 위로 나와 제멋대로 구불구불 뻗었다. 나는 뱀과 무성한 양치식물 사이 사람들 눈에 뜨이지 않게 내 몸을 숨길 수 있는 곳을 알았다.

아슈람에서는 하늘이 어두워지면 사방이 캄캄했고 희미한 손전

등 불빛은 수풀 속으로 사라져버렸기 때문에 나는 손을 앞으로 뻗어 장애물이 있는지 더듬으며 걸었다. 바바는 갠지스강 발원지인 가우무크 근처에 있는 동굴에서 혼자서 백일 동안 묵언수행한 이야기를 종종 했다. 말을 하지 않으면 다른 감각이 예민해지고 초인적인 능력이 생긴다고 했다. 바바는 그때 피부 세포의 생명주기를 관찰하며 몸이 떠오르는 느낌을 알게 되었다. 칼리 마타는 바바가 하는 말을 그대로 받아들일 필요 없다고 했지만 나는 그대로 받아들였다. 지금도 그런다. 어둠 속을 걸으면서 나는 거미줄 가닥가닥, 발아래 돌 하나하나, 숲속의 속삭임을 느끼고 먼 곳에 핀 재스민 향기를 맡았다. 걸을 때마다 샌들에서 소리가 났다. 가죽 바닥이 내 발바닥을 찰싹찰싹 쳤다. 사방에 고요함이 있었다.

처음에는 이 이상한 곳에서 내가 영영 행복해질 수 없을 거라고 생각했다. 밤새 잠을 안 자고 구석에 웅크리고 있었다. 나는 자지도 먹지도 마시지도 않고 내내 울 수 있었다. 수행자들이 나를 달래고 안아주고 꾸지람도 했다. 칼리 마타는 나를 꼬집으며 감사할 줄 알아야 한다고 했다. 다들 나더러 먹고 마시고 자야 한다고 했고 스스로 몸을 돌보고 지금의 상태에 만족해야 한다고 했다. 바바를 위해 그렇게 해야 한다고 했다. 엄마를 위해 그렇게 해야 한다고 했다.

나는 눈을 감으면 내가 어디에 있는지 알 수 없어 혼란스러웠고 자지 않고 깨어 있어야만 내 몸의 말단을 느낄 수 있었는데 그들은 그 사실을 몰랐다. 사람들이 엄마의 쿠르타를 나한테 주었다. 흰색이고 닳아서 가장자리가 너덜너덜했다. 나는 엄마 냄새가 나는 쿠르타를 밤새 안고 있었다. 침대에 누우면 귀뚜라미 소리 박쥐 소리가 들렸다. 내가 있는 방에서 소리가 나는 것처럼 방안에 메아리가 울렸다. 내 몸 아래에서 매트리스 스프링이 웅웅거렸다. 건물이 삐걱거렸고 땅도 물렁하고 연약하게 느껴졌다. 한 발만 잘못 디뎠다가는 땅속으로 꺼질 것 같았다.

낮에는 지내기가 더 편했고 조금 더 큰 다음에는 다른 사람들처럼 자질구레한 일을 하고 주방일을 거들었다. 칼리 마타는 우리가 받은 만큼 돌려주어야 한다고 입버릇처럼 말했지만, 나는 그 두 가지의 양을 어떻게 재야 하는지를 몰랐다. 나는 토마토를 사과 먹듯 통으로 들고 먹었다. 어떤 돌을 뒤집으면 벌레집이 나왔다. 벌레들이 땅속으로 파고드는 걸 몇 시간씩 구경하면서 가끔은 돌로 짓눌러 시체를 묻어버리고 싶은 욕구에 굴복하기도 했다. 나는 혼자서 몸을 씻었다. 몬순 기간에 배수구에서 바퀴벌레가 올라올 때도 혼자였다. 내가 입은 속옷을 빨아 널어 말리는 법을 배웠다. 칼리 마타가 연필 쥐는 법, 쭉 뻗은 엄지손가락을 가누고 손이 흔들리지 않게 쥐는 법을 가르쳐주었다.

아슈람에서 살기 시작한 지 네 달이 지나고 나는 혼자 잠드는 법을 익혔다. 방 저편 칼리 마타의 숨소리를 들으면서, 침대 가운데 온기가 고이는 곳을 찾아서 그 자리를 내 몸의 온기로 어떻게든 채우고 나면 추위를 겁내지 않고 팔다리를 뻗을 수 있었다.

그렇지만 밤중에 일어나는 일은 나도 어쩔 수가 없었다. 아침에 일어나보면 베개에 핏자국이 있고 얼굴이 긁혀 있었는데 사람들이 악몽을 꿔서 그런 거라며 내 손톱을 짧게 잘라주었다. 그래도 소용이 없자 내 손에 장갑을 씌웠다. 어떤 때는 아침에 일어나보면 팔다리를 움직이지 못하게 몸이 천으로 꽁꽁 묶여 있었다. 내가 소리를 지르면 칼리 마타가 그 소리를 듣고 와서 풀어주었다. 내가 팔다리를 휘적이며 몸부림쳐서 사람들이 그렇게 해놓았다고 했다.

나는 아슈람에 처음 왔을 때 기저귀를 뗀 상태였지만 한 달 만에 다시 차게 되었다. 날마다 내 이불 빨래를 할 수는 없는 노릇이라고 했다. 사 년 뒤에 아슈람을 떠날 때까지 기저귀를 찼다 벗었다 했다.

가끔 칼리 마타가 나를 끌어안았다. 하도 꽉 안아서 칼리 마타 겨드랑이 냄새를 맡을 수 있을 정도였다. "네 꿈을 꿨단다." 칼리 마타가 말했다. "나를 필요로 하는 아이가 있을 거란 꿈을 꿨어."

엄마를 한 번도 볼 수 없는 날들이 있었다. 나는 엄마를 볼 수 없을 뿐 아니라 엄마가 어디에 있는지 알아서도 안 되었다. 차차로 답을 알고 싶지 않은 질문은 하지 않는 법을 배웠다. 그러다 엄마가 나타나면, 엄마는 유령이었다. 우리는 똑같은 흰옷을 입고 한자리에 앉았고 나는 다시 엄마의 일부가 되었다. 엄마가 나를 끌어안고 입을 맞췄고 직접 밥을 먹였다. 버터밀크를 넣고 부드럽게 끓인 쌀죽을 마치 나한테 이가 없었을 때처럼 먹여주었다. 가끔은 밤에 엄마가 내가 자고 있다고 생각하고 내 옆으로 왔다. 나는 꿈쩍 않고 무겁게 누워 엄마가 우리 두 사람 몸의 굴곡을 맞추도록 내버려두었다. 엄마는 얼굴과 쿠르타가 젖어 있을 때가 많았고 내 정수리에 대고 힘겹게 숨을 쉬었다. 다른 때는 엄마 목소리가 공기를 가르는 듯 날카롭게 솟구쳤고 엄마의 손이나 발이 나한테 날아왔다. 꼬집고, 뺨을 때리고, 발로 차고, 두들겼는데 그게 무엇에 대한 보복이었는지 지금 나는 기억을 못한다. 나는 그런 일이 있으면 놀랐고 무서웠고 맞아서 아픈 것보다 더 오래가는 감정이 남아 내 몸

안쪽을 지지는 것 같았다. 나는 엄마가 있을 때도 있고 없을 때도 있다는 것, 그게 나쁜 것도 좋은 것도 아니라는 것, 우리 삶이 그러하리라는 것을 알았다. 같이 있건 아니건 그건 결핍이나 행복과는 무관하다는 것.

내가 숨는 때도 있었다. 며칠씩 숨기도 했다. 나는 보이지 않고 소리도 나지 않고 냄새도 나지 않는 존재가 될 수 있었다. 오로지 내가 발견되고 싶을 때만 사람들이 나를 찾아낼 수 있었다.

세월이 지나면서 내 발바닥이 단단해졌다. 전에는 어땠는지 잘 기억은 안 나지만 지금과 달랐다는 건 안다.

아슈람에서 어떤 사람들은 바바를 보면 긴장한 어린아이처럼 흐느꼈고 어떤 사람들은 말없이 눈물만 흘렸다. 피부가 마치 식은 차 위에 응고된 우유막 같은 여자가 있었는데 그 여자는 바바가 지나가면 엎드려서 덜덜 떨었다. 그 여자는 엄마의 발도 만졌다.

하지만 아슈람에 있는 사람 대부분은 뜨내기였다. 칼리 마타는 그렇게 잘라 말하곤 했다. 유행하는 거라면 뭐든 따라 하는 그런 부류의 사람들을 보면 칼리 마타는 고개를 치켜들고 무시했다. 변덕스러운 연인처럼 믿음도 난잡해서 종교적 의구심을 바바 앞에서 아무렇지도 않게 입에 올리고 쿠르타 아래에는 청바지를 입고 쿠르타 소매를 잘라 팔을 햇볕에 태우는 사람들이었다. 아슈람 문 바로 앞에 이런 사람들을 대상으로 장사를 하는 채소 노점과 전당포가 번성했다. 다양한 사이즈와 스타일로 만들어진 기성품 흰색 셔츠와 바지도 팔았다.

그런가 하면 명상실에서 옷을 찢고 맨가슴으로 바닥에 드러누워 팔다리를 벌리고 눈이 돌아간 채로 껙껙거리는 사람들도 있었다.

그런 이들의 모습은 영영 잊지 못할 것이다. 웃으며 박수를 치던 바바의 모습도.

아슈람에서 바바의 목소리가 부드러우면서도 우렁차게 울리면 나는 언제나 다른 쪽으로 고개를 돌렸다. 바바는 욕망과 기쁨에 대해 말했다. 그 두 가지를 함께 아는 방법을 우리에게 가르치겠다고 했다. 나는 어떻게 그게 되는지 이해를 못했지만, 날마다 명상시간이 침묵으로 시작해서 광기로 끝나는 걸 보다보니 참여자가 아닌 방관자의 삶도 있다는 걸 알게 되었다. 매일 저녁 신도들이 불협화음을 내며 몸부림을 치며 자기 안에 갇혀 있다는 짐승을 밖으로 내보내 피라미드의 소용돌이 속으로 탈출시킬 때 나는 나의 여러 감정, 엄마와 아슈람 그리고 내가 보낸 나날에 대한 감정을 모았다. 저녁이면 그 감정들을 접시에 담고 쳐다보았다. 거기에 축 늘어져 있었다. 싸울 기운도 없이. 어차피 이기지 못할 거라 싸우려고도 안 했다. 나는 주위를 둘러보고 여러 목소리를 들었고 모여서 거대한 거인의 형상을 이루는 것처럼 보이는 여러 육신을 보았다. 바바보다 더 크지만, 바바의 모습을 그대로 닮은, 무수한 욕망의 집합체. 그 욕망들이 거기 있으며 날씨를 바꾸고 홍수를 일으킬 만큼 강력하다는 건 알았지만 어떻게 욕망이 건네지고 받아들여지는지는 알 수 없었다. 어른의 욕망은 내가 이해할 수 없는 것이었다. 거기에는 내 자리가 없었고 내가 갈 곳이 없었다. 그래서 그 접시를 옆에 두고 가끔 보면서 점점 커지는 걸 관찰했다. 어느 날에는 내 음식에 넣고 섞어 통째로 삼켜버렸다.

우리가 아슈람을 떠났을 때는 1989년이었다. 나는 일곱 살이었다.

가끔 나는 내 목구멍 안쪽에 들어앉은 여자아이를 느낀다. 어느 구멍을 통해서든 밖으로 나오려고 하는 아이. 하지만 나는 그 아이를 삼켜 다시 나오려고 할 때까지 가두어둔다.

여섯 달에 한 번씩 나는 방방마다 걸린 커튼을 세탁하려고 떼고 밤에는 빛을 차단하기 위해 커튼봉에 천을 걸어놓는다. 엄마와 살 때는 집에서 커튼을 빨았는데 지금은 딜립이 산 암막커튼이 너무 두껍고 무거워 우리집 세탁기에 안 들어가서 세탁소에 보내야 한다. 딜립을 만나기 전에 내가 완벽히 캄캄한 방에서 잔 적이 있었던가? 딜립은 미국은 그런 게 다르다고, 가보지 않으면 모를 거라고 말한다. 나는 언제나 내적 투쟁이 벌어지는 곳에서 자라서 내적 혼란에 익숙하다. 벽으로 소리와 냄새가 스미고, 심지어 빛도 들어오는 것 같다. 나는 딜립에게 그게 뭐가 나쁘냐고 묻는다. 나쁜 건 아냐. 딜립이 말한다. 다만 원래는 그런 게 아니라는 거지.

나는 딜립에게 뭐든 살균소독된 상태이길 바라는 건 지나치지 않냐고 말한다. 딜립은 내가 질서정연하게 정돈해놓은 방안을 둘러보더니 웃는다.

나는 고개를 젓는다. "아냐, 그건 달라. 나도 이게 병이라는 거 알아. 하지만 미국에서는 그걸 특권이라고 생각하잖아."

딜립은 팔짱을 끼더니 이 삶이 자기의 이전 삶과 얼마나 다른지 나는 짐작도 못할 거라고 말한다. 나는 우리 텔레비전과 침대와 커튼, 우리가 다니는 쇼핑몰과 식당 등을 떠올려보지만 뭐가 다른지 알 수 없다.

"모조품이야." 딜립이 말한다.

그날 오후 대부분을 작업실에서 보낸다. 나는 시리얼 넘버와 로고가 박혀 있는 연필을 쓴다. 딜립이 집안에서 돌아다니는 소리가 나는데, 발소리가 아니라 딜립의 몸이 움직이면서 내는 미세한 잡음이 들린다. 딜립은 내 작품을 처음 봤을 때 어떤 그림을 그릴지 어떤 작업을 할지 어떻게 결정하냐고 물었다. 나는 결정하지 않는다고 대답했다. 사실 그런 쪽으로 특별히 고민해본 적이 없었다. 마치 우연처럼 그 작업이 나타나서 나를 선택한다.

메이드가 문을 두드리고 저녁으로 뭘 만들지 묻지만 나는 대답하지 않는다. 전에 딜립이 내가 메이드한테 타박을 주는 걸 듣고 나와 다툰 적이 있었다. 딜립은 그런 면에서 우리는 영영 다를 수밖에 없을 거라고 말했다. 미국 사람들은 그런 식으로 행동하지 않는다고. 나는 딜립에게 어린 시절에 경험한 의례적인 외피를 이상화하지 말라고 했다. 미국인들이 어떤 짓까지 할 수 있는지 누구나 아니까.

나는 부정형의 무언가, 스쳐지나가는 느낌 같은 것을 떠올려 기억에 의존해 스케치하며 손을 풀면서 하루를 시작한다. 보통 조금 전에 접했던 것—칫솔, 자동차 열쇠, 딜립의 몸 일부 같은 것을 택한다. 가끔은 장식을 하고 물체를 완성하거나 맥락을 부여하기도 한다. 칫솔을 입안에 넣거나 자동차 열쇠를 손바닥에 올리거나 딜립의 몸을 추가로 더 그리거나. 그런 다음 전체 형상을 대강의 윤곽으로 간주하고 세부적인 것을 추가한다. 짧고 날카로운 선으로 질감을 더한다. 음영, 십자가 모양으로 교차하는 선이나 검은 머리카락처럼 구불구불한 나선을 그린다.

너무 지나쳤다 싶을 때, 그림이 원래 주제에서 벗어나 그로테스크한 지경으로 바뀌어 있을 때 이제 끝났다는 걸 안다. 동물이 사람이 되거나 사람이 사물이 되거나. 이건 실제 작업을 하기 전 준비작업인데, 횡설수설 멋대로 나가려는 충동을 해소하려고 하는 일이다. 일종의 카타르시스 같은 거라고 할까. 카타르시스가 정말 효과가 있는지는 모르겠지만. 가끔 울고 나면 기분이 좋아진다는 건 아는데, 딜립 말이 미국 풋볼 선수가 종일 서로 태클을 하지만 집에 돌아가서도 아내를 때릴 가능성이 상대적으로 높다고 하니, 어쩌면 사랑만이 사랑을 낳을 수 있는 건지도 모르겠다.

책상 서랍에서 나는 전날 그린 그림을 꺼낸다. 늘 똑같아 보이는 얼굴이지만 날마다 뭔가 미묘한 차이가 더해지며 원본에서 조금씩 멀어진다. 가끔은 시작점을, 첫번째 이미지를 보고 싶은 유혹이 든다. 그러나 이런 유혹도 작업과정의 일부다. 그날의 그림이 끝나기 전에는 돌아보지 않는 게 원칙이다.

언젠가는 임계점을 넘지 않을까, 소소한 실수들이 모여 사람을 유인원으로 바꾸어놓지 않을까, 비율이 흐트러지면서 완전히 새로운 종이 되지 않을까 하는 생각도 든다. 어쩌면 너무 소극적으로 게으르게 그리다가 이미지가 납작해져 어느 날에는 마네킹이 되어버릴지도 모른다. 늘 이런 두려움을 느끼는 건 아니다. 그동안 두려움이 자라기도 하고 순간 펑 터져 사라지기도 했다.

실수를 할까봐 겁이 나서 손이 떨리는 날이 있는가 하면, 실수가 수년간의 노역에 비하면 사소하게 느껴지는 날도 있다. 또 그만하고 싶은 날도, 이 얼굴을 다시는 보고 싶지 않은 날도 있다.

그림을 마치면 서랍에 넣고 장엄하게 쿵 소리를 내며 서랍을 닫는다.

저녁때 딜립과 파티에 초대받았는데 다들 코카인을 해서 우리도 한다. 나는 발코니에 숄도 걸치지 않고 서서 팔뚝의 털이 곤두서는 걸 느낀다. 구층에서 길 위에 있는 사람들이 모두 개미처럼 보이길 기대하며 내려다보는데 개미처럼 보이지 않아 실망스럽고 화도 조금 난다. 잠시 사람들과 잡담을 나누고 곧 모두가 다 지겨워지지만 심장은 계속 쾅쾅거린다. 엑스터시를 먹고 춤을 추던 순진했던 파티가 그리워진다.

다들 딜립이 채식을 어떻게 해나가고 있는지 궁금해한다. 한 가지씩 묻고 딜립이 생각해보고 대답하도록 기다려준다. 집주인은 신경써서 딜립에게 고기가 안 든 음식만 준다. 딜립은 요새 어느 때보다 건강하고 맑은 기분이라고 말한다.

우리 친구인 어떤 여자가 딜립이 더 젊어 보인다고 말한다. 딜립이 씩 웃고 둘이서 인도인의 비타민B 결핍에 대해 이야기를 나눈다.

발코니 위쪽에 죽 달아놓은 등이 깜박이며 바람에 흔들린다. 대화는 채식주의의 상대적 이점에 대한 이야기, 인도 음식을 먹으면서 팰리오식*이나 알칼리식을 하기가 얼마나 어려운가 하는 이야기, 누가 백미 대신 현미만 먹기로 했나 하는 이야기로 넘어간다.

"그거 느꼈어?" 집에 오는 길에 내가 말한다. "남자가 식이를 바꾸면 다들 존중해주는데 여자가 하면 다들 그런 거 할 필요 없다고 말하는 거?"

"채식은 다이어트랑 다르잖아. 몸매 때문에 하는 게 아니라고."

나는 자동차 시트에 머리를 기대고 창밖을 본다. "엄마한테 우리랑 같이 지내자고 했어."

딜립이 고개를 끄덕이려다가 말을 멈춘다. "같이 지내자고? 같이 살자고?"

나는 딜립을 보며 입을 연다. "며칠 동안 와 계시라고. 길어봐야 일주일."

딜립은 몸을 뒤로 기대며 앞쪽을 본다. "그래."

연달아 나오는 과속방지턱 몇 개를 지난 다음에 내가 말한다. "사실, 언젠가는 엄마하고 같이 살아야 할 거 같아."

딜립은 몸을 앞으로 숙이고 음악소리를 높여 운전자가 우리 말소리를 듣지 못하게 한다. "언제?"

"몰라. 정확한 날짜는 모르지. 곧."

우리 아파트에 들어와 신발을 벗자 싸구려 가죽 냄새가 난다. 나

* 농업 이전 수렵채집인들이 먹은 것처럼 고기, 생선, 과일, 채소 등으로만 이루어진 식사.

는 내 발바닥을 바짓자락에 문질러 닦는다.

남편이 신발을 신은 채 소파에 누워 있다. 사방 거울에 둘러싸여 우리는 서로 마주본다. 우리 주위에 소파 여덟 개, 전등 열여섯 개, 식탁 네 개, 의자 서른두 개가 있다. 거울 표면에 오늘 오후에는 보지 못한 손자국이 보인다. 방안에는 거울에 비치지 않는 사물도 많다. 다른 물건에 가려 반으로, 네 조각으로 잘려 있는 것도 있다. 이 방의 실제 넓이를 생각하면 이렇게 많은 사물이, 조각나고 얼룩진 현실이 담긴다는 건 말이 안 된다. 우리 아파트가 너무 가득찬 느낌이라 나는 무언가를 집어던지고 싶은 충동을 느낀다.

"어머니가 우리랑 같이 사는 게 맞는다고 생각해? 둘이 서로 일분도 못 견디잖아."

턱이 뻣뻣하게 굳어 입이 안 벌어진다. 대꾸할 말은 있지만 그 말이 마음에 썩 안 든다. 딜립은 엄마에 대해 아는 게 너무 많아서 그걸 나에게 불리한 증거로 쓸 수 있다. 가끔 그에게 아무 이야기도 안 했더라면 하는 생각이 든다. 딜립이 나를 모르는 사람이었더라면.

"엄마한테 내가 필요해."

딜립이 고개를 끄덕이며 동시에 어깨를 으쓱한다. 동의는 하지만 뭐라 대꾸해야 할지 모르겠다는 걸까? 아니면 내가 한 말을 듣긴 했으나 그게 진심이 아니라고 생각한다는 걸까? 이런 순간에 속을 드러내지 않는다니 야박하고 딜립답지 않다. 하지만 딜립이 말을 하면 더 나쁠지도 모른다.

딜립이 무슨 뜻으로 그러는 건지 답을 듣고 싶지만, 한편 딜립도 답을, 내가 듣고 이미 잊어버린 질문에 대한 답을 기다린다는 생각이 든다. 우리는 말없이 누군가가 먼저 시작하기를, 혼란을 해소하기를 기다린다. 술기운이 도는데다 약이 깨면서 기분이 가라앉고 나른해져서 서로를 배려할 여유가 없다.

"나로서는 당신과 엄마 관계를 잘 이해 못하겠어. 둘이 같이 있는 걸 당신은 힘들어하잖아. 엄마도 마찬가지고. 솔직히 당신이 엄마한테 도움이 될지 어떨지 모르겠어."

나는 고개를 끄덕인다. 딜립의 말이 맞는다. 어쨌거나 딜립이 모진 말을 할 수 있게 도구를 쥐여준 나 자신의 어리석음에 울화가 터진다.

나는 이름과 긴급연락처를 인덱스카드에 또박또박 적어 엄마 집 전화기 위 벽에 테이프로 붙여놓는다. 페인트가 벗겨지면서 카드 몇 장이 바닥에 떨어진다. 그래도 계속 붙인다. 엄마는 소파에 앉아 나를 보고 있다. 엄마가 내 엉덩이에 손을 올리더니 원을 그리는 것 같은 동작을 한다.

"너 아기 낳겠다."

내가 엄마를 본다. "아니, 아닌데."

"곧, 얼마 안 남았어."

"아닐 것 같은데. 아직 준비가 안 돼서."

"맞다니까. 꿈에서 봤어."

엄마는 요새 꿈 이야기를 무척 많이 한다. 나한테, 이웃 사람들한테, 길 가는 사람들한테. 경비에게는 여자관계를 정리하라고 조언한 모양이다. 경비가 그 말을 위협으로 받아들였는지 이제 내가 엄마 집에 와도 입구 문을 열어주지 않으려 한다.

"너 가진 거 많잖아." 엄마 손은 아직도 내 엉덩이 위에 얹혀 있다. 밑을 닦아주기라도 할 것 같다. "아직 애는 하나도 없고."

나는 대답하지 않는다.

엄마가 말을 잇는다. "항상 다이어트중이고."

"다른 사람도 다 그래."

엄마가 고개를 젓는다. "나는 한 번도 다이어트 안 했어. 네 나이 때는 어땠게? 네 나이 때는 팔레지 비스킷에 버터를 발라 먹었어."

나는 몸을 부르르 떤다. 나도 그랬던 적이 있다. 버터를 처바른 비스킷을 접시째로, 기숙학교에서 한밤중에 식품저장고를 털어 수녀들에게 들킬까봐 불안해하며 흥분 상태에서 허겁지겁 먹었다. 그 맛이 아직까지 금지된 맛으로 기억에 남아 있다. 너무 빨리 삼킨 무언가, 목구멍으로 다시 솟구쳐올라올 것 같은 무언가, 지방이 부족해서 늘 몽롱하고 생각이 자꾸 저 우주로 흘러가는 내 뇌로 바로 올라가 꽂힐 것 같은 무언가의 맛.

엄마는 모른다. 항상 배가 고팠던 어린 시절 이야기나 그뒤로 계속 그 허기를 달래줄 무언가를 찾고 있었다는 이야기는 하지 않았다. 말을 하기가 쉬웠던 적이 없었다. 듣기도 마찬가지였고. 우리 두 사람 사이에는, 둘 중 하나가 자기 몫을 하고 있지 않은 양, 양쪽을 잇는 다리 끝을 제대로 붙들고 있지 않은 양 어딘가 망가진 구석이 있다. 어쩌면 우리 둘이 같은 쪽에 서서 텅 빈 공허를 쳐다보고 있는지도 모른다. 어쩌면 우리 둘 다 같은 것에 굶주렸고 그래서 공허함이 되레 두 배가 되었는지도 모른다. 어쩌면 가슴에 구멍이 있는데 그 상처가 영영 아물지 않는지도 모른다.

부엌에서 무언가 시큼한 냄새, 뭔가 발효되는 냄새가 난다. 싱크 옆 뚜껑이 열린 냄비 안에 물에 담가놓은 깐 녹두가 산더미다. 녹두가 불다못해 녹으며 발효해 흰 거품이 일었다. 엄마에게 녹두 언제부터 담가놨냐고 묻는다. 엄마는 천천히 부엌으로 들어와 냄비 안을 들여다본다. 엄마의 머리는 움직이지 않지만 엄마의 생각은 머릿속에서 지난 며칠 동안을 빙빙 돌면서 갈수록 알아볼 수 없는 모습이 된다.

나는 냄비를 싱크대 안에 놓고 수돗물을 최대로 세게 튼다. 물이 금속에 부딪히는 소리가 파도가 부서지는 소리 같다.

엄마는 고개를 갸웃하더니 내가 몇 년 만에 오기라도 한 것처럼 찬찬히 본다. "너 달라 보인다." 엄마가 말한다.

다른 집에서 시작된 균열이 벽을 타고 올라와 내 작업실 구석에서 꽃이 피듯 펼쳐진다. 이웃 사람이 위안인 날도 있지만 이렇게 가깝다는 게 위험하게 느껴지는 날도 있다. 균열이 넘어올 수 있다면 또 뭐가 벽을 타고 넘나들 수 있을까. 습기. 목소리. 가끔 딜립과 서로 소리를 지르다가도 건너편에서 벽에 귀를 대고 있는 이웃 사람들을 상상한다. 어쩌면 소파에 나란히 앉아 소리가 방으로 침입해 형체를 이루는 걸 보며 불편해하고 있을지도.

어디에 있든 그 자리에서 정신 차리고 있기가 나에게는 힘든 일이다. 내 정신이 시공간을 넘나들기 때문인데 과거나 현재로만 가는 것도 아니고 이 아파트의 다른 집으로, 이 도시에 사는 다른 사람들에게로도 간다. 인구 그래프를 보면 이 나라가 바글거리는 도가니처럼 느껴진다. 젊고 가난한 인구가 특히 많아 그들이 바로 저 밖에서 서로를 밟으며 기어올라와 열린 창문이나 뚜껑문이나 아니면 작은 틈새로 스며들어와서 전부 여기에 나와 같이 있거나 아니면 가까운 곳에서 점점 다가오며 땀을 흘리며 울부짖으며 메애거리며 히힝거리며 가끔은 흰옷의 물결로, 가끔은 여러 색의 물결로 밀려오는 걸 상상하며 나는 목덜미에 위협을 느낀다. 딜립과 내가 작업실에 놓을 가구를 고르며 언쟁할 때도 머리 한구석에서는 그런 일이 일어난다.

백화점에서 빨간색 '세일' 꼬리표를 커다랗게 확대해서 시트처럼 덮어놓은 싱글베드를 본다. 이 정도면 엄마가 쓰기에 문제없고 자리도 많이 차지하지 않을 것 같은데 딜립은 나중에 더 큰 걸 살걸 그랬다고 후회하지 않겠냐고 한다. "왜 후회해?" 나는 후회할 만한 이유를 이미 여럿 떠올렸음에도 이렇게 묻는다. 우리는 지금 고민하는 대신 일단 작은 침대를 사고 나중에 후회하기로 한다. 사실 우리가 이 아파트에 얼마나 오래 살게 될지도 모르는 일이니까. 그러자 딜립이 이런 말을 덧붙인다. 작업실이 언제까지 필요할지, 아니 인도에 언제까지 살지, 우리가 언제까지 살아 있을지도 모르는 일이잖아? 딜립은 이런 질문이 유쾌하고 재치 있다고 생각하지만 나는 짜증이 난다. 침대를 계산하려고 줄을 서서 내가 아는 유일한 곳을 떠나서 낯선 땅에 살다 죽는 상상을 하고 있는데 계산원이 우리가 산 침대를 입력하면서 우리 애가 쓸 거냐고 묻는다.

"아뇨. 우리 엄마가 쓸 거예요." 내가 말한다.

“이런 벽장 같은 곳에서는 잠이 안 올 것 같아.” 엄마가 구석에 쌓아놓은 책과 서랍장과 상자를 둘러보며 말한다. 감아올려 매듭지어놓은 얇은 옅은 색 커튼이 양옆으로 살살 흔들린다. 내 작업실 창문으로는 수영장이 내다보이는데 이 건물 사람 아무도 이용하지 않는 듯하다. 물위에 깃털과 썩어가는 잎이 섬처럼 모여 있고 모든 게 평소보다 더 더러워 보인다.

“물건을 전부 밖으로 꺼내면 돼.” 내가 계속 창밖을 보며 말한다.

“아냐. 됐어. 그럴 필요 없어.”

엄마는 더 아무 말도 하지 않지만 이런 생각을 하는 게 느껴진다. 여기 오래 있진 않을 거니까. 우리는 이게 다가오는 사태의 모의훈련인지 아니면 어른들의 파자마 파티인지 확실하게 이야기하지 않았다. 각자의 환상을 유지하는 게 나을 법 싶다. 그러나 엄마가 가져온 작은 캔버스백을 열어보고 칫솔, 약, 속옷, 잠옷을 챙겨오지 않은 걸 확인하고 나는 적어도 우리 둘 중 하나는 정신을 차려야 하며 내가 환상에 빠져 있을 시간은 이미 끝났다는 생각을 한다.

나는 혼자 차를 타고 엄마 물건을 챙기러 엄마 아파트로 간다. 카세트테이프 리본처럼 엉킨 채 어떻게 엄마와 작별할 준비를 할지, 어떻게 하는 게 최선일지 하는 고민에서 한 걸음도 앞으로 나가지 못하고 있다. 엄마뿐 아니라 우리도 거스를 수 없는 끝이 다가온다는 걸 받아들이려고 노력해야 한다. 하루가 지나도 엄마 모습이나 행동은 전날과 크게 달라 보이지 않고 그대로인 테니 받아들이기가 쉽지 않을 것이다. 한 번에 아주 조금씩 사라져가는 길고 느린 손실의 과정이다. 그러니 기다리는 것 말고, 엄마가 더이상

엄마의 껍데기 안에 없을 때까지 기다리는 것 말고 다른 방법은 없는지 모른다. 애도는 그다음에 하면 된다. 최종 종결이 없었기 때문에 후회로 가득한 애도가 될 것이다.

엄마의 아파트 내부는 대혼란 일보 직전이다. 카슈타가 대충 청소를 하며 재앙을 막고 있긴 하지만, 카슈타도 엄마가 아프다는 걸 알고는 기회가 나면 농땡이를 부린다. 나는 엄마가 마지막 순간에 이르렀을 때 어떻게 엄마를 사랑할 수 있을까. 엄마의 몸안에 내가 아는 엄마가 없을 때 어떻게 엄마를 돌볼 것인가? 자기가 누구인지, 내가 누구인지 엄마가 또렷이 알지 못하게 되었을 때도 지금처럼 엄마를 돌볼 수 있을까? 아니면 남의 아이를 데리고 있을 때나, 말 못하는 짐승이나 말 못하고 보지 못하고 듣지 못하는 사람들하고 같이 있을 때처럼 그래도 상관없을 거라고 생각하고 소홀히 하게 될까? 우리 행동을 보고 평가할 사람이 있는 공공장소에서야 체면을 차리려 하지만 비난받을 위험이 없을 때는 굳이 애쓸 필요가 없으니까?

꿰매고 기운 낡은 브라가 속옷 서랍 안에 있다. 나는 전부 꺼낸다.

"뭐해?"

돌아본다. 카슈타가 문가에 서서 가운뎃손가락으로 머리를 긁적인다.

"찢어져서요. 버리려고요."

카슈타가 몸을 움직인다. "내가 가져갈게."

나는 브라 전부하고 엄마가 그런 게 있다는 것도 기억 못할 게 확실한 잡지 한 무더기를 갖다 버릴 계획이었다. 그런데 카슈타가 내 손에서 튀어나온 브라 와이어를 보고 있다. 나는 브라를 카슈타에게 건네고 비밀은 안전해진다. 엄마가 카슈타가 자기 물건을 훔친다고 의심하지만 않으면 이런 거래가 있었다는 게 드러날 일은 없다. 어쩌면 엄마도 차마 버리지 못했던 것들이 사라진 걸 보고 속시원해할지 모른다.

"집안에는 두지 마세요." 내가 나가면서 카슈타에게 말한다.

집에 돌아와보니 날이 어둑해진데다 위스키 덕에 분위기가 바뀌어 있다. 엄마는 차가운 위스키를 크게 한 모금 마신다. 테이블에 여기저기 동그란 물자국이 있다. 내가 들어오자 딜럽이 쳐다본다.

"당신도 마실래?" 딜럽이 잔을 들어 얼음을 딸랑거리며 말한다.

나는 고개를 젓는다.

엄마는 원피스로 갈아입었는데 내 옷이다. 면 재질 날염 원피스가 엄마의 큰 상체를 꽉 조여서 가슴이 한 덩어리처럼 보인다. 소매가 겨드랑이에 꽉 낀다. 엄마는 땀을 흘린다. 원피스 뒤쪽 단추가 구멍에 걸쳐지지 않아, 엄마 옆에 앉자 내 눈에 햇볕을 한 번도 본 적이 없는 새하얀 속살이 들어온다.

"엄마, 왜 내 옷 입었어?"

엄마는 나를 보더니 딜럽을 본다. 딜럽은 눈을 끔벅이고 엄마는 딜럽을 보면서 웃는다. "내 거야." 엄마가 말한다.

"아냐. 엄마한테 맞지도 않잖아."

엄마는 꽉 끼는 내 옷 안에서 할 수 있는 한 최대로 어깨를 으쓱한다. "나도 똑같은 거 있어."

딜럽은 우리와 눈을 맞추지 않으려고 자기 잔을 들여다본다. 우리는 딜럽이 중재해주길 기대하는 듯 그쪽을 보고 있지만, 딜럽은 지금 늘 이런 식이 아닐까, 머지않아 매일 저녁을 이렇게 보내게 되지 않을까 생각하고 있을 것이다. 잔 안에서 뭘 찾는 걸까? 탈출구를 찾고 있겠지.

나는 가져온 가방에 손을 뻗어 실내용 가운을 꺼낸다. 가운을 내밀어도 엄마는 무시하고 커피테이블 위에서 잡지를 집어든다. 엄마는 나를 쳐다보지 않고 잡지를 몇 장 넘기더니 코웃음을 친다.

"이거 봐라." 엄마가 말한다. 비웃는 목소리다. 딜럽이 몸을 앞으로 숙인다.

"사방에 표시가 있지. 이게 뭐야, 다리인가?"

엄마는 잡지에서 내가 낙서를 해놓은 곳을 찾아 보여준다. 그게 그냥 지나칠 수 없을 정도로 기분 나쁜 모양이다. "이게 다리처럼 보이니?" 엄마가 딜럽에게 묻는다. "이게 어릴 때부터 버릇이란다. 사방에 낙서를 해. 뭘 그냥 내버려두지를 못해. 기숙학교 때 그것 때문에 말을 제일 많이 들었어. 아마 그래서 학교에서 쫓겨났을 거야. 그 수녀가 뭐라고 했더라? 따님은 손에 닿는 건 전부 훼손합니다. 믿어지니? 그런다고 학교에서 쫓아냈어."

딜럽의 시선이 나를 향하더니 내 손 위에 있는 작은 흉터로 내려간다. 딜럽이 헛기침을 한다. "그게 재능이에요." 딜럽은 내가 그 자리에 없는 것처럼 말한다. "그림을 그릴 운명이었던 거라고 생각해요."

엄마는 몸을 앞으로 던지듯 웃음을 터뜨린다. 이마가 거의 테이블에 닿을 뻔한다. 엄마가 나를 돌아보자 머리카락이 눈앞으로 쏟아진다. "애는 괴상한 게 운명이야. 어릴 때도 희한한 짓을 하더니 다 자란 지금도 그러네. 네가 한다는 그 이상한 예술도 그렇잖아?

날마다 똑같은 얼굴. 그런 바보 같은 짓을 하는 사람이 어딨어?"

"엄마," 딜립이 끼어든다. "아무래도—"

"사람들이 물어보면 뭐라 설명은 해야겠는데 무슨 말을 해야 할지 모르겠어. 창피해."

"그것 때문에 엄마가 창피하다고?" 내가 외친다. 입이 파르르 떨린다. 이 사람이, 평생 한 번도 쓸모있는 일을 해본 적 없는 사람이 내가 창피하다고?

"왜 누군지 말하질 못해? 그림의 남자가 누군지?" 엄마 얼굴이 일그러지고 눈빛은 흔들린다.

"수백만 번도 더 말했잖아." 내가 이를 앙다물고 말한다. "그 사람은 누구도 될 수 있다고—사람마다 다른 얼굴을 본다고. 원본 사진은 이제 의미가 없어. 그냥 모르는 사람 사진이었고 이제는 없어졌다고."

엄마는 얼굴 한쪽에 손을 댄다. 손을 이마로 가져가더니 눈을 감는다.

딜립이 헛기침을 하고 잔을 비운다. "엄마, 이제 저녁 먹을까요?" 딜립이 묻는다.

엄마는 눈을 뜨고 입을 다문 채 딜립을 보더니 서서히 몸을 움직여 일어선다. 동작이 너무 느려서 일어서는 건지 쓰러지는 건지 순간 헷갈린다. 엄마는 차분하게 고개를 젓는다. "잠깐 눕고 싶어."

나는 엄마가 술잔을 들고 방에서 나가는 걸 보면서 숨이 쉬어지질 않는 기분이다. 엄마를 아프게 하고 싶은 충동, 내 옷을 벗겨내고 모욕을 주고 싶은 충동이 온몸에서 솟는다. 나는 손에 얼굴을 묻는다. 이제는 빛을 견딜 수 있겠다 싶을 때 고개를 들고 딜립을 본다. 딜립은 팔꿈치를 무릎에 얹고 몸을 앞으로 숙인 채 나를 보고 있다. 딜립이 무슨 말을 하려는지 안다. 어떻게 같이 살겠어? 이 끔찍한 사람이 우리집에 독을 뿜도록 내버려둘 수 있겠어?

"그 그림이 정말 불편하신가봐." 딜립이 말한다.

내 눈썹이 축 처지는 게 느껴진다. 나는 침을 삼키고 가까스로 어깨를 으쓱해 보인다.

"당신은 계속하고 싶은 거야, 엄마가 그렇게 싫어하시는데?"

내 귀에서 심장 뛰는 소리가 들린다. 나는 손을 깍지 끼고 내 무릎을 본다. "지금까지 내가 엄마 뜻대로 해야 했던 게 너무 많지 않아?"

내면은 미친 듯 요동치는데도 나는 침실에서 조용히 움직인다. 다시 오늘 저녁으로 돌아간 것처럼 그때 일이 눈앞에 펼쳐지면서 미친 말 한 마리가 머릿속에서 날뛰는 기분이다. 엄마가 한 말, 미친 사람 같은 웃음, 내 옷에서 삐져나오던 역겨운 살. 그리고 딜립이 한 말. 등뒤에서 배신의 칼날처럼 찔렀으니 그게 최악인 것도 같았다. 엄마와 같이 사는 것에 반대했던 게 딜립 아니었나? 너무 가까이 있으면 안 된다고, 엄마의 광기에서 거리를 두어야 한다고 딜립 본인이 말하지 않았었나? 그런데 이제는 엄마가 싫어하니까 내 작품을 접어야 한다고? 왜, 왜 항상 모든 게 엄마 위주여야 하지? 나는 딜립이 침대에서 몸을 뒤척이는 기색을 느끼고, 고른 숨소리를 듣다가 내 몸을 홱 돌려 잠자고 있는 딜립의 목을 조르는 상상을 한다.

날카로운 소리가 들려 벌떡 일어난다. 작업실 쪽에서 들린다.

작업실 문을 열자 내가 엄마 드시라고 갖다놓은 물컵이 바닥에 떨어져 조각난 채로 불빛에 반짝이는 게 보인다. 엄마는 마녀처럼 앉아 쓰레기통에서 타오르는 작은 불을 넋을 놓고 보고 있다. 라이터, 성냥을 어디에서 찾은 거지? 딜립이 내 옆에 와서 서고 우리는 엄마가 종이를 공처럼 뭉쳐 불에 던지고 다 타면 다음 종이 뭉치를 던지는 걸 본다. 엄마는 우리가 눈에 들어오지 않는 듯 기계처럼 동작을 반복한다. 바닥에 엄마가 속을 뜯어낸 내 스케치북 더미, 내 그림 조각이 흩어져 있으나 나는 어두운 방에서 솟는 불꽃에 홀린 듯 멍하니 앉아 있다. 이 모든 게 그냥 꿈 같다.

불꽃 속에서 어떤 육신, 춤추는 신의 형상이 언뜻 보이기 시작하고 원초적 공포가 솟구친다. 엄마가 웃으며 물잔에 든 액체를 쓰레기통에 붓자 불이 확 타올라 기둥처럼 천장으로 솟는다. 열기가 나를 후려치는 것 같아 고개를 돌린다. 불에 타 흩어지는 종이가 흰색, 회색 조각으로 솟아올랐다가 불꽃처럼 바닥으로 떨어진다. 엄마가 불에 가까이 다가가 원피스 끝자락에 불이 붙지만 엄마는 알아차리지 못한다. 불이 켜지고, 물 한 동이가 엄마와 불꽃 위에 뿌려질 때 우리 둘 다 흠칫 놀란다.

엄마는 불에 타고 젖은 채 눈을 끔벅인다. 옷이 젖어 투명하게 속이 비치고 엄마 손에 성난 수포가 보인다. 엄마는 부르르 떨며 팔로 몸을 감싼다.

여기 내가 얼마나 오래 있었을까? 나무처럼 보였던 아크릴 재질 바닥재가 녹아서 연기를 내는 웅덩이가 되었다. 나는 기침을 하고 딜립은 창문을 활짝 연다. 바닥에 앉은 채 딜립을 올려다본다. 여기에서 보니 딜립의 어깨가 영웅 같다.

나는 엄마 옷을 갈아입히고 손가락의 물집은 못 본 척한다. 거실에 엄마를 눕힌다. 가죽소파가 너무 미끌거려서 시트를 깔기가 힘들지만 그럭저럭 잠자리를 만든다. 딜립과 나는 엄마가 몸을 웅크리고 눕는 걸 보며 아무 말도 하지 않는다. 우리는 자지 않고 누워 천장에서 빛이 들뜬 구름처럼 움직이는 걸 본다.

이튿날 나는 아무 말 없이 엄마를 집에 모셔다드린다. 딜립이 병원에 들르라고 말하지만 듣지 않는다. 엄마가 자신을 해칠지 모른다는 말에도 아무 느낌이 없다. 엄마가 뭘 어떻게 하든 당신 집에서만 하면 좋겠다. 엄마는 내 그림을 망치고 싶었고 그렇게 했다. 수년 동안 그린 인체화, 스케치, 어떤 건 십 년도 더 된 것도 있었는데, 하룻밤 사이에 다 사라졌다. 그것들은 내 삶의 순간과 기억의 기록이자 나의 성장, 엄마와 구분되는 나 자신을 만들어가는 과정의 기록이기도 했다. 어쩌면 엄마가 바란 것은 그 이상이었을지도 모른다. 엄마는 이 집, 내 신혼집이 사라지기를, 내가 깃들 수 있는 곳, 내가 안전히 있을 수 있는 유일한 곳이 사라지기를 바랐는지도 모른다. 내 결혼을 태워버리고 싶었는지도 모른다. 내 삶을.

사태를 수습하는 데 시간이 꽤 오래 걸린다. 그을린 천장을 새로 칠하는 데 페인트 업자가 과도한 요금을 청구하고 바닥재는 생산이 중단된 거라 전체를 새로 해야 한다. 이 주 동안 작업실에 드나들지 못하게 테이프가 쳐져 있다. 먼지가 가득하고 화학약품과 자재가 뒤죽박죽인 위험 구역이다. 내 짐은 모두 꺼내서 거실 구석에 쌓았다. 내가 처음부터 방을 싹 치워놓았더라면 이런 일이 일어나지 않았으리란 생각을 하지 않을 수 없다.

흐릿한 불빛이 느껴져 깼는데 상자가 전부 열려 있다. 내 그림이 쏟아져 있고 유산지가 펼쳐져 있다. 어떤 것은 쌓여 있고 어떤 것은 한 장씩 흩어져 있다. 얼굴이 보호받지 못한 채 노출되어 있다—아주 조금씩 다른 같은 얼굴이 딜립 주위에서 끝없이 더듬는 말처럼 반복된다.

"사진 없다고 했잖아." 딜립이 말한다.

나는 아직 그림을 보고 있다. 이렇게 전부 보이게 나와 있는 건 오랜만이다. 딜립이 무슨 말을 하는지 모르겠다.

"사진 없다고 했잖아." 딜립이 다시 말한다. "잃어버렸다고."

나는 딜립에게 한 걸음 다가간다. 딜립의 손에 귀퉁이가 구겨진 사진이 들려 있다. 딜립의 손바닥 위에 가볍게 얹혀 있다. 나는 다시 뒤로 물러선다.

"왜 거짓말했어?"

자다 일어나서 입이 바싹 말라 있다.

"거짓말해야 할 이유가 뭐였어? 누구야 이 사람?"

나는 침을 삼키려고 애쓴다.

"마지막으로 물을게. 이 사람 누구야?"

"사진을 찾았어." 내가 말하는 소리가 들린다. "엄마 물건에서."

"찾았다고? 훔쳤다고?"

"찾았어."

"안타라, 이 사람이 누군데?"

"아무도 아냐. 나한테는 아무도 아냐. 엄마가 아는 사람이야." 내 어깨가 축 늘어진다. "엄마가 만나던 사람이야."

1989년

나와 칼리 마타가 자는 방으로 엄마가 들어온 밤 나는 뭔가가 다르다는 걸 알았다. 엄마 얼굴에 멍이 번지고 있었다. 엄마는 문을 쾅 닫았다.

"일어나." 엄마가 말했다.

엄마는 물 한 병과 고무줄로 묶은 백 루피를 천 가방에 넣었다. 낮은 목소리로 칼리 마타와 이야기를 나눴다.

그 여자, 금발여자, 새로 총애를 받게 되어 엄마의 자리를 차지했고 이제부터 조각이 새겨진 나무문 뒤에서 바바와 같이 살 여자 이야기라는 걸 알았다. 결정된 일이었다. 칼리 마타는 한숨을 쉬며 고개를 저었다. "떠날 이유가 없어. 나도 안 떠났잖아? 다른 사람들도 그랬고. 우리는 가족이잖아. 여기에 언제까지나 당신 자리가 있을 거야."

엄마는 웃으며 동시에 울었다. 코에서 흐르는 피를 쿠르타 소매로 닦았다. 눈이 휘둥그렇고 입은 굳어 있었다.

"사실은, 난 여기가 싫어요." 엄마가 말했다. "늘 그랬어."

엄마가 이러는 모습은 본 적이 없었다. 나는 몸을 덜덜 떨었다. 칼리 마타가 나를 꼭 끌어안고 사랑한다고 말했다.

우리는 다른 사람들에게는 아무 말도 하지 않고 떠났다. 아무도 우리가 떠나는 걸 보러 나오지 않았다. 우리는 한동안 걸었다. 밤공기에 매캐한 경유 냄새가 감돌고 트럭소리가 들렸다. 엄마는 입을 움직이며 돌아갈 수는 없다고 되뇌었다. 말이 나오는 걸 막으려고 손으로 입을 막았다.

낡은 차 한 대가 우리 앞쪽에 멈췄다. 템포 트래블러였는데 운전자 얼굴은 잘 보이지 않았다. 뒤쪽에 울퉁불퉁한 화물이 낡은 밧줄로 매여 있었다.

"뒤에 있는 건 뭐예요?" 엄마가 물었다. 운전사가 엄마를 쳐다봤지만 대답은 안 했다. "가구?"

"그럴 수도." 운전사가 말했다. "어느 쪽?"

더운 날씨에도 운전사는 털모자를 쓰고 너덜너덜한 목도리를 두르고 있었다. 얼굴에 회색 털이 돋았고 귓구멍에서도 털이 수북했다. 안경을 써서 눈이 두 배로 확대되어 보였다. 눈동자에서 파란 꽃이 피었다.

"푸나* 클럽이요." 엄마가 말했다.

운진자가 고개를 끄덕였다. "푸네 클럽."

* 푸네의 식민지 시대 명칭.

나는 조수석에 앉은 엄마 무릎에 올라탔다. 엄마는 두 팔로 내 허리를 단단히 감쌌다. 방광이 터질 것 같았지만 아무 말 하지 않았다. 삐뚜름한 룸미러에 금속으로 된 조그만 락슈미 상이 걸려 있었다. 여신이 연꽃 위에 앉아 있고 팔이 네 개 있었다. 여섯 개인 것도 같았다. 차가 털털거릴 때마다 락슈미 상이 흔들렸다. 엄마는 한숨을 쉬고 비닐시트에 몸을 기댔다. 운전사가 엄마 쪽 문을 바로 잡는다고 몸을 숙이자 음식냄새와 유황냄새가 확 끼쳤다. 운전사의 팔이 내 몸 위에, 내 몸을 두른 엄마의 팔 위에 잠시 머물렀다. "오늘 고생한 건 곧 잊힐 거야." 엄마가 내 귀에 대고 속삭였다. "네가 크면 이 순간들은 다 없었던 게 될 거야."

클럽에 도착했을 때 동이 트려 하고 있었다. 초라한 행색에도 경비가 엄마를 알아보고 우리를 들여보내주었다. 엄마가 클럽에 내려달라고 한 까닭은, 기차역을 제외하고 운전사가 확실히 알 법한 유일한 곳이었기 때문이었다. 또 전화를 쓸 수 있는 곳이기도 했다. 그때 나는 몰랐지만 엄마는 아슈람에서 아무 계획도 없이 나왔다. 어디로 가야 할지 누가 우리를 어떤 조건으로 받아줄지 막막했다. 남편과 연락을 안 한 지는 여러 해가 됐고 부모님한테는 자꾸 남편한테 돌아가라고 하면 두 사람과도 끝이라고 엄포를 놓은 상태였다.

엄마는 자기가 전화하는 동안 나더러 입구 옆 놀이터에서 놀고 있으라고 했다. 나는 철제 미끄럼틀 끝에 드러누워 하늘을 봤다. 새가 나무 사이로 얼기설기 얽힌 전깃줄에 내려앉아 어린아이들처럼 흔들흔들 그네를 타는 것을 보았다. 놀이터는 텅 비었고 아무도 없었다. 거기가 아이들이 노는 곳이란 건 알았지만 나는 놀이터에서 놀아본 적이 없어서 뭘 해야 하는지 몰랐다. 나는 놀이터가 싫다고, 쇠로 만들어진데다 아무 목적도 없는 이상한 곳이라고 결론을 내렸다. 놀이터를 싫어하기로 하자 기분이 나아졌다. 불안감을 눈에 보이는 대상에 돌릴 수가 있어서. 나는 지금도 불편할 때는 경멸을 마음속에서 끌어올린다. 거부당하지 않기 위해 내가 먼저 거부한다.

엄마가 돌아왔을 때 내 무릎은 흙투성이고 손톱 밑에는 때가 끼어 있었다. 어쩌면 놀이터에 오기 전부터 이랬을까? 날이 더 환해졌다. 엄마는 모르는 것 같았다. 엄마가 내 팔을 잡았을 때 손에서 심장박동이 느껴졌다.

"안 도와주겠대."

"누가?" 내가 물었다.

"역겨운 네 아비. 또 나나 나니도."

안 도와준다고? 잘은 모르지만 내가 아는 바에 따르면 그럴 것 같지 않았다. 쪼글쪼글한 피부로 나를 안아주던 할머니, 나를 웃기려고 위쪽 틀니를 금전출납기 서랍 꺼내듯 빼던 할아버지. 그리고 우리 아버지. 내 아빠라면 당연히 나를 도와줄 것이었다.

아버지. 아버지. 아버지. 아버지에 대한 기억은 하나도 없었다. 집에서 나왔을 때 나는 아기였다. 그리고 내가 아는 한 아버지가 나를 만나러 온 적도 없었다.

아슈람에 있을 때 가끔 아버지 꿈을 꿨다. 가끔은 얼굴이 떠오르지 않는 남사가 나를 엄마한테서 빼앗아가는 상상을 했다. (내가 상상한 것일까, 아니면 엄마가 내가 늘 자기를 떠나려 했고 자기에게 상처를 주려 했다고 주장하면서 내 머릿속에 심은 이미지일까?)

아버지는 내가 모르는 존재였고 그래서 차라리 다행이라는 생각이 들 때도 있었다.

"폭군처럼 우릴 조종하려고 하는데, 그러라고 내버려두진 않을 거야." 엄마가 말했다. 엄마의 부리부리한 눈 가장자리가 불그레했고 입에서는 오래된 바나나 냄새가 났다. "내 힘으로 살 수 있어. 엄마 믿지?"

나는 고개를 끄덕이거나 아니면 뭐라 대답이라도 하고 싶었으나 아무 말도 하지 않았다. 대답할 수가 없었던 것 같기도 하다. 지금 생각하면 그때 내가 그 질문을 이해하긴 했나 싶다. 엄마의 어디를 믿으라는 건지? 나한테 다른 선택지가 있었나, 내가 다른 방법을 알았나?

우리는 클럽에 살았다. 가끔 담 안으로 들어가기도 하고 클럽 문 바로 바깥에 있기도 했다. 떠돌이 개 한 마리를 알게 돼서 내가 캔들이라고 이름을 지었다. 꼬리 끝이 불에 탄 심지처럼 생겼기 때문이었다. 깊은 밤이 되면 화단에서 들락거리는 주머니쥐가 가까이 오지 못하도록 캔들을 데리고 있었다.

엄마는 구걸을 시작했다. 엄마는 내가 동정심을 불러일으킬 만큼 어리지 않다며 나한테는 그냥 클럽 문 앞에 있으라고 했다. 첫날에 구걸에도 규칙이 있다는 걸 알게 되었다. 어떤 길은 특정 여자들과 아이들의 구역이었고 그 공간을 침범하는 건 도발행위였다. 거지 여인들은 이가 듬성듬성 빠진데다 머리에 때가 잔뜩 끼어 있고 내가 들어본 적이 없는 마라티어를 썼다. 손이 빠르고 발도 빠르고 절대 물러서지 않을 사람들이었고 엄마는 나한테 그 사람들하고 눈을 맞추지 말라고 했다. 우리와는 다른 사람으로 보였고 냄새도 달랐다. 그러나 시간이 흐르면서 차이가 점점 사라졌다.

우리나 우리 엄마의 부모님을 아는 클럽 회원들은 어떻게 반응해야 할지 몰라 당혹스러워하며 쳐다봤다. 어떤 사람들은 아이들 눈을 가리며 지나쳐갔다. 어떤 사람들은 우리가 장난을 치는 거라고 생각하는 양 웃으며 내 머리를 쓰다듬었다. 사람들은 엄마를 알았기 때문에, 살면서 나락에 떨어지기가 얼마나 쉬운지 우리가 보여주었기 때문에 불쾌해하며 우리를 지나쳐갔다. 어느 날 밤 엄마는 손을 얼굴 앞에 대고 작은 상자 모양을 만들더니 그 안을 들여다보았다.

"이 안을 봐."

그 안을 봤지만 우리 앞에 있는 길 말고는 아무것도 안 보였다. 캔들이 드러누워 있었다. 꽃분홍색 사리를 입은 여자가 지나갔다.

"네가 볼 수 있는 만큼의 세상만 존재하는 거야." 엄마가 말했다. "그 위에 있는 거, 그 아래에 있는 건 알 바가 아냐. 사람들이 우리한테 하는 말은 전혀 중요하지 않아."

나는 내 눈 바로 앞에 있는 것을 똑바로 보았다. 엉덩이, 손. 벤치에 앉아 기다리는 커플. 길가에 굴러다니는 고철. 차 안에서 차창에 빰을 대고 있는 여자애. 엄마를 돌아보았더니 엄마가 울고 있었다.

문에 기대앉아서 자다가 몸이 늘어져 엄마 무릎을 베고 누운 채로 잠에서 깬 게 기억이 난다. 배가 고팠던 기억은 없다. 경비가 주기적으로 음식과 물을 갖다주었다. 나중에 아버지가 클럽 매니저에게 전화해서 먹을 걸 주라고 시켰다는 걸 알게 되었다. 얼마나 오래 그러고 살았는지는 모르겠다. 나는 엄마와 함께, 엄마는 나와 함께였고 규칙도 할일도 일과도 없었다. 몸은 안 씻었고 이에는 치태가 끼었다. 나는 캔들과 같이 잤다. 피부병이 있는 캔들의 몸에 기대 낮잠을 자고 작은 벌레들이 털 위를 일렬로 기어가는 걸 보고 고름집에 손을 얹었다. 엄마는 그걸 옴이라고 했다. 머지않아 나도 캔들처럼 온몸이 근지러웠고 캔들하고 비슷한 모습이 되었다. 캔들 때문에 내가 달라졌으니 우리가 가족이 되었다는 뜻이었다.

어느 날 아침, 클럽 경비가 앉은 채로 자는 이른 새벽시간에 아버지가 유백색 콘테사를 타고 우리를 데리러 왔다.

아버지는 지금과 똑같은 모습이었다. 면도하고 몇 시간만 지나면 턱수염이 나타나기 시작하는 성인 남자. 다만 그때는 더 마르고 코가 더 날카로웠다. 바바나 아슈람에서 본 다른 남자들하고는 달랐다. 귀는 깨끗하고 콧구멍에서 튀어나온 코털도 없었다.

아버지가 차문을 열어 잡고 있었다. 엄마가 천천히 일어나 내 팔을 잡아당겼다. 우리는 뒷좌석에 탄 다음 문을 닫았다.

아버지는 나를 돌아보지 않았다. 나는 아버지 뒤통수를 감상했다. 아버지는 엄마한테도 한마디도 하지 않았다. 아버지가 라디오를 켰다. 차가 출발할 때 나는 캔들을 불렀다. 캔들은 누워 있던 자리에서 일어나 앞으로 펄쩍 뛰었다. 듬성듬성한 털 속에서 뒷다리 근육이 불거졌다. 개는 잠시 우리를 따라 달리다가 걸음을 멈추고 가려운 데를 긁었다.

아무도 우리가 거지처럼 보인다고 말하지 않았다. 아슈람 일을 묻는 사람도 없었다. 곧 외할아버지 집에서는 바바의 이름을 입에 올리는 게 금지되어 있다는 걸 알게 되었다. 나니가 식탁 위에 따뜻한 아침과 김이 나는 차를 준비해놓고 기다리고 있었다. 우유 위에 말라이*가 있고 음식은 전부 기 버터를 넣어 요리했다.

아버지는 우리를 내려주고 물러서서 문가에 서 있었다. 운전기사나 짐꾼처럼, 자기 일을 마쳤으니 빨리 떠나고 싶어했다.

나니는 뱅글을 낀 통통한 팔로 몸 앞에 팔짱을 끼고 둥근 반원 모양 소파에 앉아 있었다.

“이제 철이 들었길 빈다.” 나니가 말했다. 목소리가 아파트 안에 울려퍼졌다. 누구한테 한 말인지 몰랐는데 그때 엄마의 뚱한 표정이 눈에 들어왔다.

“안타라.” 할머니가 말했다. “외할미 기억하니? 이리 와라.”

나는 점박이 무늬가 있는 타일을 가로질러 할머니에게 다가가다가 할머니가 손에 얼굴을 묻는 걸 보고는 걸음을 멈췄다. 할머니는 울음을 터뜨렸고 어깨가 떨렸다. 나는 어두운 곳에 서 있는 아버지와 엄마 쪽으로 몸을 돌렸다. 엄마가 나한테 계속 가라고 손짓을 했다. 몸을 돌리자 먼지와 얼룩투성이인 내 발이 눈에 들어왔고 내가 지나온 자리에 발자국이 남았다는 걸 알았다. 발톱 하나는 시커멓고 뿌리 부분에 피가 고여 있었다.

나는 목욕을 하러 보내졌고 본 적이 없는 메이드가 내 몸을 깨끗하게 닦아주었다. 메이드는 머리카락을 정수리에 틀어올렸고 무명 사리를 허리 위로 끌어올려 발목과 종아리가 보였다. 메이드가 얼굴과 목을 닦아줄 때 그 손냄새를 맡아보았다. 마늘, 고추, 비누거

* 인도식 우유 크림.

품 냄새가 났다. 칼리 마타하고 비슷했다. 메이드가 다음에는 나를 다리 사이에 앉히고 손가락으로 내 머리카락을 훑으며 벌레가 없는지 살폈다.

나니가 우리를 들여다봤다. "바이." 할머니가 메이드에게 말했다. "예 암치 베티 하이."

"카사 하이." 여자가 나에게 말했다.*

"아가, 이 사람은 반다나야." 나니가 말했다.

그때부터 반다나가 날 돌봐주었다. 엄마는 거의 종일 자거나 나나 나니와 같이 방에 틀어박혀 있었기 때문이다. 세 사람이 서로 고함치는 소리가 문밖으로 들렸다. 그러나 끼니때가 되어 방밖으로 나왔을 때는 소리를 지르지 않았다. 엄마는 접시를 내려다보고 음식을 뒤적이며 우리가 세상에 존재하지 않는 것처럼 굴었다.

아버지가 종종 저녁에, 자기 어머니가 있는 집으로 가기 전에 들렀다. 잠깐 동안 아버지와 엄마는 같이 있었고 둘이 아무 말도 안 할 때도 있었다. 어떤 때는 낮은 소리로 이야기하고 어떤 때는 소리를 질렀다. 나는 그러기에는 너무 커버렸는데도 식탁 밑에 숨었다. 아버지가 뭐라고 하는지 입 모양을 읽으려 했지만 식탁 다리에 가려 잘 안 보였다.

아버지가 우리에게 같이 가자고 한 적은 한 번도 없었다. 나는 아버지가 나를 엄마를 볼 때와 똑같은 눈으로 본다고 느꼈다. 어느 날 아버지가 다른 남자와 함께 서류가 가득한 가방을 들고 왔다.

---

* "바이" "예 암치 베티 하이" "카사 하이"는 각각 마라티어로 "메이드" "우리 딸이야" "안녕?"이라는 뜻.

엄마는 서류를 훑어보더니 서명을 했다.

나는 궁금했지만 끝내 묻지 않았다. 우리는 왜 외할아버지 외할머니 집에 사나? 언제 돌아가서 아버지와 같이 살게 되나? 나는 부모와 아이는 당연히 같이 사는 것이고 남편과 아내는 아무리 서로를 싫어하더라도 갈라놓을 수 없다고 생각했다.

오후가 되면 반다나가 나를 클럽에서 놀라고 데리고 갔다. 도시락을 싸서 한 손에 들고 다른 손으로는 내 손을 잡았다. 릭샤 안에서 반다나가 마라티어를 조금 가르쳐주었다. 반다나는 시골 출신이었다. 반다나가 내 발음을 듣고 웃어서 나는 얼굴이 빨개졌고 다시 시도하기 싫어졌다. 하지만 반다나가 읽을 줄도 쓸 줄도 모른다고 하는데도 그걸 놀릴 생각은 안 들었다. 아마 나도 둘 다 못해서였을 것이다. 나는 반다나가 마라티어를 가르쳐주면 영어 알파벳을 가르쳐주겠다고 약속했다. 나는 놀이터를 별로 좋아하지 않았지만 반다나가 그네에 올라타 다리를 앞뒤로 힘차게 흔들어 공중으로 날아오르면 나도 따라 하고 싶었다.

가끔 반다나는 사리를 뒤쪽으로 당겨서 다리 사이에 끼웠다. 쭈그리고 앉아 바닥을 쓸 때는 꼭 엉덩이가 땅에 닿을 것 같은데 절대 닿는 법이 없었다. 그 자세로 얼마든지 오래 있을 수 있는 것 같길래 한번은 시간을 재보려고 했는데 하도 오래 그러고 있다보니 시간 확인하는 걸 까먹고 말았다. 반다나는 앞니가 없었고 웃으면 분홍색 잇몸과 빈틈이 보였다. 날마다 싱싱한 풋고추를 가져와서 아침으로 포하*를 만들어줬다.

* 납작하게 누른 쌀, 양파, 고추, 향신료 등으로 만드는 음식.

어느 날 저녁 나는 반다나가 열쇠를 허리끈에 묶고 문밖에서 샌들을 신는 모습을 지켜봤다.

"안녕." 반다나가 이가 없는 잇몸을 드러내며 말했다. 엄마가 자기 방에서 부르는 콧노래 소리가 들렸다. 나는 반다나가 문을 닫을 때까지 기다렸다가 몰래 나와서 조용히 계단으로 내려갔다. 반다나가 모를 거라고 생각했는데 돌아보며 이렇게 말하자 무안했다. "어? 뭐하는 거야?"

"나도 갈 거야." 내가 말했다.

"나랑 어디 가려고?"

"반다나 집에. 반다나 남편 만나러."

반다나가 고개를 갸웃하며 나를 보았다. "그건 안 돼. 올라가. 엄마가 찾을 거야."

엘리베이터 기사 멀리가 우리가 실랑이를 하는 걸 보며 웃었다.

"얘 집으로 데려가요." 반다나가 멀리에게 마라티어로 말했다.

"싫어." 나는 뱃속에서 무언가가 타고 올라오는 걸 느끼고 꾹 눌렀다. "같이 가고 싶어. 내 말 들어야 해. 반다나는 하인이고 내가 주인이잖아."

반다나의 이마에 주름살 네 개가 생기고 눈이 가늘어졌다. "넌 아무도 아냐. 네 엄마도 널 쳐다도 안 보잖아." 반다나가 내 목덜미를 잡고 엘리베이터 안으로 밀어넣었다. 나는 손을 들어 반다나를 때렸다. 반다나도 나를 찰싹 때렸다.

위층으로 올라가자 나니가 현관문을 열고는 울고 있는 나와 인상을 찌푸린 반다나를 봤다. 반다나의 라일락색 블라우스에 땀 얼룩이 번지고 있었다.

"무슨 일이야?" 나니가 말했다.

"집에 가는데 따라오려고 했어요." 반다나가 내 손을 놓고 나를 앞으로 밀었다. 엄마가 나니 뒤쪽 문간에 나타났다.

"집에 따라간다고?" 엄마가 나를 쳐다보았다. 엄마 얼굴이 시뻘겋게 달아올랐다. 나는 다시 뺨을 맞을 것 같아 몸을 움츠렸다. 그런데 엄마는 반다나에게 소리를 질렀다. "조심했어야지."

엄마가 나를 집안으로 밀어넣고 반다나와 서로 소리를 질렀는데 점점 뭐라고 하는지 알아들을 수 없는 소리가 됐다. 반다나가 자기 이마를 치고 엄마에게 손가락질을 했다. 반다나는 그뒤로 다시 오지 않았고 엄마는 나니에게 이제부터는 남자 하인을 두라고 했다.

그때부터 나는 엄마와 같은 침대에서 자게 됐고 엄마가 어두운 발코니에서 담배를 피울 때 나를 데리고 가기도 했다. 엄마가 얼마나 아름다운지 처음 깨달은 게 그때였다. 엄마는 담배를 다 피우면 나한테 꽁초를 주며 저멀리, 역 근처 차가 있는 쪽으로 튕겨 날리는 법을 가르쳐주었다.

어떤 때에는 아래층으로 내려가 담배를 피웠다. 할아버지 소유의 낡은 호텔 앞을 지나갔다. 건물 전면은 아르데코 양식인데 페인트가 벗겨졌다. 동네 사람들이 가족끼리 집밖에 나와 길바닥에 돗자리를 깔고 앉아 있었다. 한번은 술 취한 남자가 바닥에 드러누워 중얼거리길래 근처에서 얼쩡거리며 뭐라고 말하는지 들어보기도 했다. 차이 장수들은 장사를 마치고 물건을 치우기도 하고 사람들이 몰려오길 기다리며 철제 기둥에 기대 졸기도 했다. 사람들이 젖은 얼굴, 앙다문 턱, 충혈된 눈으로 우리 너머를 응시했고 우리는 밤 더위 속에서 느릿느릿 걸었다. 배가 부푼 쥐들이 줄줄이 길을 따라 달려가며 긴 하루 끝에 남아 있는 찌꺼기가 있는지 냄새를 맡았다. 해시시 연기와 냄새가 퍼져 코에 닿았고 맨발의 약쟁이가 우리 엄마를 보면서 고환을 만지작거렸다. 기차역에서 돌아다니는 히즈라*가 엄마 어깨를 두드리고 그림이 그려진 손을 내밀었다. 엄마는 마른 입술을 깨물었다. 엄마는 미신을 잘 믿지 않지만 히즈라에게는 설명할 수 없는 힘이 있다고들 했다. 돈을 내면 보호를 받을 수 있는데 우리는 돈이 없었다. 엄마는 마침 쿠르타 주머니 안에 있던 빨간색 립스틱을 꺼내 건넸다. 히즈라는 립스틱을 받아들고 축복의 말을 하고는 가버렸다. 그날의 기차 출발 스케줄이 적힌 커다란 게시판이 덜컥거리며 글자들이 마구 바뀌었지만 나는 읽을 수 없었다.

그때 내가 엄마에게 어떤 감정을 느꼈는지 기억이 안 난다. 그 감정에는 내가 아는 이름이 없기 때문일 것이다. 아슈람에 있을 때는 엄마 없이 살면서 엄마를 그리워했는데, 지금 엄마와 같이 살게 되자 모퉁이를 돌면 두려움과 함께 내가 착각했나, 실은 엄마를 원하지도 엄마를 필요로 하지도 않았던 건가 하는 생각을 떠올렸다가는, 다시 평생 지녀왔던 생각으로 돌아가곤 했다. 엄마 없는 삶은 지옥이고 고통이라고. 지금도, 엄마 없이 있을 때, 엄마 없이 있고 싶을 때, 엄마의 존재가 내 불행의 원인이라는 걸 알 때도—학습된 갈망이 여전히 솟구친다. 가장자리가 너덜너덜해진 부드러운 흰 면의 감촉을 향한 욕구.

엄마는 아슈람에서 나온 뒤에 상태가 좋지 않았다. 아무도 그렇

---

* 생물학적으로 남성이거나 간성인데 여성의 성 정체성을 가진 사람.

단 사실을 부인하지 않았지만 그게 무슨 의미인지 말해주는 사람은 없었다. 엄마는 깨어 있을 때는 천장에 시선을 고정하고 혼잣말을 했지만 하루 대부분을 잠으로 보냈다. 몇 해 동안 못 잔 사람처럼 잤다.

나중에 그 까닭이 아버지한테 연락한다고 밤늦게까지 자지 않아서라는 걸 알게 되었다. 아버지가 재혼하게 되었다는 소식을 듣고 엄마는 집으로 전화를 걸어 아버지를 괴롭혔다. 다른 사람이 전화를 받으면 끊었다가 다시 걸었다. 그럴 때 내가 엄마 무릎에 앉아 있기도 했는데 나중에는 엄마가 수화기를 귀에 대고 나더러 다이얼을 돌리라고 했다. 내가 아버지와 통화한 적은 거의 없는데도 아직도 그 번호가 기억난다. 나니가 그 사실을 알게 되고는 나한테 엄마가 이상한 행동을 하면 자기 방으로 오라고 말했다. 나는 할머니에게 이상한 게 어떤 거냐고 물었다.

나니가 한숨을 쉬었다. "네 엄마가 대체 왜 그러는지 모르겠다."

엄마는 이틀 뒤에 응답을 받았다. 아버지가 와서 엄마에게 두툼한 돈봉투를 주었다. 아버지가 일말의 책임감을 느끼고 그렇게 한 건지 아니면 엄마가 아버지를 갈취할 방법을 알아내서 그렇게 된 건지는 모르겠지만 그때가 내가 처음으로 엄마를 버리고 아버지와 같이 가고 싶다고 생각했을 때였다. 나는 키가 크고 마르고 머리카락이 구불구불한 아버지의 모습을 빤히 보았다. 아버지는 문가 그늘에서 아주 잠깐 나와 눈을 맞췄다. 아버지는 웃지 않았고 나를 보는 눈빛이 심란해 보였다.

나는 나니에게 엄마와 내가 아버지 집에 가게 되냐고 물었다.

"네 엄마는 그 집에서 오래전에 나왔잖니." 나니가 말했다. "시간이 흐르면 많은 게 달라지지. 새 여자가 그 집에 살러 들어온단다."

나로서는 그때 일어난 일들을 잘 이해할 수가 없었지만 두 가지는 알았다. 우리 부모님이 이제 부부가 아니라는 것, 아버지가 새 아내를 만났다는 것. 바바가 그랬던 것처럼. 칼리 마타가 엄마한테 떠나지 말라고, 엄마는 이제 가족의 일원이라고 말했던 게 기억났다. 엄마가 아슈람에 남아서 칼리 마타처럼, 버려졌지만 존경받으며 살 수도 있었다는 걸 알았다. 지금 아버지하고도 그게 가능할까 궁금했다. 하지만 우리가 아슈람을 떠나던 날 엄마 얼굴의 슬픔과 분노를 생각해보면, 엄마는 새로운 아내가 오는 걸 좋아하지 않으리란 걸 알 수 있었다.

나는 엄마 마음속의 혼란을 보며 내가 엄마와 얼마나 다른지 알게 되었다. 나도 가끔 질질 짤 때도 있지만 그래도 자신을 다잡을 줄 알았다.

나니에게 이혼이 뭐냐고 물었다. 이런 주제가 나오면 나니는 말을 잘 못했지만 그래도 설명하려고 애는 썼다.

"남편하고 아내가 남편과 아내 사이가 아니게 되는 거면요, 그러면 아버지도 아버지가 아니게 되는 거예요?" 내가 물었다.

나니는 내 눈을 한참 보고 있더니 입꼬리를 구부려 웃음을 지었다. "아니." 나니가 말했다. "그렇지 않아."

나는 파란 여행가방을 들고 할아버지 아파트 일층에서 기다렸다. 머리카락은 귀 위쪽 피부가 당겨질 정도로 단단하게 땋았다. 제멋대로 자라는 눈썹은 나니가 바셀린을 발라 눕혔다. 나니가 옆에 서서 나에게 얌전히 말 잘 들으라고 했다.

"아버지가 널 사랑하게 만들어." 나니가 말했다. 나한테는 단 한 번의 기회밖에 없다는 경고처럼 들렸다.

엄마는 인사도 안 했다.

아버지가 늘 타는 콘테사를 타고 왔다. 아버지는 깔끔하고 돈을 아껴 쓰는 사람이었다. 아버지 차는 오래되긴 했어도 완벽하게 잘 관리되어 있었다. "일주일 치 짐 넉넉히 챙겼겠지." 아버지가 말했다. 나는 일주일 치 짐에 더해 남겨두고 싶지 않은 물건까지 챙겼다.

차에서 내려 집까지 몇 걸음이었는지는 모르겠지만 파란 여행가방을 끌고 아버지 뒤를 따라갔다. 문은 검은색이고 손잡이는 신전 기둥처럼 조각된 금색 막대였는데 여러 해 동안 사람 손이 닿아서 양각 무늬가 닳아 사라졌다. 아버지가 누른 초인종 소리가 너무 작아서 내가 다시 누르고 싶었지만 꾹 참고 뒤로 물러서 있었는데 바로 문이 활짝 열려서 깜짝 놀랐다. 여자가 거기에 서서 기다리고 있었다. 최근 결혼하면서 받은 뱅글을 양쪽 팔목에 걸고 있었다. 너무 큰 걸로 보아 할머니 것이었던 듯싶었다. 안경은 알이 둘로 나뉘어 있고 손자국이 묻어 있었다. 아버지는 눈여겨보지 않는 것 같았다. 아버지가 안으로 들어가서 아내에게 인사를 했고 나는 밖에서 두 사람을 보고 있었다. 내가 집 벽을 만져보고 발을 이리저리 움직이고 있는데 두 사람이 같이 나를 돌아보았다. 남자 하인이 나와서 내 손에서 가방을 빼앗아갔다.

새 아내가 몸을 숙이고 나를 끌어안아 내 얼굴을 머리카락으로 덮었다. 나는 곱슬머리에 묻혀 웃음을 지었다. 구불구불한 머리카락에서 코코넛오일냄새가 났다. 뒤쪽 방에서 메이드들이 우리의 만남을 엿보고 있었다.

메이드들이 할머니가 쓰는 방으로 나를 데려갔다. 할머니가 델리에 있는 딸 집에 가서 내가 오게 된 것이었다. 방이 축축하고 땀냄새 몸냄새가 났는데 다른 사람들은 모르는 것 같았다. 내 가방이 먼저 와서 열려 있고 남자 하인이 내 속옷 무더기를 꺼내 어둑한 벽장 안에 차곡차곡 넣고 있었다. 나는 침대 발치에 기대어 벌린 입처럼 나를 향하고 있는 선풍기를 쳐다보았다.

아침에 아버지는 바나나 한 개를 두 입에 먹고 우유를 큰 잔으로 마신 다음 일하러 나갔다. 나는 나니가 알려준 대로 알람을 맞춰놓고 아버지가 일어나는 시간에 맞춰 일어났다. 아버지가 먹는 것하고 똑같이 먹었고 무슨 말을 하려고 애썼지만 아버지가 나가면 바로 배가 아파서 드러누워야 했다. 종일 집안에 하인들과 집 지키는 개와 같이 있었다. 개는 차나 자전거가 지나갈 때마다 짖으며 문으로 달려갔다.

내 옷 중에 가장 좋은 옷을 가져와서 입었고 요리사가 주는 음식은 남기지 않고 다 먹었고 식사를 마친 다음에 달달한 샤카르 로티를 달라고 하지도 않았다. 알아서 몸을 씻고 뒤통수가 안 보이는데도 나 스스로 머리를 빗고 땋았고 온수기 스위치를 못 찾았는데도 도움을 청하지 않았다. 화장실에는 비누가 없고 치약은 혀가 매웠지만 아무 말도 안 했다. 아슈람에서 경험이 있어 뭐든 알아서 할 수 있었다. 나는 다른 사람들이 모르는 방법을 알았다.

나는 일주일 내내 계단 꼭대기에 앉아 아래쪽을 내려다보았다. 두 번 꺾인 계단 모양에 아슈람에서 본 뱀이 떠올랐다. 아래쪽 부억에서 늘상 마늘냄새가 풍겼다. 바닥이 짙은색의 차가운 대리석이어서 엉덩이가 시려지면 엉덩이가 녹을 때까지 복도를 오르락내리락했다. 실내화를 깜박하고 안 챙겨와서 종일 양말을 신고 있었는데 바닥이 차갑기도 하지만 미끄럽기도 해서 종종걸음으로 걸어야 했다. 그러다가 미끄러져 왔다갔다하는 게 더 재미있다는 걸 알게 되었다. 얼음 위에서 스케이트를 타면 이럴 거라고 생각했다. 스케이트 타기가 지루해지면 다시 계단으로 돌아갔는데 그 자리에서는 층계참만 보였고 가끔 지나가는 사람 머리 꼭대기가 보이기도 했다. 메이드, 하인, 가끔은 아버지의 새 아내가 빠른 속도로 지나간 다음 종일 보이지 않았다.

나는 새 아내를 기쁘게 하고 싶었다. 침대 정리를 하고 약장에서 바퀴벌레를 잡았다.

그 집에서 보낸 지 닷새째 되는 날, 새 아내의 머리 꼭대기가 보이더니 가는 팔로 커다란 여행가방 세 개를 힘들게 끌고 가는 모습이 보였다. 새 아내는 숨을 헐떡이며 하인들을 부르다가 나를 보았다. 내가 집에 있다는 사실을 잊고 있었던 듯 눈이 동그래졌다.

"너희 아빠하고 나는 미국으로 간단다." 새 아내가 말했다. "최소 삼 년은 있을 거야. 나더러 너한테 말하라고 하더라."

호박색 스카치위스키가 든 아버지의 크리스털유리병이 새 아내 뒤쪽 벽에 붙은 조그만 음료 카트 위에 있었다. 빛이 유리병을 통과하며 새 아내 머리를 왕관처럼 장식했다.

저녁에 아버지 친구가 새 아내와 딸을 만난다고 왔다. 카우샬 삼촌이라고 했는데 누구한테 먼저 인사를 할지 모르겠다는 듯 방안에 있는 우리 두 여자 사이를 쳐다보았다. 아내 쪽으로 결정을 내리고는 손을 모으고 만나서 정말 기쁘다고 말했다. 다음에는 나를 끌어안고 볼을 꼬집고 턱을 건드렸다.

우리는 거실에 앉았고 아버지가 스카치위스키와 잔을 꺼냈다. 식탁 위에 은그릇과 보석처럼 반짝이는 물건이 가득했다. 남자들은 건배를 했고 새 아내와 나는 과일 펀치를 마셨다. 아버지 손에 들린 잔이 이상하게 보였다. 손목이 가늘고 힘이 없고 음료의 무게를 감당하기 힘겨워 보였다.

파코라, 사모사, 코프타* 등의 음식이 주방에서 나왔다. 메이드가 카우샬 삼촌에게 접시를 내밀었는데 아버지가 나에게 손짓을 했다. "네가 음식을 대접해." 아버지가 말했다.

접시가 보기보다 무거워서 손이 조금 떨렸다. 나는 카우샬 삼촌에게 접시를 내밀었다. 삼촌이 웃으며 고개를 끄덕였다. 접시를 받아들어 식탁 자기 술잔 옆에 놓더니 나를 다시 안았다. 어깨에서 땀냄새와 페닐냄새가 났다. 삼촌이 내 뒤통수를 쓰다듬으며 말했다. "딸이 정말 귀엽네!"

카우샬 삼촌이 내 몸을 돌려 자기 무릎에 앉혔다. 팔로 내 허리를 감쌌다. 나는 저녁 내내 그 자리에 앉아 있었고 아버지는 미국에서의 계획, 임대하려는 아파트 이야기를 했고 추운 날씨에 적응해야 한다는 농담을 했다.

왜 아버지가 떠날 거라는 이야기를 나한테 직접 안 하고 아내에게 시켰는지 모르겠다. 나니와 엄마도 아버지가 간다는 걸 알았을

* 파코라는 고기나 채소를 넣은 튀김, 사모사는 삼각형 모양의 만두 비슷한 튀김, 코프타는 미트볼 요리를 가리킨다.

까? 나는 그 일을 노트에 부모님의 이혼이나 결혼에 대해 내가 들은 바도 없고 아는 바도 없다는 사실과 같이 적어두었다. 같은 충동에서 비롯된 일이 분명했다. 원래 어떤 이야기들은 아이한테 안 하는 건데, 내가 미국인하고 결혼한 뒤 생각이 바뀐 건지도 모르겠다. 아무튼 그때는 이런 것들을 딱히 이상하게 생각하지도 않았다. 슬펐지만 아버지가 나한테 말하지 않는 게 당연한 것 같았다. 아버지가 떠나는 것도 그럴 수 있다고 생각했다.

아버지 집에 오고 정확히 일주일 뒤에 나나가 나를 데리러 왔다. 그날 나는 아버지에 대한 생각을 모두 구석에 밀어넣고 닫아버렸다. 자리도 아주 조금 차지하고 관심을 줄 필요가 없는 곳에.

"넌 브라를 그렇게 입어?"

퍼비가 내가 옷을 입는 걸 본다. 내가 준비를 마치기 전에 집에 와서 제멋대로 내 방으로 들어왔다.

이른 저녁이고 하늘은 흐린 보라색이다. 나는 퍼비에게 등을 돌린다. 피곤해서 얼굴 근육이 생각을 감춰주질 못한다.

옷을 다 입은 다음 우리는 거실에 있는 남편들에게 간다.

퍼비의 남편은 나에게 예의바르게 대한다. 우리는 옆으로 포옹하고 퍼비 남편이 내 등을 두드린다. 퍼비 남편은 크리켓을 보며 위스키 마시는 걸 좋아해 텔레비전을 켠다. 퍼비 남편이 집에 들어오면 손소독제 냄새가 풍긴다.

우리는 식탁으로 간다. 여러 가지 음식을 넉넉하게 준비했다. 퍼비 남편은 상다리가 휘어지게 차리는 걸 좋아한다. 팝디*, 가시

박, 닭다리, 양배추. 겉을 살짝 그을려 구운 통통한 닭다리가 식탁 한가운데 김을 내고 있다. 고수, 마늘, 고추로 양념해서 구웠다. 딜립 옆에는 다히 알루**가 잔뜩 있다. 딜립은 음식에, 나에게 등을 돌린다.

퍼비의 남편은 푸네에서 자라 뭄바이에 있는 대학에 갔으나 아버지 사업을 같이 하려고 돌아왔다. 푸네 최초의 쇼핑몰을 세운 회사다. 건물 전체가 회사의 상징색인 밝은 빨간색이다. 현재 같은 브랜드의 쇼핑몰이 인도 전역에 있고 인도에서 가장 인기 있는 아웃렛이 들어와 있다. 퍼비 남편은 이런 식으로 자기소개를 한다. 자기 배경, 가족, 자산을 언급하면서 자기가 어떤 존재로 판단되고 기억될지 분위기를 잡아주고 한 문장이 끝날 때마다 잔에 든 커다란 얼음을 짤랑거린다.

그가 딜립에게 자기 차 잠금장치를 봤냐고 묻는다. 딜립이 못 봤다고 말하자 퍼비 남편은 저녁 먹고 가서 보자고 한다.

"안에 다이아몬드가 들어 있어요." 퍼비 남편이 말한다. "진짜 다이아몬드요. 그런데 그러고 보니 좀 안전하지가 않더라고요. 우리 운전사가 너무 여릿이라."

퍼비가 차파티***를 조각조각 찢어 접시 위에 뿌린다.

퍼비 남편이 다음주 언제 새로 생긴 오성 호텔에서 식사를 하자고 한다. "거기 음식이 아주 괜찮습니다." 그가 말한다.

---

* 으깬 감자와 요거트를 넣은 커리.

** 바삭하게 튀긴 밀가루 전병에 콩, 감자, 요거트 등을 올려 먹는 음식.

*** 발효시키지 않고 철판에 굽는 납작한 빵.

"전에 우리 같이 간 적 있었잖아요." 내가 퍼비 남편에게 일깨워 준다.

퍼비 남편은 나에게 잔을 들어올리며 닭고기가 맛있다고 칭찬한다. 나는 내가 요리한 게 아니라고 말한다.

그러자 그가 자기 아버지가 최근에 산 부동산 이야기를 한다. 우리 외할머니 집에서 멀지 않은 길에 있다. 아버지가 아주 예쁜 동네에 땅을 사서 꿈꾸던 멋진 집을 짓기 시작했다고 한다. 그런데 동네 주민들이 집이 너무 크고 높아서 자기 집 햇빛을 가린다고 불만을 제기했다. 그래서 공사를 중단해야 했다.

"아버지가 정말 속상해하셨죠." 퍼비 남편이 말하며 고개를 떨어뜨린다. 퍼비가 기침을 한다.

나는 아버지가 언젠가는 마음에 드는 집을 지으실 수 있길 빈다고 말한다.

퍼비 남편이 웃으며 자기 잔을 딜럽에게 내밀며 채워달라고 한다. "우리 아버지 걱정은 안 하셔도 됩니다." 그가 말한다.

나는 그냥 예의상 한 말이라고, 아버지 걱정을 입에 올린 건 학습된 사회적 행위이자 눈까지 번지지 않고 입으로만 웃는 웃음 같은 거라고 설명하려고 한다. 그런데 뭐라고 하든 퍼비 남편은 별 관심이 없고 그저 나를 자기 이야기를 계속하기 위한 도구로 사용한다는 느낌이 든다.

퍼비 남편은 자기 아버지가 지역 정치가와 허가 위원들과 친분이 있다고 말한다. 관공서 직원들이 아버지를 경칭으로 부른다고 한다. 경찰서장은 아버지 집에 저녁을 먹으러 자주 온다. 감히 아버지를 막으려 했던 주택조합은 이미 대가를 치르게 만들었다.

퍼비 남편은 어떤 처벌을 받았는지는 말하지 않지만 아버지의 기발한 일처리를 흐뭇하게 입에 올리며 자기도 배우고 싶다고 한다.

나는 더 아무 말도 하지 않고 내 맞장구가 이야기에 방해만 되었다는 생각이 옳았다는 걸 확인한다.

갑자기 삶이 짧고 지금도 시간이 흐르고 있으며 시간이 얼마 남지 않았다는 생각이 든다. 퍼비와 남편이 피곤하게 느껴진다. 정확히 말해 피곤한 건 아니고, 어쩐지 불안과 초조감을 일으킨다. 두 사람이 가버렸으면, 저이들 냄새가 내 집에서 사라졌으면, 여러 개로 복제된 몸이 내 거울에 비치지 않았으면 좋겠다. 일 년 전에 우리는 진을 너무 많이 마시고 말다툼을 했고 그러다 퍼비 남편이 시가로 내 얼굴을 지지겠다고 위협하기에 이르렀다. 다음날에는 아무 일도 없었던 것처럼 굴었다.

만약 내가 저들한테 나가달라고 하면 어떻게 될까, 그러면 거기에서부터 어떤 이야기가 펼쳐질까? 퍼비와 남편이 어떻게 반응할까? 자기들 편을 들어달라고 딜립을 쳐다보려나? 두 사람이 집으로 가는 길에 무슨 이야기를 나눌까? 이 일이 다른 디너파티 자리에서 안줏감이 되려나?

히스테리컬한 웃음이 속에서 터져올라와 얼른 삼키고 끅끅거린다. 퍼비 부부가 걱정스러운 듯 눈을 크게 뜨고 나를 본다. 내가 토할까봐, 우리가 먹은 음식을 일부 소화된 채로 다시 보게 될까봐 불안해한다.

저녁식사가 끝나고 남편들은 다시 크리켓 중계를 본다. 퍼비는 텔레비전 앞에 서서 인도 타자가 100점을 올리면 환호를 한다. 퍼비가 남편에게서 눈을 떼지 않은 채 주먹질을 하며 몸을 돌리는 걸 보니 두 사람 사이에 깊은 유대가 있고 피부 아래 골격이 실은 같은 재질일 거라는 생각이 든다.

퍼비 남편이 위스키 한 잔을 더 따르고 딜럽의 팔을 툭 친다. “새로 시작하고 싶은 사업이 있어요.”

퍼비 남편이 내 남편 쪽으로 몸을 숙이더니 낮은 목소리로 말한다. 퍼비 남편은 제약산업은 이제 하락세라고 생각한다고 한다. 최근 연구에서 어떤 병이든 강황이나 대마초로 치료할 수 있다는 결과가 나왔다. 퍼비 남편은 얼마 전에 중국에 가서 의료용 버섯을 생산하는 실험실을 방문했단다. “아주 유망하다고 봅니다.”

그가 내 쪽으로 고개를 숙이며 부탄에 가본 적이 있냐고 묻는다. 나는 없다고 말한다.

그러자 가봐야 한다고, 거기에서 무언가 신비한 일이 일어나고 있다고, 산에서 기적이 일어난다고, 수목한계선 위쪽 공기가 희박한 곳으로 가면 지구상에서 가장 튼튼한 식물이 있다고 한다.

그가 우리를 데려가겠다고, 거기 사는 유목민 부족에게 초대를 받았다고 한다. 난쟁이보다도 작고 야크떼를 몰며 사는 사람들이다. 운이 좋으면 그 사람들이 어떤 버섯을 찾으러 갈 때 데려가줄 수도 있다. 애벌레에 붙어 자라는 아주 약삭빠른 생물이다. 버섯에 감염된 애벌레는 쉴새없이 먹는다. 눈앞에 있는 걸 모두 먹어치우며 버섯에 양분을 공급하고, 고치를 만들고 그 안에 들어간다. 그러나 결국에는 버섯이 숙주의 몸을 다 먹어치운다. 그렇게 해서 버섯 중에서 가장 구하기 힘든 버섯이라는 동충하초가 된다.

그가 퍼비에게 웃어 보이더니 다시 딜럽에게 고개를 돌린다.

동충하초를 재배하는 방법을 중국인들이 알아냈다. 탱크 안에

고도가 높은 지역과 같은 환경을 만들어서 카일라스산에서만, 아니 달에서만 나올 수 있는 슈퍼 동충하초를 만들어냈다. 퍼비 남편이 같이 큰돈을 벌어보자고 한다.

퍼비가 손뼉을 짝 친다. “어떤 것 같아요, 딜립?”

딜립은 고개를 끄덕이면서 동시에 가로젓는다. “잘 모르겠어요. 채식은 아닌 것 같네요.”

퍼비 남편이 방을 가로질러가면서 비틀거린다. 내 쪽으로 몸을 기울인다. 입냄새가 확 끼쳐와 나는 고개를 돌린다. “미국에 어떤 특별한 종의 송어가 있어요. 배가 빨갛고 깊은 물에 살죠. 이 물고기가 어떤 기생충에 감염되면 어두운 서식지에서 나와 수면으로 올라와요. 햇빛 속에서 까딱거리면 빨간 비늘이 빛날 거 아닙니까, 그게 새를 불러들이죠. 물고기는 새 밥이 되고, 영리한 기생충은 새똥으로 육지에 배출되면 거기에서 새끼를 낳고 다시 같은 사이클을 되풀이해요. 기생충이 지구에서 가장 강력한 무기가 될 수 있을 겁니다. 기생충 유전자를 조작해서 숙주를 좀비로 만들 수 있어요.”

그날 밤 나는 침대에 조용히 누워 있다. 돌덩이처럼 꿈쩍 않는다. 딜립이 한참 샤워를 하고 젖은 발로 방으로 들어온다. 새벽에 모기가 들어오지 못하게 하려고 창문을 닫아뒀다. 딜립이 내 옆에 눕는다. 우리는 며칠 동안 대화를 안 했다.

오늘밤에는 침묵이 살아 있는 듯 느껴진다. 내가 먼저 이 침묵을 시작했는지 확실하진 않지만 내가 그랬을 것 같긴 하다. 회의감이 순식간에 몰려와 나를 덮친다. 어쩌면 딜립과 나 사이는, 우리는 내가 생각했던 것과 다른 것 같기도 하다. 우리가 다시 대화를 잇지 않으면, 다시 그 이야기를 하지 않으면, 그 일이 사라질 거라고 나는 생각한다.

우리가 엄마 이야기를 하지 않으면, 엄마는 존재하지 않게 될 것이다.

딜립이 찾아낸 작은 사진과 그에 관련된 거짓말도 마찬가지고.

나는 겁이 나긴 하지만 그래도 기대를 건다.

그런데 무언가 다른 것이 또 자라고 있다. 침대에서. 뭐라고 짚어 말할 수가 없는 감정. 딜립이 무슨 생각을 하는지, 무슨 말을 하고 싶은 건지 상상해보려 한다.

다음날 딜립의 어머니가 전화를 한다. 나는 안 받으려다가 겨우 받는다.

"너희들 걱정된다." 어머니가 말한다. "게다가 너희 어머니하고 같이 살겠다고? 그게 현명한 일인 것 같니? 어머니는 당신 집에서 입주 간병인이나 그런 사람 두고 지내는 게 낫지 않아? 넌 집에서 일하잖아? 어머니가 집에 있으면 일하기가 힘들지 않겠니?"

며칠 뒤 딜립과 내가 다시 말을 하게 되고 지난 일이 감당할 수 있을 만큼 사소하게 여겨지게 되었을 때, 나는 이 충돌이 딜립에게는 어땠고 나에게는 어땠는지, 앞날에 우리가 어떻게 서로 복수하고 상대가 뉘우치게 만들려 할지 궁금하다고 말한다.

딜립은 아무 말이 없다.

나는 이런 일들이 늘 의식적으로 이루어지는 건 아니라고, 때로 우리는 반복되는 공식에 따라 행동한다고 말한다. 문제가 아무리 단순하고 해결책이 아무리 깔끔하다고 하더라도 늘 무언가 찜찜한 구석이, 말했으나 오해된 부분이 있기 마련이니까.

딜립은 눈을 비비더니 자기는 그런 원망 같은 건 절대 붙들고 있지 않는다고 말한다.

1989년

나니가 나에게 말하길 엄마는 뭉툭한 핀으로 자기 코를 직접 뚫었고, 7학년을 한 번도 아니고 두 번이나 낙제했단다. 자기 딸과 관련해 할머니의 유일하게 긍정적인 기억은, 1971년 전쟁 때 아직 어리고 말 잘 듣던 딸이 방방 창문마다 갈색 종이를 붙이는 걸 도와준 일이다. 자는 도중에 유리가 깨져 쏟아지는 걸 막기 위해서였다.

내가 나니 다리 사이에 앉아 있고 나니가 내 머리에 기름을 붓던 게 기억난다. 기름이 뺨으로 흘러내려 목으로 내려갔다. 할머니는 나를 무릎 사이에 꽉 붙들고 내 머리에 기름을 발랐다. 기름이 할머니의 추리다르*를 타고 바닥으로 떨어졌다. "너희 엄마는 절대

* 다리통이 좁은 바지.

이거 못하게 했어. 냄새가 싫다면서 가만히 앉아 있질 않았어. 생각해봐라. 내가 말했지. 하룻밤만 이렇게 뒀다가 감으라고. 그런데 절대 말을 안 들었어. 그래서 머리카락이 그렇게 된 거란다. 너도 네 엄마 알잖니. 까다로워."

아무 대답도 하지 않으면 긍정의 뜻으로 받아들여지리란 걸 알았지만 그때는 우리 모두 서로 불분명한 동맹이 필요한 때였다.

나를 기숙학교로 추방한 것이 나니의 기획일 가능성이 있지만 확실한 건 없다. 나중에 어른들은 서로 남 탓을 했다. 할아버지가 자기는 처음부터 반대했다고 가장 큰 소리로 말하긴 했지만, 1989년 7월 어느 날 아침 나한테 조그만 파란 여행가방을 다시 내민 사람이 할아버지라는 게 기억난다.

우리 네 사람이 같이 할아버지의 빨간색 마루티 800에 타고 판치가니를 향해 갔다. 구불구불한 산길을 돌아 올라갔는데 종일 비가 내려 차창 밖이 안 보였다. 나와 할머니 사이에 보온병과 샌드위치가 든 철제 도시락이 있었다. 좁은 급커브길이 계속 이어져 속이 울렁거렸다. 차창 밖에서 어떤 여자가 무릎까지 진흙에 파묻혀 있는 게 언뜻 보였다. 판치가니 땅은 흙과 수액으로 가득했다.

차에 타고 출발한 다음에야 우리가 어디로 가는지 설명을 들었다. 공포감이 온몸에 퍼졌다. 나는 시트 위에 힘없이 늘어졌다. 집을 떠나 그렇게 오래 있을 수 있을 것 같지 않았다. 여행에 필요한 물건을 제대로 챙기지도 않았다. 목구멍 속에서 다시 거품이 올라왔다. 아슈람에서 그랬던 것처럼 거품이 숨길을 막고 차가 들썩일 때마다 솟구쳤다. 다음번 차가 덜컹거렸을 때 나는 내 옷 위에 토

했다.

할아버지는 창문을 열고 영화 〈아마르 아크바르 앤서니〉의 주제가를 콧노래로 불렀다. 할머니가 냅킨으로 내 옷을 닦았다. "종이로 책 싸는 법 아니?" 할머니가 물었다.

차가 섰고 산바람이 불어왔다. 옷 속 피부가 따끔거렸다. 냄새나는 젖은 부분이 더 축축하게 느껴졌다. 차에서 내리자 신발 속으로 진흙이 들어왔다. 엄마는 차 앞유리로 나를 보다가 고개를 돌렸다. 나니가 등을 두드려주며 더 나올 게 있냐고 물었다. 나는 그렇다고, 아직도 목구멍이 거품에 막혀 있다고 말했다. 거품이 편도를 간지럽히는 느낌이었다. 혀를 식도 쪽으로 밀어넣어보았지만 거품은 그대로 있었다. 나는 손가락을 밀어넣어 편도선을 건드렸다. 그러고 다시 토했다.

눈을 뜨자 벽돌 건물과 나무로 덮인 기울어진 지붕이 보였다. 포르투갈 타일 무늬가 보였다. 나는 손가락으로 녹색 다이아몬드 모양을 따라 그렸다. 나나가 흰옷을 입은 구부정한 여자와 같이 서 있었다.

"마리아 테레사 수녀입니다." 수녀가 말했다. 수녀는 코를 훌쩍거렸고 걸을 때 오른쪽으로 위태하게 몸이 기울어졌고 옷 속에 머리 하나가 더 숨겨져 있는 것처럼 보였다.

안으로 들어가자 밖에서 볼 때와 달랐다. 붉은 벽돌 대신 거무스름한 안마당이 나왔다. 멀리 나무 위에 작은 원숭이들이 매달려 있었다. 뒷문 밖 땅은 구부러져 협곡으로 이어졌다. 보행로 양옆 항아리에 심은 관목은 말라붙었다. 참파나무에는 꽃이 없었다. 남색

스커트와 블라우스를 입은 여자아이들이 일렬로 지나갔다. 구두는 반짝거리고 땋은 머리는 윤이 나고 곧았다.

"작년에 기숙사에 화재가 있었습니다." 수녀가 설명했다. "기숙사를 다시 지을 때까지 생도들이 임시로 체육관에서 생활하고 있습니다."

체육관의 갈색 쌍여닫이문 안으로 들어가자 침대와 장이 한쪽 끝에서 다른 쪽까지 네 줄로 줄줄이 늘어서 있었다. 밤이 되면 진한 색 제복을 입고 머리를 단단히 땋은 아이들이 침대를 가득 채울 것이다.

"좋네요." 나니가 말했다. 나니가 체크무늬 침대 시트를 건드렸다. 엄마는 침대에 풀썩 걸터앉았다. 엄마는 종일 거의 한마디도 하지 않고 발끝만 보고 있었다. 입은 단단히 닫힌 채 움직이지 않았다.

식당은 중앙건물 지하에 있는 창문이 없는 거대한 동굴이었다. 나는 코를 찌르는 냄새에 헛구역질을 했다.

"생선이 익숙하지 않은 모양이네요." 수녀가 말했다.

몇 시간 뒤, 빨간 차는 먼지를 일으키며 길을 따라가며 나에게서 멀어졌다. 나는 엄마가 돌아보며 나에게 어서 따라오라고 손짓하는 상상을 했다. 눈을 비비고 다시 보았을 때 엄마는 이미 사라지고 없었다.

기숙학교에서 보낸 일 년이 우리가 마지막으로 떨어져 보낸 기간이었다. 내가 자라서 나 스스로, 엄마 뜻에 반해서 엄마 허락 없이 떠나기 전 마지막. 하지만 그때는 그건 몰랐다. 그때까지는 내 뜻과 소망이 무시되는 삶밖에는 살아보지 못했기 때문이다. 푸네로 다시 돌아갔을 때는 엄마의 새집에 마치 낯선 사람처럼 들어갔다.

기숙학교에서 나는 짐을 최대한 적게 유지하기로 마음먹었다. 떠나야 할 때에 대비해서 가장 중요한 물건만 지니고 있기로 하고는 물건 하나하나를 두고 고민해 우선순위를 매겼다. 정착하는 데 필요한 무게추가 없다보니 압력이 바뀔 때마다 멀미를 느꼈다.

기숙사에서 짐을 푸는데 다초점렌즈 안경을 쓴 마른 여자아이가 내 침대에 걸터앉았다. 그때 나는 몸이 덜덜 떨리는 게 도무지 가라앉지 않았다. 그런데 그 여자아이는 느긋하고 편안했다. 무릎 위까지 양말을 당겨 신었고 입 위에 조그만 흉터가 있었다.

"나는 미니 메라야. 내 침대가 네 침대 옆이야."

미니는 세인트 애거사 수녀원의 삶은 전부 알파벳 순서라고 설명했다. 람바Lamba와 메라Mehra는 이 학교에 다니는 한 언제까지나 나란히 있을 거라고, 이름이 L이나 M으로 시작하는 다른 누가 둘 사이에 끼어들지 않는 한은 그럴 거라고 했다. 미니는 마하발레스와르에서 왔고 오빠들과 부모님과 연립주택에 살았다. 식사시간에 미니가 생선을 노란 달 수프로 덮어서 맛을 숨기는 법을 가르쳐주었다. 또 길쭉한 공이 삶은 달걀이라고, 껍데기를 벗겨서 먹는데 접시에 있는 음식 중에서 제일 맛있는 거라고 가르쳐주었다. 점심시간이 끝났을 때 나는 뱃속에 있는 것을 화분에 게웠다.

시간이 흐르면서 나 스스로 알게 된 것들도 있었다. 우리는 계절과 무관하게 일주일에 두 번 미지근한 물에 목욕을 할 수 있는데 머리는 일주일에 한 번밖에 감을 수 없었다. 여섯 달에 한 번 변비를 해소해줄 피마자유 한 숟갈을 먹는데 학생들이고 선생님이고 다들 변비에 시달렸기 때문이다. 나는 구두를 닦고 구두끈을 묶고 머리를 땋고 침대 정리하는 법도 배웠다.

교장선생인 마리아 테레사한테는 별명이 있었다. '테러'라고 불렸는데 내가 세인트 애거사 학교에 온 지 이틀째 날에 그 까닭을 알게 되었다. 다른 학생들이 역사, 과학, 영어, 수학을 공부할 때 나는 작은 방에 마리아 테레사 수녀와 함께 갇혀 있었다. 어두운색 나무 책상 뒤에, 커다랗고 준엄한 십자가상 아래에, 스타킹처럼 몸에 달라붙는 원피스를 입은 젊은 여자 사진이 있었다. 비스듬히 선 여자는 피부가 짙은 색이었고 붉은 입술에 미소를 띠고 있었고 창문에서 나오는 빛 때문에 얼굴 왼쪽이 흐릿했다. 마리아 테레사 수녀와 비슷해 보였지만 가족이라고 할 만큼 닮지는 않았다. 그 방에 처음 간 날 그 사진을 보고 누구인지 묻고 싶었지만, 좀 기다렸다가 시간이 지나고 더 친해진 다음에 묻기로 마음먹었다. 나중에 생각해보니 처음에 기회를 잡았어야 했다.

"너처럼 덩치 큰 애가 어떻게 글을 못 읽는지 모르겠다." 마리아 테레사 수녀가 말했다.

나는 대답을 해야 할까 고민하며 기다렸다.

"네 서류에 어머니 이름 아버지 이름이 다 있는데 어머니 성을 쓰는구나. 그건 왜지?"

나는 입을 열었지만 혀가 뻣뻣한 느낌이었다.

"됐다. 말 안 해도 알 것 같다. 글자와 이야기 책 펼쳐."

나는 작은 무더기를 뒤져서 그 책을 찾아냈다. 책을 펼치기도 전에 마리아 테레사 수녀의 손이 내 손을 찰싹 때렸다.

"이게 뭐야?"

내가 책을 종이로 쌌는데 깔끔하게 되지는 않았다. 미니가 책을 빨리 싸는 방법을 가르쳐주었다. 교과서 첫 장에 연필로 쓴 글자가 있었다. 어떤 문장을 써놓은 것 같았다.

"이거 네가 썼어?"

"아니요."

"너 글 쓸 줄 알아? 너 거짓말쟁이야?"

"아니요."

마리아 테레사 수녀가 손을 뻗어 내 뺨을 꼬집고 비틀었다. 손톱이 살에 파고들었다.

"한 장 한 장 넘기면서 써진 거 다 지워. 이 책은 너한테 새것 같은 상태로 갔으니 앞으로도 계속 그 상태를 유지해야 해."

나는 책장을 빠르면서도 조심스럽게 넘겨서 내가 책을 소중히 여긴다는 걸 보여주려 했다. 수녀가 방에서 나가면서 쾅하고 문을 닫았다. 마리아 테레사 수녀의 말이 틀렸다. 책은 새것 같은 상태와 거리가 멀었다. 군데군데 가장자리가 접혀 있고 너덜너덜했다. 구석에 낙서가 있었다. 나는 나 이전에 이 방에서 이 책을 본 아이가 몇 명이나 되었을까 궁금했다. 얼얼한 뺨을 문지르며 책에 있는 흔적이 네 살쯤 된 아이가 했을 법한 낙서라는 걸 깨달았다. 내 나이쯤 되면 다들 책을 읽고 구구단을 외울 줄 알았다. 나는 녹색과 파란색 들판과 하늘과 풀이 있는 페이지를 펼쳤다. 그림을 읽기는 쉬웠다. 무슨 이야기든 될 수 있었다. 그림 한가운데 몸통이 굵은 나무가 한 그루 있었다. 푸네에서 본 나무들하고 다르게 매끈했다.

여자아이가 나무 아래에서 손에 주황색 공을 들고 있었다. 그림 귀퉁이에 시커먼 낙서가 있었다. 지우개로 지우자 사라지면서 하늘색도 같이 지워졌다. 이해할 수가 없는 낙서였다. 아무 뜻도 없는 것 같았다. 밝은 하늘색을 둘로 갈라놓았을 뿐 말하고자 하는 바도 없고 어떤 의미도 없는 것 같았다. 여자아이가 들고 있는 공에 줄무늬가 있었다. 거기 한 줄 더 긋더라도 티가 안 날 것 같았다. 나는 연필을 공 한가운데에 찍고 가장자리로 움직였다. 이제 선이 생겼다. 그림 귀퉁이에 있던 선하고 비슷하지만 내가 그린 것은 그림 안에서 자기 자리를 찾았으므로 아무 문제 없이 그 자리에 있을 수 있었다. 여자아이의 노란색 원피스에도 선을 하나 그을 수 있었고 S자 모양의 프릴이 달린 칼라에는 프릴을 한 겹 추가했다.

머리채가 당겨지고 고개가 뒤로 젖혀졌다. 나는 천장을 쳐다보았다. 마리아 테레사 수녀의 얼굴이 보였다. 수녀의 입가에 침이 고여 있었다.

"낙서를 지우라고 했더니 뭐하는 거야?" 수녀가 쿵쾅거리며 앞쪽으로 돌아와 책을 들여다봤다. "오늘이 첫날인데 벌써 망나니짓이야?" 수녀가 내 손에서 연필을 빼앗고 책을 가리켰다.

나는 지우개질을 시작했지만 선이 사라지지 않았다. 파란 하늘하고 다르게 노란색은 지저분해지면서 녹색 비슷하게 변했다. 여자아이 원피스에서 목 언저리가 사라졌다. 나는 지우개질을 멈추고 손을 책상 위에 올려놓았다. 온몸에서 땀이 흘렀다. 마리아 테레사 수녀가 몸을 숙여 그림을 들여다보더니 느닷없이 연필로 내 손등을 찍었다.

우리 둘 다 내 손을 보았다. 그림에 있는 풀밭 위 나무처럼 연필이 손 위에 서 있었다. 엄마가 나를 버리고 간 학교 입구의 깃대처럼 솟아 있었다. 나는 그걸 보고 소리를 질렀지만, 처음에는 아무 느낌도 없었다. 그러다가 생전 처음 느껴보는 통증이 찌르르 팔을 타고 올라갔다.

약을 주는 마리아 마틸다 수녀가 소독솜 두 개를 써서 내 손에 남은 찌꺼기가 없는지 확인했다. 마리아 마틸다 수녀는 부드러웠지만 나를 딱 필요한 만큼만 건드렸다. 손에 붕대를 감아주고 그냥 내보냈다.

"무슨 일 있었어?" 미니가 물었다.

"테러가." 나는 울지 않으려 애쓰며 말했다.

내가 손에 구멍이 났다고 말하자 미니가 입을 열어 완벽한 동그라미 모양을 만들었다. "그러면 안 되는 거잖아."

나는 손을 펼쳤다가 오므렸다. 아직 화내는 법을 모를 때였다.

다음날 아침 마리아 테레사 수녀의 수업이 다시 시작되었다. 우리 둘 다 전날 일은 이야기하지 않았다. 내가 느려서 못 따라오면 마리아 테레사 수녀는 손톱으로 내 살을, 매번 다른 곳을 찾아서 꼬집었다. 옷차림이나 글씨가 단정하지 못할 때는 손등이나 종아리를 자로 맞았다. 나는 '죄악' 같은 단어를 배웠다. 청결이 목욕과는 상관이 없는 덕목이란 걸 알게 되었다.

우리들이 같이 사용하던 화장실은 바깥 하늘이 환할 때도 어두침침했다. 바닥 타일이 젖어 있고 샤워부스의 나무문에 가성소다와 비누와 습기 냄새가 배어 있었다. 배수구 둘레는 그 자리를 맴돌다 구멍 아래로 내려간 때가 수년에 걸쳐 축적되어 시커멨다. 나는 샤워부스 안에 옷을 벗고 서 있었다. 미니는 옷을 입은 채였지만 우리 둘 다 그 점에 대해 아무 말도 하지 않았다. 미니 안경 오른쪽이 아래로 내려와 뺨에 얹혀 있었는데 나는 미니의 얼굴이 삐뚤어진 건 아닌지 싶어 조금 오래 봤다.

미니가 왜 나를 따라 들어왔는지는 몰랐다. 미니가 뒤집혀 있던 물통을 바로 놓고 수돗물을 틀었다. 물줄기가 세차게 쇠 물통을 쳤다. 나는 물이 차는 걸 보고 있다가 절반 표시선에 닿자 손을 뻗어 물을 잠갔다. 물을 그만큼까지만 쓸 수 있다는 걸 알았다. 미지근한 물 반 통. 그런데 미니가 내 손목을 건드리더니 교복 주머니에서 긴 양말 한 짝을 꺼냈다. 나는 또 무슨 기적이 일어날까 궁금해서 눈을 끔벅이며 미니를 쳐다보았다. 미니는 탄성이 있는 양말목을 수도꼭지에 끼우고 나일론 양말 발끝을 양동이 안에 넣었다. 내 얼굴을 보며 미니는 온수를 최대로 틀었다. 물이 소리를 내지 않고 양동이로 흘러들어왔다.

"람바, 안에 있어?"

내 눈이 동그래지고 가슴이 철렁했다. "네." 목소리가 잘 안 나왔다.

테러의 발소리가 가까이 다가왔다. 미니가 입술에 손가락을 갖다대더니 소리 없이 양철 물통 안으로 들어갔다. 물이 흘러넘쳤다. 수도꼭지에서는 계속 물이 나오고 있었다.

테러가 몸을 숙이느라 숨을 씩씩 쉬는 소리가 들렸다. 테러는 샤워부스 아래 작은 틈으로 내 발과 물통 아래쪽을 들여다보았다. 테러가 몸을 펴자 무릎에서 뚜둑 하는 소리가 났다.

"꾸물거리지 말고 빨리 나와." 테러가 말했다.

테러의 발소리가 복도 멀리 사라졌다.

미니와 나는 그 상태로 조금 더 있었다. 나는 벌거벗고 있고, 미니는 교복을 입은 채 내 목욕물에 무릎까지 잠긴 채로.

어느 날 밤 나는 침대에 누워 어두운 천장을 보고 있었다. 천장 밖에는 일렁이는 하늘이 있었다.

"미니." 내가 불렀다. "나 오줌 누러 가야 해."

"그럼 가." 미니가 웅얼거렸다.

화장실에 가려면 귀신 들린 나무가 울고 짐승이 짖는 소리가 들리는 춥고 컴컴한 길을 지나야 했다.

"미니, 같이 가자."

미니는 웅얼거리며 고개를 반대쪽으로 돌렸다.

나는 다시 자리에 누웠다. 손가락 발가락은 얼어붙을 것 같은데도 몸에 땀이 났다. 다리를 모으자 배에 압력이 느껴졌다. 눈을 질끈 감으면 밤이 깊어지면서 하늘이 우유처럼 흐르며 밝아지는 게 보일 것 같았다. 별들이 깜박였다. 얼굴의 긴장이 풀리고 입이 벌어지고 한숨이 나왔다.

다음날 아침 옆구리에 날카로운 통증을 느끼고 잠에서 깼다. 아침햇빛이 내 얼굴을 따스하게 비췄다. 눈을 떠보니 완고한 턱과 묵직한 턱선이 내 위에 있었다.

"더러운 힌두교도 녀석. 네가 뭔 짓을 했는지 좀 봐라." 나는 푹 젖은 침대 위에 누워 있었다.

그날 오전에 나는 체육관 문 옆에 젖은 시트를 머리 위로 들고 서 있었다. 손등이 쓰라려서 핥고 싶었다. 팔에서 피가 전부 빠져나간 것 같았다. 온몸이 떨렸다. 반 친구들은 1교시 수업을 들으러 지나가면서 소리 죽여 웃었다. 아직 나를 모르는 아이들이었다. 내가 이 학교에 온 지 몇 달이 지났지만 나는 따로 수업을 받았다. 내가 다르다는 것, 느리다는 것을 그애들도 알았다.

맞는 게 나쁘기만 한 건 아니었다. 가끔 그렇게 친구를 사귀게 되기도 했다. 우리는 손가락과 손목에 생긴 빨간 맷자국을 서로 비교했다. 그게 우리 반지고 팔찌였다. 손등과 종아리 뒤쪽에는 더 진한 멍이 생기곤 했는데 그게 우리의 멘디*였다. 매주 멘디가 가장 진하게 생긴 아이가 신부가 됐다. 우리는 축하해주고 시어머니에게 가장 사랑받는 며느리가 될 거라고 말했다. 반지와 팔찌가 가장 많은 아이는 여왕이었다. 그 아이 앞을 지나가며 절을 하고 손에 입을 맞추고 뭐든 시키는 대로 했다.

일요일에는 미사가 있었다. 나는 성가 가사를 따라 입을 움직였지만 머릿속으로는 다른 기도를 반복했다. 창백한 석고로 된 예수상이 제단 위에서 나를 내려다보았다. 나는 다른 신들, 집에 살 때 나니가 알려준 신들에게 말을 걸었다. 그들이 이해할 수 있도록 힌디어로 말했다.

나는 테러가 알아볼 수 없도록 아주 정교하게 그림을 그리는 법을 익혔다. 읽기와 쓰기를 배웠고 행성 이름과 분수의 곱셈을 배웠다.

어떤 밤에는 체육관 구석에 쪼그리고 앉아 그냥 바닥에 오줌을

---

* 헤나 염료로 손이나 다리에 그리는 장식 그림.

눴다. 오줌이 맨발에 튀었지만 무시하려고 애썼다. 곧 수녀들이 체육관에 웅덩이가 생기는 걸 알아차리고 한밤중에 흰색 잠옷을 입고 유령처럼 체육관을 드나들며 감시했다. 그럴 때면 발뒤꿈치를 다리 사이에 꽉 끼우고 골반 깊이 밀어넣는 방법을 썼다.

나는 내 몸을 조절하는 법을 배워나갔다. 목욕을 얼마나 자주 할 수 있느냐에 따라 땀을 얼마나 흘려도 되는지를 정했다. 얼마나 자주 화장실에 갈 수 있느냐에 따라 물을 얼마나 마실지를 정했다. 내 몸의 일부는 아예 닫아버렸다. 들어가는 것도 적고 나오는 것도 적게 하려고.

"너 왜 그래?" 미니가 물었다.

나는 고개를 저었지만 몸이 가라앉는 듯한 느낌이었다. 식당 광경이 눈앞에서 흐릿해졌다. 다리가 미끄러져 의자 다리에 닿았다. 사방이 캄캄해졌다.

정신을 차려보니 바닥에 코를 대고 쓰러져 있었다. 사방에 까만 신발 수십 개가 보였다. 웅얼거리는 소리, 웃음소리. 차가운 손이 내 이마로 다가왔다. 핏줄이 보이는 손목을 따라 올라가니 수녀의 얼굴이 보였다.

"간호사를 불러."

간호사 수녀가 체온을 재는 등의 절차를 시작했으나 내가 붉은 오줌을 누는 걸 보고는 교장선생을 소리쳐 불렀다.

"염증이에요." 간호사 수녀가 말했다.

나는 동네 병원으로 보내졌고 그곳에서 시골 의사가 강한 항생제 주사를 놓았다. 사흘 동안 파란색 병실에 누워 있었다. 표백제

와 배수구에 얽힌 나프탈렌 냄새가 코를 찔렀다.

엄마와 할아버지가 불려왔다. 두 사람이 푸네 냄새를 끌고 왔다. 나나는 나를 보고 고개를 절레절레 흔들었다. 엄마는 울었다.

"집으로 데려가요." 엄마가 말했다.

병원에서 퇴원한 다음에 학교로 돌아갔지만 내 짐을 챙기러 간 거였다. 조그만 파란 여행가방. 내가 그린 그림. 나는 그림을 나나와 나니의 아파트에 있는 엄마와 같이 쓰는 방에 걸었다.

무슨 일이 있었는지 아무도 묻지 않았다. 왜 그렇게 살이 많이 빠지고 머리카락도 빠졌는지, 왜 왼손 앞뒤에 동그란 흉터가 있는지. 아무것도 달라진 게 없는 듯 삶은 계속되었다. 어쩌면 그게 맞는지도 모른다. 우리는 각자 서로 다른 현실을 계속 살아갔다.

나니는 나를 먹이는 데 공을 많이 들였다. 내가 배가 고프지 않다고 하면 나를 잡아가라고 누군가를 부르겠다고 말했다. 의사든, 경찰이든, 망태 할아버지든. 어떤 남자를. 늘 남자였다.

그럴 때면 기분이 묘했다. 나는 그런 말에 겁을 먹기에는 너무 커버린 느낌이었다. 할머니의 으름장이 부자연스럽다는 걸 알 만큼 컸다. 게다가 내가 어떤 벌을 받게 될지, 구체적으로 어떤 고통이나 굴욕을 당하게 될지 자세히 알고 싶은 생각부터 들었다. 날 데려가서 어쩌는데요, 나는 묻고 싶었다. 사실 나는 할머니의 위협 너머, 저 너머에 뭐가 있는지 알았다. 할머니가 암시하기만 하는 그곳에 이미 갔다 왔으니까. 그렇지만 그렇단 사실을 알면 할머니는 충격을 받을 것이다. 그래서 나는 먹으란 대로 먹으면서 내가 할머니 말에 겁을 먹었다고 믿도록 내버려두었다.

요새는 엄마가 거의 날마다 문제를 일으킨다.

엄마는 누가 녹두를 불려놨는지 모른다. 그런데 아침마다 보면 녹두가 있다. 왜 있지? 어쩌다 녹두를 물에 담가놓은 걸 기억하더라도 뭘 만들려고 그랬는지는 기억 못한다. 칠라*? 달?

빨래 바구니에 담긴 옷도 그렇다. 엄마는 누가 집안에 살면서 자기 옷을 입는 게 아닌가 의심한다. 누가? 한 사람 아니면 여러 사람? 엄마가 월초에 메이드한테 월급을 두 번 준다. 메이드가 평소와 다르게 활기가 넘쳤으나 내가 실수를 바로잡는다.

딜립한테는 이런 이야기는 하지 않는다. 적게 말할수록 더 좋다. 그런데도 밤이 되면 엄마의 병이 우리 위에 드리우는 것 같다. 우

* 밀가루와 채소로 만든 부침개 비슷한 인도 음식.

리 생활도 예전 같지가 않다. 딜립은 화장실에 들어가서 문을 잠그고, 내가 잠이 들었다 싶을 때만 침대로 온다. 우리 삶이 얼마나 위태로운가 하는 생각을 너무 오래하다보면 몸이 부르르 떨린다.

엄마의 의사를 만나러 간다. 의사는 머리카락을 잘랐고 오늘은 결혼반지를 안 끼고 있다.

나는 디왈리*를 잘 보냈냐고 묻는다. 그는 잘 보냈다고 답한다.

나는 녹두 이야기를 한다.

의사는 엄마가 먹는 약의 복용량을 살펴보겠다고 말한다.

나는 엄마가 다시 혼자 살게 됐다고 말한다. "사고가 있었어요."

"어떤 사고요?"

"우리 물건에 불을 붙이고 알코올을 부었어요. 방이 엉망이 됐어요. 엄마는 손에 화상을 입었고요. 무시무시했어요. 마치 뭐에 씐 사람 같았어요."

의사가 고개를 끄덕인다. "무시무시했을 것 같긴 한데, 미리 조심하면 앞으로는 예방할 수 있을 거라고 생각합니다."

나는 몸을 앞뒤로 움직인다. "지금으로서는 같이 살 수가 없어요."

의사는 어머니에게는 안된 일이지만 나한테는 장기적으로 보아 좋은 일이라고 했다.

"저한테는요?"

의사는 나와 엄마가 어떤 객관적 현실을 공유해왔다고 말한다. 내가 없으면 엄마와 그 현실 사이의 연결이 약해질 수 있고 그래서

---

* 매년 10월 혹은 11월에 열리는 힌두교의 축제.

안타까운 일이지만, 한편으로 환자를 돌보는 사람 입장에서는 거리를 둘 수 있는 게 좋다고 한다. 모든 게 사라지기 시작하면 힘겨워진다고.

그는 기억은 계속 진행중인 과정이라고 한다. 기억은 늘 재구성된다고.

“어쩌면 엄마가 오래전 일은 기억할 수 있을지도 모르죠. 우리 모두 잊어버린 일 같은 것.” 내가 말한다.

“그 기억이 진짜인지 아니면 상상이 가미된 건지는 알 수가 없어요. 이제 어머니 말은 믿을 수가 없으니까요.”

우리는 이후 단계가 어떠할지 짚어본다. 그는 의학 전문가이고 나는 이론 검색의 전문가이다.

환각을 일으키고, 과거 속에서 살고, 자아감이 과거에 머물고, 깊은 고립감을 느낀다. 현재는 체에서 술술 빠져나가는 가루처럼 여겨진다.

의사가 고개를 끄덕이더니 나더러 많이 안다고 말한다. 나는 고맙다고 대답하지만 내 말에 설득력이 없는 것 같은 느낌이다.

의사는 나에게 어머니와 계속 이야기를 나누라고, 계속 생각하시게 만들라고 한다. 글을 쓰는 것도 도움이 될 거라고 한다. 뇌의 다른 부분을 활성화시킨다고. 지금은 감정이 남아 있을 수 있으나 곧 그것도 사라질 거라고. 점진적으로 엄마를 잃게 될 거라고 한다. 결국에 어머니는 내가 이사 나온 집, 익숙한 것은 아무것도 남지 않은 껍데기가 될 것이다.

“제가 읽은 글에서는 이 병이 뇌의 인슐린 저항 때문이라고 하던데요. 일종의 당뇨병처럼요.”

"그건 아직 확실히 입증되지 않았습니다."

"인지 건강과 장 문제가 관련이 있다는 연구도 있던데요."

의사는 뭔가 이상한 냄새를 맡은 것처럼 몸을 뒤로 뺀다. 내가 우리 문제의 열쇠로 대장을 거론해서 그가 소중히 여기는 교리에 신성모독을 가한 걸까. 바타유가 똥에서 깨달음을, 성매매 여성에게서 신을 찾을 수 있다고 했을 때 프랑스 지성인들이 코웃음을 친 것처럼, 신경학자들은 자기네 영역을 몸의 다른 부분과 분리하는 장막, 신성한 혈액뇌장벽을 지키고 싶어한다. 똥은 자기들이 추구하는 신비와 무관하다며.

집에 와서 불을 켜자 파리가 얼굴 앞으로 지나간다. 파리는 갇힌 공간의 한계 안에서 돌아다니며 거울에 부딪치고 창문에 달라붙어 발로 표면을 맛본다. 방안에서 맴도는 파리를 보며 파리가 이 안에 얼마나 오래 있었을까 생각한다. 지금쯤이면 방안을 지도화하고 좌표를 형성했을 것이다. 최대한 갈 수 있는 범위가 어디까지인지, 소파, 책장, 문손잡이가 어디 있는지 파악했을 것이다. 나는 발코니 문을 활짝 열고 옆으로 물러선다. 파리가 나가기를, 바깥공기와 익숙한 바람냄새를 알아차리기를 기다린다. 그런데 파리가 안 나간다. 방 이쪽에서 저쪽으로 왔다갔다만 한다.

나는 소파로 돌아가 팔걸이에 다리를 올린다. 파리가 어쩌면 여기, 새집이 마음에 들었는지도. 파리는 낙담해서 내 머리 주위를 맴돈다. 갇힌 채로.

파리는 활짝 열린 문 앞을 다시 그냥 지나친다. 파리가 문을 볼 수는 있는지, 아니면 짧은 생에서 한세월을 이 안에서 보내며 그린 지도가 너무 확고해 바깥세상의 존재를 잊었는지 모르겠다. 파리는 밖으로 나가는 길을 보지 못한다. 몸을 거울에 부딪치며, 거울에 비친 자기 모습에 부딪치며, 아는 것이라고는 무언가가 없다는 것, 무언가가 잘못되었다는 느낌뿐이다.

엄마가 한밤중에 집에서 나간다. 잠에서 깨어 화장실에 갔다가 잠옷을 입은 채로 밖으로 나간다. 경비가 릭샤를 부르려 하는 엄마의 모습을 본다. 다시 집으로 데려가보니 아파트 문이 활짝 열려 있다.

경비가 바로 나에게 전화를 한다. 딜립과 나는 삼십 분 만에 도착한다. 하늘이 밝아지고 있다. 경비가 엄마가 화장실 수도꼭지도 틀어놨더라고 말한다. 나는 고맙다고 하고 수고에 감사하는 뜻으로 내가 가진 것 중에서 가장 작은 지폐를 준다.

"아프신 거예요?" 경비가 가려다 말고 묻는다.

"아뇨." 내가 말한다. "괜찮아요. 악몽을 꾸셨어요."

경비가 간 다음에 나는 딜립에게 말한다. "이제 저 사람도 알아."

딜립이 눈을 끔벅인다. 내 팔이 떨린다.

"엄마가 아프시다는 걸 안다고. 건물 전체가 알 거야. 하인들도. 혼자 사는 여자가 아프고, 어쩌면 미쳤단 걸 알아. 이제 안전하지 않아."

나는 다른 방법이 생길 때까지 엄마와 같이 지내겠다고 말한다. 딜립은 얼마나 오래 있을 것 같냐고 묻지 않는다. 나는 그 점에 대해 생각하지 않으려고, 얼굴이 굳어지는 느낌을, 모든 게 무너지는 듯한 느낌을 무시하려고 애쓴다.

엄마와 나는 한 침대를 쓴다. 내가 기숙학교에 가기 전 잠깐을 빼고 처음 있는 일이다.

메이드가 하루 두 번 허리를 구부리고 천천히 움직이면서 비질을 한다. 나머지 한 손으로 눈을 비빈다. 먼지와 머리카락이 소파 근처에 쌓인다. 뻣뻣한 빗자루가 내 발을 스친다.

도마뱀 한 마리가 열린 문으로 들어왔는지 부엌 창문으로 들어왔는지 몰라도 집안에 있다. 뒤집힌 채로 천장을 가로지른다. 갈색 얼룩 사이에서 길을 잃었다. 도마뱀이 얼음 위를 걷듯 조금씩 살살 앞으로 나간다. 천장에 바른 회칠이 떨어져 팬이 돌아갈 때마다 흔들린다.

메이드가 비질을 마치고 물러간다. 메이드가 만들어놓은 먼지 더미가 검은 철사로 만든 둥지처럼 남아 있다.

천장에 새로 생긴 얼룩이 눈에 들어온다. 색이 짙어지는 것 같다. "위층 집 파이프가 터졌어." 메이드가 말한다.

나는 머리를 뒤로 기대고 페인트칠한 표면에 생긴 수포를 머릿속에 지도로 그린다. 푸네 대기는 부옇고 이 집 벽 안쪽 세계는 입을 크게 벌리고 있다. 도마뱀과 메이드는 서로 흉내내듯 내 주위를 맴돈다. 머리가 지끈거린다. 엄마는 밤마다 악몽을 꾸고 잠에서 깬다.

해질 무렵이 되면 자동차, 트럭이 빵빵거리는 소리, 아파트 정문 밖 큰길에서 싸우는 소리가 들린다. 남자들이 서로 소리를 지르는 소리가 아득하면서도 익숙하게 들린다.

샤워실 바닥에 데톨을 뿌리고 밤새 그대로 둔다. 아침에 샤워용

수세미를 집는다. 알코올냄새가 난다. 수세미로 무릎을 문질러 각질을 벗겨낸다. 뜨거운 물줄기가 등을 때린다. 계속 문지른다. 금세 몸이 붉어진다. 이렇게 세게 계속 문지르면 얇은 구름처럼 투명해질 것 같다. 피부 속에 뭐가 있다는 건 잊을 수 있을 것 같다.

천장이 살아 있는 것처럼 떨린다.

이 집 때문이라는 생각도 든다. 여기에서는 사람이 미치기 쉽다.

그냥 명백한 날도 있다. 엄마가 정신을 놓쳤다는 게.

엄마가 나니에게 바바의 목소리가 들린다고 말한다. 바바가 특별한 말은 하지 않는단다. 날씨 이야기를 하고, 엄마의 이름을 부른다. 가끔은 그가 투덜거리는 소리나 기침소리나 웃음소리가 저 아래 주차장에서 올라온다.

엄마는 바바가 여기 있다고, 틀림없이 창문이나 문으로 들어왔다며 주위를 둘러본다. 바바가 엄마를 그리워하고 엄마가 어디 사는지 알기 때문에 찾아왔다고. 이렇게 가까이에서 소리가 들리는 것으로 보아 여기 있는 게 분명하다고. 엄마는 초조하게 기다리다가 마침내는 하던 일을 멈추고 방안을 돌아다니며 가구 뒤를 들여다보고 커튼을 찔러본다. 나는 그러는 걸 보고 있다가 엄마가 빈손으로 돌아서면 고개를 돌린다.

나니는 입을 일그러뜨리지만 아무 말도 하지 않는다. 나는 화장실에 들어가서 운다.

"가장 큰 상처를 환각으로 경험하는 것 같아요." 내가 나니에게 말한다. "아슈람을 떠나면서 뭔가 기대가 있었을 거예요. 바바가 찾으러 올 거라고, 돌아와서 다시 자기 옆자리에 있으라고 할 거라고 기대했겠죠. 그런데 안 그랬으니."

"그건 아주 오래된 일이야." 나니가 말한다. "그렇게 오래된 일에 매달리는 사람은 없어."

나는 나니를 차까지 배웅한다. 아파트 정문이 열려 있다. 경비는 친구와 비디를 나눠 피우며 차를 마신다. 라오 부인은 보이지 않는데 그 집의 포메라니안이 발코니에서 철제 난간에 머리를 들이밀고 짖어댄다. 나는 나니와 입맞춤 인사를 한다. 차를 몰고 가는 나니에게 손을 흔든다. 이제 우리 사이에 회피하는 버릇이 들어섰다. 할머니와 이렇게 거리가 멀게 느껴진 적이 없다.

저녁이 되자 엄마는 슬리퍼를 신은 채로 침대에서 잠이 든다. 나는 딜립에게 전화를 건다. 딜립은 텔레비전 앞에 앉아 혼자 저녁을 먹고 있다. 아주 멀리 있는 것처럼 딜립의 목소리가 치직거린다.

딜립이 두바이에 사는 친구가 마당이 있고 차 두 대를 세울 차고가 딸린 좋은 집으로 이사했다고 한다. 걸어서 오 분 거리에 해수욕장도 있다고 한다. 언젠가 두바이에 가서 살면 어떨까? 딜립이 묻는다. 딜립의 개략적 묘사를 들으며 그 도시를 상상한다. 어떻게 바닷가가 사막이 되는지, 어떻게 공기가 축축하다가 건조해지는지 궁금하다.

엄마가 자다가 소리를 지른다. "무슨 소리야?" 딜립이 묻는다.

"아무것도 아니야."

엄마가 침실에서 나온다. 머리카락이 얼굴 한쪽에 들러붙어 있다. 엄마가 내 맞은편 안락의자에 미끄러지듯 앉는다.

"너 그거 그만해." 엄마가 속삭인다. 눈가가 젖어 있다.

나는 한숨을 쉬고 어깨에 전화기를 얹는다. "엄마, 꿈꾼 거야.

다시 잠드시게 도와드릴까?"

"꿈 아니야. 너 그 그림 그만 그려."

텔레비전이 켜져 있다. 어느 민족인지 불분명한 여자 앵커가 테러 공격으로 의심되는 사건을 보도하고 있다. 나는 리모컨에 손을 뻗는다.

"내 말 들었어? 그 구역질나는 그림 그만 그려. 나에 대한 모독이야. 네 남편에 대한 모독이고. 그 그림 그릴 때마다 우릴 모욕하는 거야. 어디 멋진 갤러리에 걸 때마다 우릴 모욕하는 거라고."

나는 전화기를 소파에 올려놓고 일어선다. 심장이 쿵쾅거리고 일어서는데 무릎에서 뚜둑 소리가 난다. 나는 엄마 어깨에 손을 하나씩 올려놓는다.

"알았어." 내가 말한다. "엄마가 원하는 대로 할게. 일단 지금은 좀 눕는 게 좋겠어."

엄마는 기분이 좀 풀린 듯 내 부축을 받고 의자에서 일어난다. 엄마를 침대에 눕히고 이불을 덮어주는데 엄마 손이 차디차다.

딜립은 전화를 끊지 않고 말없이 있다.

"그래서. 뭐라고?" 내가 말한다.

"왜 엄마가 내 얘기를 해? 왜 그 그림이 당신 남편에 대한 모독이야?"

나는 눈을 비빈다. 가장자리에서 나온 눈곱이 손가락에 풀처럼 달라붙는다. "몰라. 어떻게 받아들여야 할지 모르겠어."

1993년

우리 엄마와 나니가 도저히 서로를 견딜 수 없게 되어, 엄마가 작은 아파트를 빌려 나가기로 했다. 아슈람에서 멀지 않은 곳이었다.

그때 나는 엄마가 월세를 어떻게 내는지 몰랐지만 나중에 할머니에게 듣기로 할아버지가 일상의 평화를 되찾으려고 돈을 주었다고 한다. 칼리 마타도 가끔 아슈람의 선의라면서 봉투를 들고 왔다.

나는 영어로 수업하는 동네 학교에 다니기 시작했으나 다른 학생들을 따라갈 준비가 안 되어 있었다. 교장이 하루에 몇 시간씩 개인지도를 받으라고 해도 엄마는 그냥 웃음만 지었다. 개인 교습비를 댈 돈이 없었다.

내가 가장 겁낸 과목은 힌디어였다. 날마다 듣고 말하는 언어가 어떻게 이렇게 낯설 수가 있는지? 그것 빼고 영어 읽기와 쓰기는 그럭저럭했고 글씨체가 반듯하다고 칭찬도 받았다. 내가 긋는 선 하나하나에 복종의 기색이 완연했다.

"수녀원 부속학교에 다녔어요." 엄마가 말했다. 교장은 이해가 간다는 듯한 표정을 지었다.

수를 배우고 글자를 배우니 새로운 세계가 활짝 열리는 것 같았다. 칼리 마타가 웃으며 말했다. "글을 알면 모든 게 달라지지." 그렇지만 내가 매력을 느낀 것은 언어가 아니라 언어를 이루는 기호였다. 추상적이고 자의적인 글자에 나는 다른 의미를 불어넣었다.

일기를 쓰기 시작했지만 학교에 다니는 다른 아이들이 쓰는 것하고는 다른 종류였다. 좋아하는 남자나 꿈이나 소망 같은 건 적지 않았다. 내 일기장은 과거의 순간, 내가 기억할 수 있는 순간들의 기록이었고 주로 원망을 모아놓은 목록이었다. 나는 이 목록을 일목요연하게 정리해서 시간 순서대로 읽을 수도 있고 심한 정도에 따라서 읽을 수도 있게끔 정렬했다. 마리아 테레사 수녀로 전체를 채운 표도 여럿 있었고 우리 엄마에 대한 표도 있었다. 다른 것은 별개의 기입 형식을 만들어 색이나 번호로 구분해 표시했다.

아버지는 이런 취급을 받지 않았다. 내 일기에 아버지는 아예 존재하지 않았다.

나는 학교에서 친구를 거의 못 사귀었고 동네에는 친구가 더 없었다. 내 소외감이 더 깊어진 것은, 어느 날 아침 일어났는데 왼쪽 눈썹이 없어졌을 때였다. 눈썹이 베개 위에 잘린 실처럼 흩어져 있는데 하도 보잘것없어서 그게 내 눈 위에서 말끔한 선을 그렸었다는 게 믿기지 않을 지경이었다. 나는 거울을 보고 손가락으로 얼굴을 쓸어보았다. 왼쪽 눈이 패배당한 것처럼, 불완전하게 보였다.

"뭘 어떻게 한 거야?" 엄마가 나를 보고 물었다.

칼리 마타가 찻잔을 내려놓았다. 아이섀도가 크렘브륄레 윗부분처럼 갈라져 있었다. "운이 나쁘네." 칼리 마타가 말했다.

나는 엄마에게 학교를 빠질 수 있게 해달라고 졸랐지만 엄마는 안 된다고 했다.

"잘 보이지도 않아." 칼리 마타가 말했다. "음, 눈에 뜨이긴 하는데 다른 쪽 눈썹이 있어서 그래."

나는 고개를 푹 숙이고 머리카락으로 얼굴 한쪽을 가렸다. 내내 한 손으로 얼굴을 받치고 비스듬하게 기울이고 있었다. 학교가 끝나고 기진맥진해서 집에 돌아왔다.

"보기 좋진 않지만, 그런다고 왜 얼굴을 감추니? 젊은 여자라면 용감해야지." 엄마가 말했다.

엄마가 말하는 것은 자기 자신, 자기 자아상이었다. 반항아, 남들과 반대로 가는 사람. 하지만 나는 엄마와 달랐다. 나는 내가 용감한 것 같지 않았다.

초조해서인지 몸에 열이 나서 며칠 학교에 안 가고 집에서 이니드 블라이턴의 책을 읽으며 매시간 눈썹이 자랐나 거울로 확인했다. 거뭇한 기미라도 나타나는지 열심히 들여다보았지만 눈썹이 있던 자리는 휑하기만 했다.

빛이 얼굴 위로 지나갈 때 두 명의 다른 사람이 보였다. 예전의 나와 지금 나의 모습인, 인간이 아닌 존재.

나는 엄마 면도기로 다른 쪽 눈썹도 밀어버렸다.

일 초도 안 되는 사이에 사라졌다. 검은 조각이 축축한 배수구에 점점이 떨어졌다.

욕실 바닥에 떨어진 눈썹은 베개 위에 있던 것보다 축축하고 검어 보였다.

나니가 나를 보고 비명을 질렀다.

"이럴 줄 알았다. 수녀원에서 뭔 병에 옮은 거야." 나니가 말했다.

내가 스스로 눈썹을 밀었다고 말하자 엄마가 식탁에서 몸을 앞으로 숙였다. 엄마 팔뚝이 생닭다리처럼 하얬다.

"흠, 악마도 도망가게 생기긴 했다만 어쨌든 잘했다."

집밖에 나가려면 주눅이 들었다. 어딜 가든 사람들이 쳐다봤다. 나는 집밖에 안 나가는 편을 택했다. 칼리 마타만 주기적으로 나를 보러 왔다. 칼리 마타는 책, 낡은 카드 팩, 본인이 들어본 적도 해본 적도 없는 게임을 가지고 왔다. 그거 말고 다른 이상한 물건들도 가져왔다. 동양풍 차 세트, 오래된 열쇠, 어릴 적 내가 아슈람에 있을 때 찍은 사진. 낡은 사진을 식탁 위에 늘어놓았다. 칼리 마타는 살이 쪄서, 무겁게 몸을 앞으로 숙이자 가슴이 식탁 위에 얹히며 반죽처럼 퍼졌다.

칼리 마타의 눈 색깔 때문에 칼리 마타가 나와 다르다는 걸 알았다. 피부색은 다르지 않았지만. 칼리 마타의 눈은 얼룩진 파란 눈이었고 가운데 동공은 두드러진 검은 점이었다. 그런 눈으로 보면 세상이 다르게 보이고 칙칙하고 평범한 날은 없을 거라고 나는 믿었다.

"너 없이도 바깥세상은 돌아가는구나." 칼리 마타가 말했다.

나는 그 말을 곰곰 곱씹어봤지만 바깥세상에, 사람들 사이에 과연 내 자리가 있긴 했나 하는 생각이 들었다.

한번은 몰래 빠져나가서 길 아래 가게에서 담배 한 개비를 샀다.

가게 주인이 내 눈썹을 딱하게 여겨 덤으로 하나를 더 줬다.

나는 건물 사람들이 깨어나기 전에 발코니로 나왔다. 차양 위에 비둘기들이 살아서 차양이 깃털과 배설물로 덮여 있었다. 나는 구석에 숨어 담배에 불을 붙였다.

건너편 두 층 아래 집 창문이 열려 있고 남자 노인이 화장실에서 옷을 벗는 모습이 보였다. 바닥에 옷이 떨어져 쌓였다. 노인은 뼈와 거죽만 있고 페니스는 쪼그라들어 있었다. 나는 팔을 뻗어 그의 물건의 크기를 재보았다. 내 손톱 정도밖에 안 됐다. 노인이 샤워기를 틀자 물이 호스에서 나오는 것처럼 한 줄로 나왔다. 노인의 엉덩이가 텅 빈 자루처럼 처졌다.

그날 밤 나는 노인을 기억나는 대로 그렸다. 물줄기 아래에, 팔을 양옆으로 늘어뜨린 모습으로.

바바가 죽은 게 몇시쯤이었는지는 기억 안 난다. 계절이 언제였는지도. 어쨌든 자세한 것은 추종자들이 꼼꼼히 기록으로 남겨놓았다.

아파트 입구는 평소처럼 캄캄했다. 문에 들어선 사람들한테 이 집에는 불행한 은둔자가 살고 있다고 광고하는 것 같았다. 식탁 위에 남겨진 쪽지에 뭐라고 적혀 있었는지 기억이 안 나지만 엄마가 휘갈겨쓴 글씨는 불안하고 거칠어 보였다. 무언가가 등줄기를 타고 올라가는 것 같아 몸을 떨었다. 내가 집에 혼자 있었던 게 그때가 처음이었을까? 나는 현관문 옆에 걸린 얼룩덜룩한 거울 앞으로 갔다. 거울에 비친 내 모습을 절대 똑바로 보지는 않았지만 거울이 나를 보고 있다는 것, 내가 뒤돌아 있을 때도 거울이 내 모습을 복제한다는 걸 알았다. 물을 흡수하는 재질인 부엌 바닥재가 걸레질을 안 한 것처럼 우중충하게 보였는데 밟아보니 축축했다. 카슈타가 비누와 섞어 쓰는 방충제 때문에 끈적거리는 것 같기도 했다.

나는 냉장고에서 분디 라두* 두 알을 찾아서 입에 쏙 넣었다. 다음에는 거실에서 돌아다니면서 상표에 빨간 소가 그려진 치즈를 전부 먹어치우고 왁스로 싸여 있는 우유 경단까지 먹자 배에서 가스가 부글거렸다.

잠잠한 전화기 옆에 빨간색 흔들의자가 있었다. 우리는 빨간 의자라고 불렀지만 정확히 말하면 적갈색이었고 흔들거린다기보다는 앞뒤로 미끄러지는 의자였다. 줄기를 엮어 만든 시트 부분이 닳아서 너덜너덜하긴 해도 내가 집에서 가장 좋아하는 가구였지만, 어릴 때 움직이는 부분에 손가락이 낀 기억이 어렴풋하게 있어 거기 앉지는 않았다. 거울은 아직 뒤에서 내 뒷모습을 잡고 있었고 나는 감히 돌아보지 못했다.

엄마가 구깃한 흰옷을 입고 들어왔다. 헝클어진 모습이었고 어쩐지 창백해 보였다. 나는 엄마 얼굴을 보고 뒤로 물러서다가 식탁에 등이 닿았다.

단단한 식탁 가장자리가 등을 눌렀다. 내 뼈와 나무 식탁 사이에 아주 얇게 늘려 편 피부밖에 없는 느낌이었다. 아프지는 않았고 내 몸을 덮은 살에 둘러싸여 무뎌진 느낌만 들었다. 어떤 때는 피가 흐르는 소리가 온몸을 깨울 정도로 크게 들렸지만 어떤 때는 내가 껍데기를 입고 있어 지퍼를 내리고 벗으면 내 진짜 팔과 얼굴, 그

* 병아리콩가루 반죽과 씨앗, 향신료를 뭉쳐서 튀긴 달콤한 간식.

아래 감춰진 피부가 나올 것 같은 기분이었다. 열한 살이 된 이후로 몸무게가 13킬로그램 늘었다. 칼리 마타는 호르몬 때문이라고 했다.

엄마는 술을 넣어놓는 높은 찬장을 열고 발뒤꿈치를 들어 남자 손님들에게만 내놓는 티처스 위스키를 꺼냈다. 병을 열고 냄새를 맡더니 다시 닫았다. 나는 엄마가 울었다는 걸 알아차렸다. 방금 전은 아니고 아마 오전에. 코가 번들거리고 블랙헤드가 점점이 박혀 있었다.

"오늘 바바가 죽었어." 엄마가 말했다.

실제로 죽은 것은 어제였지만 오늘까지 기다렸다가 화장했다. 추종자들 사이에 의견이 갈렸다. 사인을 알기 위해 부검을 하자는 사람들이 있었지만 죽은 신에게 칼을 댄다는 건 있을 수 없는 일이라는 사람도 있었다. 바바가 자기 몸을 열기를 바랐다면 그러라는 지시를 남겼을 거라는 주장이었다. 어떤 사람은 힌두교 성직자와 의논해야 한다고 했으나 바바가 성직자를 싫어했으므로 그 주장은 폐기되었다. 몇몇은 멀리 있는 추종자들이 마지막으로 바바를 보러 올 수 있게 당분간이라도 시신을 방부처리해서 보존해야 한다고 했다.

"방부처리는 공산주의자들이나 하는 짓이야." 엄마가 말했단다. 다수가 그게 일반적인 방법은 아니고 조상들의 전통에도 맞지 않으니 최대한 빨리 화장하자고 했다. 마지막 그룹이 우세해서 아슈람에 화장용 단을 쌓았다. 하루 동안 아슈람 문을 활짝 열었고 사람들이 이유도 모르고 들어왔다. 엄마는 시신을 씻기고 수의를 입히는 자리에 있었다. 두개골이 불 속에서 폭발하지 않도록 뒤통수를 쪼갰다고 한다.

나중에 바바의 정부들이 한 줄로 서서 사람들에게 위로를 건네고 축복했다. 어떤 남자가 바바의 여자들 전부 화장용 불에 몸을 던져야 한다고 외쳤다. 사람들이 남자를 다른 데로 데려갔다.

칼리 마타 옆에 서 있던 엄마는 자긍심을 느꼈단다.

"그게 사소한 일이 아니란 걸 알았다." 엄마가 말했다. "위대한 남자의 연인이었다는 게."

나는 엄마에게, 사소하고 보잘것없어 보인다고, 어쨌거나 자랑거리는 절대 아니라고 말했다.

엄마는 내 양팔을 붙잡고 마구 흔들더니 뺨을 때렸다.

"뚱뚱한 못된 년 같으니. 인정머리 없는 것! 난 오늘 과부가 됐다고!"

'창녀'라는 말이 내 입에서 나왔지만 비명과 뒤섞였다. 나는 엄마에게 달려들어 엄마를 바닥에 쓰러뜨렸다. 엄마의 가슴에 걸터앉아 엄마 목을 눈 아래 실핏줄이 튀어나올 때까지 졸랐다.

손을 놓자 엄마가 콜록거리며 숨을 들이마셨다. 나는 엄마 얼굴을 내려다봤다.

"뚱뚱한 못된 년." 엄마가 다시 말했다.

먹을 때가 아니어도 뭔가 입에 넣고 싶은 충동이 들었다. 손가락, 머리카락, 교복에 달린 플라스틱 단추. 먹고 나서 사십오 분이 지나면 또 배가 고팠다. 위장활동이 활발하지 않아 뱃속에서 음식이 발효되고 있는데도. 뱃속에 가스가 가득차 밤에 잠을 이루지 못했고 설사와 변비가 계속되었다. 혈변을 눌 때도 있었다. 목구멍으로 위산이 올라오기도 했다.

엄마는 내 모습을 보고 암울해했지만 그래도 자라는 아이는 배가 고플 때마다 먹어야 한다고 할 때도 있었다.

후자가 맞는 날에는 내가 졸라대면 아이스크림 가게에 데려가줬다. 방과후에 오성 호텔 뒤쪽에 있는 미국 50년대 스타일 식당 엉클 샘에서 카운터 자리에 앉아 바닐라 밀크셰이크를 먹었다. 채식 메뉴로 조각 감자튀김과 커민을 뿌린 피자가 있었다. 가족끼리 온 손님들이 달걀이 들어 있지 않은 연한색 아이스크림을 사러 줄을 섰는데 테이블로 갔을 즈음에는 이미 거의 녹아버렸다. 의자의 하얀색 가죽 커버는 너덜너덜한 회색이 되어 있었지만 화려한 깃발과 특이한 기념품이 붙어 있는 벽은 바로 어제 꾸민 것처럼 보였다. 주크박스에는 돈이 안 들어갔고 브라이언 애덤스 노래만 주구장창 나왔다. 클래식 캐딜락 미니어처가 계산대 옆에서 빙빙 돌아갔다. 식당 전면에 있는 엉클 샘 그림이 사람들을 내려다보았다.

"파레크 씨, 여기가 교회라면 저기에 제단이 있을 거예요." 웨이터가 곰처럼 생긴 매니저에게 말했다. 엄마와 나는 엉클 샘을 쳐다보았다.

매니저가 고개를 저었다. "여긴 교회가 아냐 레자. 여기 여자분이 초콜릿 선디 두 개 달라시잖아."

웨이터가 쟁반 없이 초콜릿 선디를 가져왔다. 웨이터는 반짝거리는 통조림 체리가 담긴 그릇을 서비스로 내 옆에 놓아주었다. 나는 웨이터를 올려다봤다. 손바닥이 몸 다른 부분보다 더 검었다. 긴 머리카락이 얽은 자국이 있는 뺨 언저리에서 찰랑거렸다.

나는 빨리 먹을 수 있도록 부드러운 아이스크림 신을 숟가락으로 눌러 녹였다. 웨이터는 내가 선디를 녹이는 동안 벽에 기대 있었다. 가끔 웃음을 지으며 엄마와 나 사이를 응시했다.

"맛있나봐." 내가 첫 숟가락을 입에 떠넣자 이렇게 말했다.

나는 고개를 끄덕이고 한입을 더 먹었다. 입에서 침샘이 폭발했다. 차가운 액체가 몸안에서 데워졌다.

"맛이 어떠니?"

입에 아이스크림이 가득해서 대답할 수가 없었다. 꿀떡 삼켰지만 달콤한 우유맛 액체가 목에 걸려 기침이 나왔다.

엄마가 웃었다. "당신도 먹어봤을 텐데요."

웨이터는 고개를 흔들더니 유니폼 앞쪽을 검은 손바닥으로 문질렀다. 손이 지나간 자리에 자국 같은 게 남지는 않았다. 나는 기이한 물이 든 손이 신기해서 빤히 쳐다보았다.

"나한테는 저런 맛이 안 나요. 저 얼굴을 봐요. 재한테는 다른 맛인 거예요."

그를 쳐다보니 그는 엄마를 보고 있었다. 내가 아이스크림을 먹는 동안 두 사람이 말없는 눈빛을 주고받았다는 걸 알았다.

"내 이름은 레자 파인이에요."

우리도 이름을 알려주었지만 매니저가 왁자한 사람들 목소리 너머로 소리 높여 레자를 불렀다. 레자는 체리 그릇을 다시 채워주고 그 자리를 떴다.

1995년

섹스에서 생선과 아이스크림 냄새가 난다는 건 이미 알았지만, 첫 섹스는 그걸 알고 난 뒤에, 빅 레드라는 수입 껌 한 통 때문에 하게 됐다. 문제의 남자아이가 껌을 씹고 내 얼굴에 계피향이 나는 입김을 불었다. 나이는 열여섯 살이고 우리 건물에 살았고 이마에 여드름이 있었다. 걔가 내가 자기 여동생하고 배드민턴을 치는 걸 보았다. 우리는 그애 집에서 가까운 계단 사이 계단참에서 했다. 처음에만 어렵고 다음에는 별거 아니었다.

열세 살이었다. 나는 어른 사이즈 옷을 입었고 칼리 마타의 샌들이 내 발에 맞았다. 내가 엘리베이터에 탈 때면 엘리베이터 기사가 몸을 벽에 바싹 붙였다. 엄마가 나한테 뭐라 할 때마다 나는 소리를 질렀다. 이제 엄마와 내가 같은 공간에 있는 일이 드물었다. 내 안에서 무언가가 부풀어올라 너무 많은 공간을 차지하며 밀폐공간에서 공기를 빨아들였다. 아무도 내 옆에 오래 있고 싶어하지 않았지만 나는 상관없었고 나도 그들이 싫었다.

아버지와 아버지의 아내가 미국에서 돌아왔다.

삼 년이라고 했던 게 육 년이 됐다. 새 아내가 임신했다는 소식을 알리려고 나에게 전화를 걸었다. 내가 전화받기를 거부하자 엄마가 대신 듣고 소식을 전해줬다.

나는 내 안에 누군가 다른 사람이 사는 게 아닌가 하는 의심을 하기 시작했다. 임시로 들어왔다가 아예 자리를 잡고 눌러앉은 거다. 내 안의 존재가 나를 안에서 밀어 터뜨리려고 해서 살이 트고 피부가 얼룩덜룩해졌다. 원하지 않는 자리에 털이 뭉텅이로 나타났고 아무리 뽑아도 소용이 없었다. 내가 먹는 것도 여러 사람 몫이었고 충족되지 않는 허기를 채우는 기분으로 먹었다.

이때가 원래 그런 때라고 말해준 사람은 아무도 없었다. 사실 누가 말해줬더라도 나는 믿지 않았을 것이다. 내 몸을 받아들일 수 있기까지, 어디에서부터 어디까지가 내 몸인지를 인지하기까지 시간이 걸릴 것이라고 말해준 사람도 없었다. 그때는 존재의 규모가 가늠이 안 되었다. 좁은 틈을 빠져나갈 수 있었던 때, 할머니 무릎에 앉아도 할머니가 신음을 안 하던 때가 기억으로만 남아 있었다.

게다가 내가 안에서 느끼는 혼란은 밖에서 목격하는 변화에 비하면 아무것도 아니었다. 남자들이 전과 다른 방식으로 나를 쳐다보았다. 전에도 그랬는데 내가 몰랐던 걸까? 아니면 남자들이 내 몸안에 사는 다른 여자를 본 걸까?

여자들도 달라졌다. 어쩌면 여자들의 눈빛이 흔들리는 걸 내가 볼 수 있게 된 것 같기도 했다. 허리선 위에 늘어진 살이 반응을 일으켰다. 역겨움일까? 분노도 있었다. 사실 분노는 누구나 느끼는 감정이고 내가 알아볼 수 있는 감정이었다. 세상이 나에게 강력하고 끝없는 분노를 느꼈다. 남자들은 내가 일으키는 욕망 때문에 분노했다. 여자들은 내가 새로운 몸을 관리하지 못하기 때문에 분노를 느꼈다.

사람은 누구나 꼴사납고 혼란스럽게 성장하지만 시선을 피하는 방법을 택할 수 있는 사람은 없다. 그 시기 동안 격리될 수 있었더라면, 폭신한 고치 속으로 들어갔다가 완전한 여자가 되어 다시 나올 수 있었더라면 좋았을 것이다.

레자가 내 피부는 절대 깨끗해지지 않을 거라고 해서 나는 더 큰 우울에 빠졌다. 엄마가 소독 바늘로 내 턱 여드름을 터뜨리고 있을 때 레자가 들어와서는 자기 피부가 열여섯 살 때 폭발했는데 십오 년이 지난 지금도 흉터가 남아 있다고 말했다. 그러더니 빛바랜 티셔츠를 들어올려 증거를 보여주었다. 레자의 몸은 날씬하고 탄탄했지만 사라지지 않는 켈로이드 흉터가 피부를 덮고 있었다. "너한테는 이런 일이 없었으면 좋겠다." 레자가 말했다. 나는 흉터가 점점이 있는 레자의 배를 다시 쳐다봤다. "넌 여자애잖아. 여자애들은 더 안 좋아. 남자들은 피부가 나빠도 여자 만날 수 있지만."

이중의 저주를 받았다니 이가 바드득 갈렸다. 내 안에 있는 다른 여자가 들고일어나는 느낌이 들었다.

레자가 내 마음을 읽은 듯 덧붙여 말했다. "맞아, 부당하지. 그래도 그게 사실이야."

우리는 레자와 학교가 끝나고 난 오후시간에 천천히 가까워졌다. 레자는 여기저기에서 주로 몸 쓰는 일을 했다. 엉클 샘에서 받는 돈은 얼마 안 됐지만 팔리지 않고 남은 케이크와 과자가 있으면 챙겨서 갖다주었다. 레자는 업무시간에는 장갑을 껴서 손을 감추기로 되어 있었지만 잘 지키지 않았다.

레자는 그 일을 싫어했지만 그래도 한 달을 채우면 깨끗한 신권이 든 얇은 은행봉투를 받을 수 있었다. 새 돈을 보면 레자는 어머니 생각을 했다. 그의 어머니는 빳빳하고 깨끗한 돈이 지갑에 차 있으면 뿌듯해했고 낡은 지폐는 최대한 빨리 써버리려고 했다. 어머니는 빳빳한 돈은 부자의 돈이라고, 최고급 부위의 고기나 새로 돋은 잎이나 잘 익은 망고 같은 거라고 생각했다. 그렇지만 레자 어머니의 손에 들어온 돈은 대개 여러 사람을 거친 돈이었다.

엄마가 어느 날 오후 칼리 마타와 나를 데리고 그 식당에 갔다. 우리는 테이블에 앉아 물만 마셨다. 칼리 마타는 인공색소가 들어간 음식은 먹지 않았기 때문이다.

"뭔가 주문해야겠어." 엄마가 말했다.

우리가 코팅된 메뉴를 읽는 척하는 동안 매니저가 우리를 노려보고 있었다.

레자가 휴대용 술병을 꺼내 한 모금을 마셨다. "아냐, 됐어. 케이크 먹고 싶으면 오늘밤에 가지고 갈게."

레자 파인의 모습을 그리기는 쉽지 않다. 레자는 현실을 유동적으로 받아들였다. 진실은 주관적인 것이라 진실에는 별 관심이 없었고 경험은 기억 속에서 계속 바뀌는 것이었다. 레자는 바바에게서 이런 생각들을 들었고 아직 어린 나이일 때 영향을 받았다고 했다. 그래서 포토저널리즘의 세계에서 자기 자리를 찾지 못했고 사진 기술을 다른 데 쓸 수밖에 없었다. 엄마는 아슈람에 있을 때 레자를 만난 적은 없지만, 사람들한테서 이름은 들었었다.

"당신을 아는 것 같은 느낌이야." 엄마가 말했다. 그러면서 레자의 다리를 건드렸다.

"그렇다면 아는 거야." 레자가 대꾸했다.

나는 칼리 마타의 검은 옷 어깨 부분에 뺨을 기댔다.

레자가 처음 자기가 예술가라고 했을 때 나는 본능적으로 의심부터 했다. 예술가라는 게 대체 무슨 뜻이지? 내가 예술가라는 사람을 만난 것은 그때가 처음이었다.

레자는 푸네의 부동산 개발업자는 전쟁 모리배나 다름없다고 했다. 남자들의 텃세 본능을 이용해서 돈을 번다고. 레자는 목탄으로 개발업자를 그렸는데 쭈그러진 페니스에서 오줌을 뚝뚝 흘리며 도시에 냄새로 영역 표시를 하는 쭈글쭈글한 모습으로 묘사했다. 레자는 사방에 그림을 그렸다. 종이건 벽이건 개의치 않고. 언제나 시커먼 레자의 손이 나에게는 낯설지 않았다.

"더러운 일이야." 그가 말했다.

레자의 아버지는 시인이었는데 가족을 부양하기 위해 가게를 했다. 아버지는 레자의 영웅이었다. 우르두어 시 분야의 천재이자 레자가 기억하지는 못하지만 언제나 기념되는 사람이었다.

레자 자신은 뭄바이 언론과 예술가 집단 양쪽에서 버림받은 존재였다고 했다. 1993년 폭동 때 있었던 일 때문이었다.

나는 파인이라는 성은 처음 들어본다고 했다. 들어봤더라도 레자 같은 이름과 같이 쓰인 건 처음이라고 했다.

레자가 나를 보고 웃길래 나는 고개를 돌렸다.

레자는 재외국민이 될 뻔했었다고 했다. 아주 어렸을 때 가족이 캐나다로 이민을 갔다. 도착한 곳에는 땅에 얼음이 있었다.

아버지는 샤이크라는 성으로는 그곳에서 생활하기 어려울 거라고 생각했다. 몬트리올에 있는 포르투갈인 게토에 있던 방 하나짜리 아파트에서 밖으로 나가 표지판을 봤다. 파인 스트리트라고 적혀 있었다. 그때부터 그들의 성은 파인이 되었다.

"그런데 어떻게 됐어요?"

"우릴 추방했어." 레자가 말했다. "우리 아버지가 공산주의자라고 생각했거든."

"공산주의자였어요?"

"그럼, 당연하지."

1992년에 젊은 사진기자였던 레자 파인은 북인도에 있는 아요디아로 갔다. 모스크를 파괴하고 그 자리를 힌두교 신 라마의 탄생지로 기리려고 사람들이 모였다. 뭄바이에서는 거리 곳곳에서 폭력사태가 벌어지고 사방에 불길이 치솟았다. 창문 안으로 병을 던지고 상점을 공격하고 여자들을 때리고 강간하고 아이들은 그 모습을 봐야만 했다.

힌두교도는 이슬람교도를 죽이고 이슬람교도는 힌두교도를 죽이고 전날까지 잠자고 있던 야만성이 선동의 말에 깨어나 터져나왔다.

폭력을 유발하기는 쉬웠다. 역사가 토대를 이미 깔아놓았으니. 레자는 두려움의 불씨를 지피기가 얼마나 쉬운지, 불씨를 묻어 잠재워놓았더라도 불씨가 어떻게 끝내 다른 무언가를 태우며 다시 일어나는지 보았다.

레자는 사람들을, 폭도를 만났다. 각자의 상징색을 자랑스럽게 두르고 나란히 서서 자기들이 저지른 폭력의 예술적 기교에 감탄하는 사람들.

밤마다 레자는 자기가 본 것이 실재였을까 아니면 영화 세트였을까 생각했다. 연출되어 냉혹한 카메라 렌즈에 담긴, 한없이 이어지는 공포의 시작이자 끝인 순간들.

며칠 뒤에 폭동이 잠잠해졌다. 수습해야 할 일들이 있었다.

뭄바이에서는 시신을 불에 태우고 폭력의 증거를 묻었다. 다시 일상으로 돌아갔고 망각의 과정이 바로 시작되었다. 어떤 사람들은 거리에 한가로이 서서 웃었고 정오의 햇살을 즐겼다.

새해가 되자 다시 유혈사태가 시작되었다. 통행금지가 강화되었다. 집집마다 문을 잠그고 창문을 가렸다. 레자는 뭄바이 중앙역 근처에 있는 어머니의 아파트에서 홀로된 어머니와 같이 살았다. 비명소리가 가깝게, 마치 모퉁이를 돌아 바로 닥쳐올 것처럼 들렸다. 그렇지 않을 때는 거리가 텅 비고 아무도 감히 집밖에 나가지 못했다. 일단 잡히면 구해줄 사람이 아무도 없다는 건 암묵적으로 다 아는 사실이었다. 경비대도 경찰도 없었다. 그때는 폭도보다 더 큰 힘을 가진 사람은 아무도 없었다. 그들이 도시를 지배했다. 누구도 뭄바이를 나의 도시라고 할 수 없었고, 어쩌면 영영 되찾지 못할지도, 앞으로도 계속 그늘 속으로 걸어야 할지도 몰랐다.

그런데 이번에는 뭔가 달랐다. 폭도가 공격을 시작한 것은 브리치 캔디나 나리만 포인트 같은 곳에 있는 건물, 긴 보도와 그늘진 거리, 부유하고 아름다운 사람들이 레저 클럽이나 오성 호텔에서 나와서 돌아가는 웅장한 저택이었고, 부유하고 힘있는 사람들이 겁에 질렸다. 얼굴을 가려 정체를 알 수 없는 남자들이 단체로 사프란색 깃발을 휘날리고 구호를 외치면서, 여자들이 운전사가 모는 차를 타고 다니고 바다가 보이는 주택이 밀집한 동네로 돌진했다.

늦은 오후에 레자는 부서진 상점과 주택을 카메라에 담고 사랑하는 사람을 잃은 이들, 과부와 고아들의 사진을 찍었다. 허락을 구하지도 않았다. 살아 있는 사람도 쓰러진 혈육처럼 죽은 모습을 하고 있었다. 죽은 사람에게 말을 걸 수는 없는 일이다.

레자는 뒤쪽에서 함성이 울리는 것을 들었다. 군중이 막대를 휘두르며 달려왔다. 레자는 겁에 질려 건물 앞에 주차된 버스 뒤에 몸을 숨겼다. 달려오는 군중의 사진을 찍으려 했으나 손이 덜덜 떨렸다. 잠시 뒤에는 마구 내달렸다. 어둑한 건물 입구로 들어가 계단으로 올라가 벽을 치고 문마다 두드렸다.

세번째 문 앞에 젊은 여자가 서 있었다. 막 자기 집으로 들어가려는 참이었다. 레자는 몸을 부들부들 떨며 숨을 몰아쉬었다.

"왜 그래요?"

레자는 말을 할 수가 없었다. 그런데 계단 아래에서 남자들 목소리가 들려왔다. 여자는 레자를 문안으로 밀어넣고 빗장을 채웠다.

문을 잠그는 소리가 들렸다. 하나. 둘. 셋.

레자는 전에 그런 잠금장치를 본 적이 있다는 말은 하지 않았다. 문을 발로 걷어차자 잠금장치가 반으로 쪼개지는 광경을, 또 주변 모든 것이 다 타버리고 자물쇠만 그대로 남아 있는 광경을 봤다는 말은 하지 않았다. 대신 레자는 여자의 팔을 잡고 고맙다고 말했다.

그러고 나서 주위를 둘러보았다. 남자, 여자, 아이 들이 레자를 쳐다보고 있었다.

젊은 여자의 이름은 룩사나였다. 다른 사람들은 고모, 삼촌, 사촌 들이었다. 창가 의자에 앉은 할머니는 귀가 먹고 눈이 멀어 아래 거리에서 무슨 일이 펼쳐지는지 몰랐다. 룩사나의 동생들은 바닥에 무릎을 꿇고 몸을 웅크리고 앉아 서로 속닥거렸다.

이 가족의 성은 샤였다. 레자는 이 집에 머물면서 식구들 사이에 끼어서 잤다. 가끔 밤에 일어나 앉아 비명과 총성을 들었다. 아래쪽 텅 빈 거리를 내다보았다. 전화가 연결되고 전기가 들어오길 날마다 기도했지만 달라지는 건 없었다.

낮과 밤이 날짜와 시간과 분리되어 흘러갔고 하늘의 달이 변하는 걸 보고 시간의 흐름을 느꼈다.

재앙이 임박했을 때는 결코 그걸 입에 올려서는 안 되는 법이다.

레자는 깊은 고마움을 느꼈는데 누구라도 그런 감정을 사랑으로 착각했을 수 있을 것이다. 샤 가족이 자기를 받아주지 않았다면 레자는 폭도들에게 죽은 목숨이었다. 레자는 그들의 음식을 먹으며 그들의 호의에 기대 살았다. 너그러운 사람들이었지만, 믿지 못하겠다는 듯한 눈으로 볼 때도 있었다. 그러면 모든 게 달라졌다. 하루하루가 평생처럼 느껴졌다. 레자는 이곳에서 살아서 나갈 수 있을까 생각했다. 이런 집에 갇혀 있는 것은 위험한 일이었다. 어깨를 부딪힐 때마다 신경줄이 깎여 아주 가는 선만 남았다. 살짝 당기기만 하면 툭 끊어질 듯했다. 룩사나가 기도하는 소리를 들으면 레자는 울고 싶었다.

그래서 룩사나와 결혼했다.

룩사나의 가족이 증인이 되었다.

그 집 안에서 작고 행복한 세계를 만들었다.

먹을 것이 별로 없었고 할일은 하나도 없었다. 끔찍한 삶일 거라고 생각했지만 서서히 밖에서 나는 소음을 무시할 수 있게 되었고 모든 게 견딜 만해졌다. 견딜 만한 것 이상이었다. 즐거웠다. 어떤 날은 축제 같기도 했다.

마침내 밖으로 나왔다. 레자의 어머니는 레자가 독실한 무슬림 아가씨를 만났다고 기뻐했다. 어머니는 모든 일에는 이유가 있는 법이라고 말했다.

"룩사나는 지금 어디에 있어요?"

"우리 어머니하고 같이 살아."

"당신은요?"

"난 여기저기 돌아다녀."

레자가 필름을 현상하자 의문이 제기되었다. 죽음과 파괴의 이미지 사이사이에 조용한 집안의 모습, 웃으며 어색하게 포즈를 취한 가족의 모습이 끼어 있었다. 거기에 결혼사진. 다들 근엄하고 진지한 얼굴이었다. 레자가 타이머를 맞춰놓고 사진을 찍었다. 레자는 편집장에게 그동안 있었던 일을 이야기했다. 학살, 죽음, 파괴, 그럼에도 사랑이 아른거리며 나타났다고.

레자의 상사인 차우드리 씨가 룩사나를 만나고 싶다고 했다. 그 다음주에 룩사나가 신문사에 왔으나 너무 수줍어서 아무하고도 눈을 맞추지 못했다. 룩사나는 교육을 받지 못했고 단어와 이미지를 모아 그날의 이야기를 구성하는 이곳의 작동 원리를 잘 이해하지 못했다. 안경을 낀 차우드리 씨가 질문을 하면 룩사나는 고개를 끄덕였고 남편의 말이 맞는다고 했다.

"아주 흥미로운 휴먼스토리가 될 수도 있을 것 같아." 차우드리 씨가 말했다. "하지만 신중하게 다뤄야 해." 차우드리 씨는 이야깃거리를 파는 법을 알았다.

두파타 아래 룩사나의 머리카락은 코르크스크루처럼 구불구불했다. 그 비밀을 아는 사람은 별로 없었다. 가끔 레자는 누군가에게, 아무에게나, 만원 버스 안의 모르는 사람들에게라도 말하고 싶었다. 그러면 사람들은 룩사나를 보고 룩사나의 머리카락을 상상할 테지만 실제 모습은 알 수 없을 테니까. 레자는 룩사나와 같이 있을 때 자기에게 절대 권위가 있다는 걸 깨달았다. 그 사실에서 쾌감이 느껴지자 레자는 무서워졌다.

레자는 포장되어 팔리는 휴먼스토리가 되고 싶지 않았다. 자신은 작가, 이미지를 만드는 사람이었다. 다음날 레자는 네거티브필름이 가득 든 봉투를 들고 콜라바에 있는 갤러리에 사전 약속도 없이 무작정 들어갔다.

여자 관장은 레자의 이름을 두 번 물어보더니 새로운 작가를 들이는 데는 관심이 없다고 말했다.

레자는 십이 일 동안 날마다 갤러리로 갔다. 레자가 하는 일은 원래 체력이 필요하고 궂은 날씨에 아랑곳 않고 버텨야 하는 일이었다. 그래서 레자가 잘하는 게 한 가지 있다면 기다리는 것이었다. 닷새째 날부터는 갤러리 출입이 금지되어 밖에서 기다렸다. 잡지

과월호를 파는 남자한테서 접이식 의자 하나를 빌렸다. 담배를 씹기 시작했고 그 주가 끝날 때까지는 그 습관을 유지했다. 관장이 갤러리 문을 열고 팔짱을 끼고 서길래 레자는 마지막 담배를 뱉었다.

"딱 십 분 있어요." 관장이 말했다.

전시 준비는 더뎠다. 정치적 분위기를 고려해야 했다. 갤러리가 공격의 표적이 되면 안 되는 일이었다. 전시 콘셉트를 잡는 데도 시간이 걸렸다. 사진이 강력하긴 하나 불완전한 듯해서 레자가 목탄화를 그렸다. 커다란 종이에 그림을 그리고 판자를 가구 모양으로 잘랐다. 갤러리가 샤 가족의 아파트가 되었다. 레자는 그 끝나지 않을 듯한 이 주 동안의 모습을 그대로 재현하는 대신 기억하는 대로 재구성했다. 의자는 바닥에 그린 그림자만으로 표현했다. 창문틀에 천을 드리워 바깥 광경을 가렸다. 사물이 아니라 잉여로 이루어진 방, 공간이 아니라 폐소공포증으로 된 방이었다. 사진을 사이사이에 배치했다. 전시 개막일은 조용했으나 그래도 중요한 사람들이 꽤 많이 왔다.

레자는 모인 사람들에게 전시를 하게 되기까지 있었던 일을 시간 순서대로 들려주었다. 이야기를 마치자 질문과 대답이 이어졌고 레자는 자기 커리어가 시작되었다고 자신했다. 다음날 신문에 실린 비평은 굳이 찾아 읽지 않았다. 누가 비평 따위를 읽는다고? 그런데 갤러리에서 잡지 기사를 오려 폴더에 넣어 보낸 걸 보고 레자는 놀랐다.

비평가들이 한목소리로 전시가 불편했다고 했다. 윤리적 문제가 많은데 작가가 제대로 설명하지 못했다. 사진을 찍게 된 경위에 관한 이야기가 의문스럽고 구멍이 많아 작품에 호감을 갖기 어렵다. 작가는 가족의 공간을 침해하고 의도에 대한 설명 없이 사진을 찍었고 그들의 정체성을 자기 목적에 따라 이용했다. 그러고는 그 집 딸과 결혼함으로써 비열한 행위를 정당화했다. 룩사나에게 가해진 폭력, 이미지를 통해 또 개인적으로 가해진 폭력은 용인할 수 없는 일이다. 그것도 뭄바이 역사상 가장 극악한 일이 벌어지던 시기에. 어떤 비평가는 전시를 취소해야 한다고 했다. "샤 가족은 이미 큰 고통을 겪지 않았나? 그들의 공포와 고통과 무지가 윤리의식이 없는 남자에 의해 상품화되어 전시되어야 하나?"

갤러리에서는 예정보다 열흘 일찍 전시를 내렸다.

레자는 석 달 뒤에 작품을 찾아왔다. 한 점도 팔리지 않았다. 갤러리 관장은 이 일이 자기 평판을 망쳤으며 재앙이었다고 했다.

레자는 어깨를 으쓱했다. 레자는 무엇 때문에 그 난리인지 이해가 안 간다고 말했다.

레자가 이야기를 마쳤을 즈음 엄마가 레자의 손을 잡고 있었다. 엄마의 나머지 한 손은 엄마 가슴 위에 얹혀 있었다. 칼리 마타가 깊게 숨을 쉬는 소리를 듣고 나는 칼리 마타도 감명받았음을 알았다. 나는 내가 이야기를 제대로 듣고 이해한 건지 확실히 몰랐다. 불편한 느낌이 든 것만 어렴풋하게 기억난다. 주변 상황 때문이 아니라 내 속에 있는 것 때문이었다. 나는 그때까지 살아오며 삶의 순간은 아직 오지 않았다는 것, 지금 내가 사는 순간—끝나지 않을 것 같은 어린 시절은 기다림의 시간이란 것을 알게 됐다. 그래서 나는 기다렸다. 초조하게, 억울해하며, 이 무력한 시기가 끝나길 갈망하며. 그러는 동안에 나는 들어야 할 것에 충분히 귀기울이지 않았고 적극적으로 관여할 필요를 못 느꼈다.

나는 빨리 나이들고 싶었는데, 나이를 먹으면 모든 의문에 답할 수 있고 욕구도 모두 충족되리라고 믿었기 때문이었다. 그렇지만 시간이 흘러 이제 다시 어릴 때로 돌아가고 싶은 나이가 되고 보니, 기다림의 습성이 이미 몸에 배어버렸다. 깊이 새겨져 이제는 떨쳐버릴 수가 없는 것 같다. 만약 내가 나이들고 쇠약해져 눈앞에 닥친 끝을 볼 수 있을 때조차도 나는 여전히 미래가 오기를 기다리고 있을지 궁금하다.

1996년

레자가 우리 아파트에서 살게 됐다. 어느 날 아침에 보니 엄마와 같은 침대를 쓰고 있었다. 아침햇빛을 받아 레자 몸의 얽은 자국이 더 험하게 보였다. 역겨워 보인다고 말했다.

"너도 절세미인은 아니잖아." 레자가 웃으며 말했다.

엄마가 나에게 입조심하라고 일렀지만 곧 이웃 사람들이 알게 됐고 클럽에 말이 퍼졌다. 내가 비밀을 말하고 다녔다고 엄마가 야단을 쳤다. "어떻게 그럴 수가 있니?" 엄마가 말했다. 레자는 별로 신경쓰지 않는 것 같았다. 글라스에 위스키를 조금 따르고 나한테 맛보라고 했다. 나는 혀끝을 음료 표면에 댔다. 혀가 저절로 움츠러들었다.

아래쪽 거리에서 차들이 빵빵거리며 느릿느릿 전진했다. 이웃 사람들이 훤히 보이는 곳에 모여 회의를 했다. 가끔 우리 쪽을, 발코니 난간에 몸을 기대고 있는 나와 레자를 올려다보았다. 레자는 침이 입에서 흘러내리게 했다가 다시 슈릅 빨아들였다.

나는 웃었다. 레자가 술을 한 모금 마셨다.

레자 이마 옆에 흉터가 있었다. 깊이 패어 머리카락 쪽으로 이어진 흉터였다.

"그건 뭐예요?" 내가 물었다.

레자가 이마를 만졌다. "학교 다닐 때 싸움을 했어."

"무슨 싸움이요?"

"세상에 똥대가리가 얼마나 많은지 깨닫게 해주는 싸움."

똥-대가리. 똥대가리. 똥. 대가리. 그 말이 한 단어인지 두 단어를 붙인 것인지 물어보고 싶었다. 어떻게 문장에 넣어 말을 만드는지 다시 보여줬으면 했다. 나는 레자의 날카로운 턱선과 눈 밑 푸르스름한 데를 보았다. 레자는 가랑이를 만지더니 주머니에 손을 넣어 종이배를 꺼냈다. 나는 작은 종이배를 손바닥에 올려놓았다. 잉크가 번진 신문지로 만들었고 주머니 속에서 구겨져 있었다.

나는 좀 웃긴다고 생각하면서도 고맙다고 했다. 레자가 고개를 끄덕였다. "물에 넣지는 마."

이웃 사람들은 아직도 아래에 모여 있었다. 통통하고 대머리에 애가 넷 있는 카마키아 씨가 팔짱을 끼고 우리를 노려보았다.

레자는 한마디 말 없이 손에 들고 있던 글라스를 놓았다. 카마키아 씨의 경고에 사람들이 흩어졌다. 두 개 층 높이에서 떨어진 글라스는 산산조각이 났다. 유릿조각이 반짝이는 꽃가루처럼 사방으로 흩어졌다.

엄마와 레자는 해가 기울어 햇빛이 노글노글할 때 산책을 가곤 했다. 가끔은 나도 데리고 갔다. 레자는 언제나 페인트와 목탄을 가지고 다녔고 벽, 건물 옆쪽, 기타 사유재산에 낙서를 했다. 단순한 두운이 있는 시를 적었다. 대개는 아무 뜻도 없었고 가끔 웃기는 것도 있었다. 나는 그 단어들을 입에서 굴려보면서 머리 한쪽 구석에 저장해놓았다.

레자는 서명 없이 글만 적었다. "이제 작가가 되는 데는 관심이 없어." 그가 말했다. 몇 주 뒤에 산책을 하다가 전에 갔던 곳으로 돌아가게 되면 자기가 썼던 글을 지웠다. 그 위를 흰 페인트로 덮자 누렇게 변색한 도시에 뿌려진 우유처럼 말랐다. 가끔 레자는 걸으면서 엄마에게 키스를 하며 블라우스 속으로 손을 넣어 가슴을 만졌다. 그러면서 엄마를 쳐다보고 눈을 맞추면 엄마는 매번 웃으며 더 깊이 안겼다.

레자는 푸네의 골목 지도를 머릿속에 담았다. 그러다 언젠가 자기가 깃들 곳을 찾을 거라 했다. 레자는 사람이 많은 길, 상점가, 시장, 부유한 사람과 가난한 사람이 섞여 바글거리는 공간을 싫어했다. 레자는 균열, 다른 사람들이 발을 헛디디고 빠지는 틈새, 도시가 모르는 구석을 찾았다. 그런 곳이 쉴 수 있는 곳, 모든 것이 멈추는 곳이라고 레자는 걸으면서 말했다. 그런 곳에서는 도시가 고요했다.

엄마는 레자에게 방종하다고 했다. 레자는 그 말이 마음에 드는지 다시 엄마에게 입을 맞췄다. 나는 조금 거리를 두고 따라갔다. 레자는 더럽고 제멋대로였지만 그가 하는 말이 익숙하게 들렸다. 그의 말이 나에게 강한 타격을 남겼다. 전부터 알던 것을 다시 익힌 것처럼.

레자는 엄마 옷을 입고 싶어했고 엄마한테는 자기 옷을 입으라고 했다. 엄마는 처음에는 싫다고 했지만 나중에는 굴복했다. 같이 살 때 흔히 그렇게 둘이 옷을 바꿔 입었다. 레자의 청바지는 때에 절어 낡았는데도 빳빳했다. 티셔츠는 얇았다. 엄마는 그걸 입으면 벌거벗은 느낌이라고 했다.

"나 어떠니?" 엄마가 나에게 물었다.

나는 나도 모르게 웃었다. 레자의 옷을 입은 엄마가 소파에 앉아 있는 나를 끌어안았다. 레자 냄새를 맡자 어쩐지 마음이 편해졌다. 나는 레자의 청바지가 흘러내리지 않도록 엄마가 허리 뒤쪽을 묶는 걸 도와주었다.

레자는 두파타를 두를 줄 알아서 자연스럽게 어깨에 걸쳤다. 등쪽에서 분홍색 천이 팽팽하게 당겨졌다. 그걸 보고 나는 손으로 입을 틀어막았다. 레자는 여자 목소리를 흉내내며 나를 붙잡고는 내가 자기의 귀여운 딸이라며 나를 안고 젖을 먹이는 시늉을 했다. 엄마와 나는 옆구리가 아플 때까지 웃었다. 레자 손바닥이 축축할 줄 알았는데 돌처럼 뻣뻣했다. 나는 발코니에서 두 사람이 그런 차림으로 출입구 밖으로 걸어나가는 것을 봤다. 몇몇 사람이 흘긋흘긋 쳐다봤다. 대부분은 아무것도 알아차리지 못했다. 나는 두 사람이 더 보이지 않을 때까지 그 자리에서 지켜보았다. 하도 웃어서 아직도 옆구리가 아팠지만 동시에 화도 났다. 두 사람은 서로가 될 수 있는데 나는 나 혼자였다.

레자는 내 마음 깊은 곳에 어떤 느낌이 있는지 알고 싶어했다. 내 감정에 관심이 있어서가 아니라, 나와 자기를 구분 짓기를 좋아했기 때문이었다. 내가 레자의 질문에 많이 대답할수록 우리 사이의 차이를 수립할 근거자료도 늘었다.

나는 뚱뚱하고 그는 말랐다. 나는 피부색이 짙고 그는 하얬다.

나는 먹는 일에서 마약 같은 황홀감을 느끼는 것 같은데 그는 불법 약물에서만 그런 효과를 느낄 수 있었다.

어느 날 레자가 내 방에서 원망 리스트를 발견했다. 내 물건을 뒤졌다는 사실을 숨기려고도 안 하고 침대에 쫙 펼쳐놓고 그게 뭔지 알아내려고 했다. 레자가 내 리스트를 중요한 증거라도 되는 듯 조심스럽게 다루는 걸 보고 나는 뿌듯함과 기묘한 감정을 같이 느꼈다.

레자가 몇몇 항목에 대해 대놓고 물었다. 이 알파벳은 무슨 뜻이고 저 숫자는 무슨 뜻인지. 나는 얼버무릴 수 있는 것은 얼버무렸지만 그래도 무례하게 굴지는 않으려고 했다. 레자는 계속 캐물으면서 우리의 생각이나 관심사가 전혀 다르다는 걸 더 확실히 확인하는 것 같았다. 우리는 다를 뿐 아니라 어쩌면 정반대라고 결론을 내리는 듯했다. 나를 이해함으로써 자신에 대한 확신이 생기고 기운을 얻는 것 같았다. 나는 그런 건 못 느꼈지만 그래도 관심을 받으면 마음이 편해지곤 했다.

내가 흥미로운 대상이라는 게 처음에는 기분이 좋았지만, 레자가 관찰하며 기록하는 과학자 같다는 생각이 들자, 레자가 만든 목록에서 항목마다 그려진 총알구멍 모양의 기호가 하나하나 나에게 구멍을 내서 날마다 조금씩 너덜너덜해지는 기분이었다.

"그 사람이 떠나길 바라진 않지?" 레자가 우리하고 언제까지 같이 살 거냐고 내가 물었더니 엄마는 이렇게 대답했다. 엄마가 슬퍼

보여서 나는 우리 모두 행복해질 수 있게 내가 그를 붙잡아야 한다는 느닷없는 책임감을 느꼈다.

내가 우리 사이에서 어떤 균형, 삼자관계 같은 것을 이루려고 했더라도 그럴 수는 없었다. 엄마도 나도 레자와 나 사이에 뭔가 공유하는 게 있는데 엄마와 레자 사이에는 그게 없다는 걸 알았다. 그래서 그걸 유지하는 게 내 책무가 되었다. 내가 그러겠다고 동의한 것은 아니었지만.

"나 그 사람을 사랑해, 아니?" 우리 둘만 있을 때 엄마가 말했다. "내가 살면서 누군가를 사랑한 적이 있다면, 그 사람이야."

멀리 고아Goa 바닷가까지 여행을 간 적이 있었다. 나는 오토바이 뒷자리에 앉았다. 레자가 길을 알았다. 엄마는 레자와 나 사이에 앉았다. 가방이 내 한쪽 어깨를 짓눌렀다. 나는 열네 살이었는데 자리를 너무 많이 차지했다. 유칼립투스 숲을 지나 달렸는데 나무들이 마치 스스로 뿌리를 뽑고 하늘로 날아가려고 하는 것처럼 보였다. 숲이 사라지자 끝없는 농경지가 펼쳐졌다. 황금색, 녹색 들판과 멀리 갈색 언덕이 보였다.

고도가 높아지면서 기온이 떨어졌다. 판치가니 산지에 갈 때와 비슷했다. 마을을 스쳐가면서 익숙한 광경을 찾으려 했으나 뿌리가 울퉁불퉁한 나무가 빽빽해 보이지 않았다.

칸돌림 하우스라는 간판이 나올 때까지 계속 달렸다. 잠시 걷자 호텔 입구가 나왔다. 여자 사장이 몸을 살살 흔들면서 말했다. 가만히 서 있을 때도 엉덩이 혼자 움직이는 것 같았다.

작은 남자아이가 싱글베드 위에 옆으로 누워 다리를 위로 뻗어 창문 위 꽃모양 철창살에 얹고 있었다. 나는 현관 포치에서 아이를 지켜보았다. 아이는 우리 쪽을 쳐다보지도 않았다. 나는 왜 사람들이 어린아이들을 좋아하는지 이해를 못했다.

창문 커튼 무늬가 호텔 사장이 입은 원피스 무늬와 비슷했다. 사장은 철물이 든 가방 안을 뒤적이며 점점 더 깊이 손을 넣었다. 눈을 찡그리고 입술을 깨물며 사과를 했다.

가방에서 열쇠를 찾아내서 레자에게 건넸다. 다음에 나를 포옹했다.

"내 이름은 페퍼예요." 사장이 말했다. "쟤는 내 아들이고요. 방은 여기예요." 문을 가리켰다. "화장실은 저 바깥쪽이고요."

낮게 으르렁거리는 소리가 들려 그쪽을 돌아보았으나 컴컴하기만 했다.

방에 들어가보니 침대 위 알전구 하나가 흐릿한 노란빛을 냈다.

공기는 축축하고 사방에 소금기와 모래가 있었다. 작은 방이고 벽에 연결된 파이프에 작은 세면대가 연결되어 있었다. 나니 집 화장실처럼. 천장이 지붕 모양대로 기울었고 실링팬이 있던 자리에는 막대기만 하나 달려 있었다.

우리는 넓은 침대에 셋이 누워 밤을 새웠다. 엄마가 가운데 누웠다. 아침에는 코코넛나무와 플라스틱병 무더기를 봤다. 남자들 여남은 명이 코코넛나무에 천을 감고 조금씩 위로 올라갔다. 코코넛이 폭탄처럼 떨어졌다.

멀리, 검은 팔다리 사이로, 바다가 보였다.

아침에 페퍼가 달걀과 고아 소시지, 버터에 볶은 포이*를 차려줬다. 새콤하게 절인 생선도 있었는데 뼈가 삭아 물컹했다. 창문 안쪽에서 남자아이가 플라스틱 권총을 쏘며 조그만 텔레비전으로 〈톰과 제리〉를 보고 있었다. 톰이 제리를 잡을 때마다 환호를 했고 제리가 도망가면 장난감 총으로 겨눴다. 총을 쏜 다음 총구를 입 근처로 가져가 눈에 보이지 않는 연기를 훅 불었다.

페퍼가 부엌을 들락날락하면서 일했다. 갈색 젖꼭지가 원피스 천을 통해 비쳤다. 어깨에 동그란 예방접종 흉터만 빼고 피부가 매끈했다. 나는 붉은 돼지고기를 입에 가득 채웠다.

우리는 버스를 타고 북쪽으로 가서 구불구불한 길을 걸어 바다로 내려갔다. 스쿠터가 씽하고 지나갈 때 엄마가 나를 분홍색 보라색 판잣집 쪽으로 밀었다. 해가 뜨거웠지만 우리는 산들바람을 따라, 시장에서 나는 생선냄새를 따라, 사람들 목소리를 따라 걸었다.

해변이 길고 텅 비어 있었다. 판잣집이 하나 있고 히피들과 동네 사람들이 비닐우산을 쓰고 앉아 있었다. 탐스러운 금빛 모래를 보고 우리는 달려갔다.

발가락 사이로 들어오는 모래알갱이가 낯설고 아프기도 했다.

판잣집에서 나온 남자가 우리에게 물 안 사냐고 물었다. 엄마와 레자는 나중에요, 라고 하며 고맙다고 했다. 남자는 옛날에는 글자가 적혀 있었던 듯한 티셔츠를 입고 있었다.

남자는 앉아서 파이프에 불을 붙였다. 자기 이름이 허먼이라고 했다. 낡은 데님 멜빵바지를 입었는데 잠금쇠가 없었다. 그래도 만드렘 해변에 딱 하나 있는 건물의 소유주였다.

---

* 나물의 일종.

레자가 옷을 벗었다. 벗은 옷 무더기는 그 자리에서 몇 시간 동안 햇빛에 바랠 터였다. 엄마도 옷을 벗었고 나한테도 그러라고 했다. 나는 엄마 배의 튼살 자국, 엉덩이 아래 처진 살을 보았다.

"얼른. 뭐가 문제야?" 엄마가 말했다.

두 사람이 물에 들어가는 것을 보았다. 엄마는 과장스럽게 숨을 들이마시더니 물속으로 사라졌다. 나는 바다를, 계속 밀려오는 파도를, 한없이 계속되는 오르내림을 보았다. 엄마가 저 속에 있다니 믿기지 않았다. 나는 엄마가 물에 빠져 숨을 못 쉬는 상상을 했다. 마침내 엄마가 엄청난 기세로 큰 소리를 내며 물 밖으로 나왔고 나는 가슴이 덜컹했다. "얼른 와, 안타라." 이번에는 레자가 불렀다. 레자는 드러누워 헤엄을 쳤다.

나는 머뭇머뭇 일어나 반바지를 벗었다. 다음에는 티셔츠를 벗었다. 팬티는 그냥 입을까 하다가 이제 와 무슨 차이가 있나 싶었다. 손으로 몸을 가리며 바다 가장자리로 갔다. 엄마와 레자가 보고 있었다. 아주 멀리 있는 것처럼 보였다.

나는 모래밭 위에 있는 우리 짐 쪽을 돌아보았다.

허먼의 눈이 내 몸에서 얼른 얼굴로 움직였다. "내가 짐 봐줄게. 걱정 마." 허먼이 말했다.

허먼이 우리를 고아의 옛 도시로 데려갔다. 아치문, 돌담, 다른 시대 다른 장소의 유물이 있었다. 나는 발을 끌고 햇빛을 피해 그늘을 골라가며 걸었고 물을 하도 많이 마셔서 배가 동그래졌다.

봄 헤수스 대성당에서 성 프란시스코 사비에르의 성스러운 유해를 봤다.

유리관 안에 금색과 흰색 법복을 입고 방부처리가 된 시신이 누워 있었다. 뺨의 일부는 사라졌지만 그래도 머리의 형체가 유지돼 있었다. 엄마는 옆모습을, 남자의 옆얼굴을 빤히 보았다. 어두운 곳에서 눈이 어둠에 적응하기 전에 보이는 모습처럼 뭉개진 형상이었다.

"팔이 하나 없죠." 허먼이 말했다. "가톨릭교회가 시신을 로마에 갖다놓고 싶어했어요. 하지만 프란시스코 사비에르는 여기 있어야 해요. 그분의 무리가 여기 있으니까요."

"그분의 무리는 가톨릭교도죠." 내가 말했다.

허먼이 고개를 저었다. "아냐, 그분은 세례니 선교니 하는 걸 좋아하지 않았어. 프란시스코 사비에르는 여기 오면서 가톨릭 신앙을 버리고 토속 종교를 받아들였다고들 했지."

"하지만 유명한 가톨릭 성인인데요. 인도에서 가장 유명한 성인이요."

허먼이 나를 쳐다보았다. "그분이 돌아가셨을 때 교회에서 시신을 거두어가려 했지만 이곳 사람들이 막았어요. 보낼 수 없다고. 프란시스코 사비에르가 그들의 구세주였으니까요. 예수가 아니라. 이곳 사람들이 그분의 육신을 먹으려 했다는 말도 있어요."

나는 쭈그러진 얼굴, 물어뜯긴 것처럼 보이는 코를 다시 보았다.

"그만큼 그분을 사랑했다는 거죠. 여러 해가 지난 다음에 가톨릭 사제들이 밤에 몰래 와서 팔을 잘라서 로마로 보냈어요. 그 오랜 시간이 지났는데도 상처에서 피가 났대요." 허먼이 말했다. 나는 갈색으로 말라붙은 피부 아래에서 맥이 뛰는 상상을 했다.

"얘, 너 생선 좋아하니?"

허먼이 나에게 하는 말이었다. 나는 어깨를 으쓱했다.

"저녁 먹으러 와요. 맛있는 생선 요리를 해줄게요."

그날 밤 우리는 페퍼와 같이 허먼의 판잣집으로 갔다. 허먼이 병어에서 뼈를 싹 발라내는 방법을 보여주었다. 그러더니 희한하게 생긴 등뼈를 구혼자가 선물을 바치듯이 나에게 내밀었다. 나는 양쪽으로 날이 있는 빗처럼 보이는 뼈를 손끝으로 만져보았다.

"네가 오늘 수영해서 놀랐어." 레자가 말했다.

나는 얼굴이 달아오르는 걸 느꼈고 하늘이 캄캄해서 다행이라고 생각했다.

레자가 웃었다. "부끄러워하지 마. 넌 아름다워. 네 엄마처럼."

레자는 맥주와 야자 페니 술을 마셨고 허먼은 남쪽에 있는 오래된 포르투갈 주택을 사서 스파로 만들 계획이라고 말했다. 허먼은 페퍼에게 농을 걸며 거길 맡아서 운영해달라고 했다. 페퍼는 부끄러운 듯 웃었고 허먼이 페퍼에게 춤을 추자고 했다.

우리 엄마는 허먼의 파이프를 피웠고 우리는 같이 게가 어둠 속에서 모래밭 위를 후다닥 오가는 것을 보았다. 나는 게가 옆으로 기어 구멍 속으로 사라질 때까지 손으로 가리켰다.

나는 엄마의 품에 안겨 쿠르타 속 배를 몸으로 느꼈다.

"네가 내 뱃속에 있을 때 저 모래알보다 더 작았는데." 엄마가 말했다.

나는 고개를 끄덕였다. 그날은 그게 맞는다는 걸 믿을 수 있었다.

레자는 황마로 만든 차르파이에 웅크리고 앉아 엄마의 숄로 몸을 감쌌다. 레자는 숄을 코에 덮고 냄새를 들이마셨다.

그가 무슨 냄새를 맡을 수 있는지 나는 알았다.

내가 일어서서 허먼과 같이 춤을 추자 레자가 쳐다보았다. 나는 허먼의 팔에 내 몸무게를 맡겼다. 천천히 천천히 천천히 허먼이 내 몸을 뒤로 굽혔고 내 머리가 젖혀졌다. 눈을 떠보니 레자가 뒤집어진 채로 확실하게 우리를 보고 있었다. 저 위 하늘에서 별이 우윳빛으로 흘렀다.

가끔 밤에 엄마가 내 방에 와 침대 속으로 들어와서 차디찬 발을 내 발에 댔다. 그러고는 내 머리카락을 만지작거리며 내가 예쁜 여자로 자라고 있다고 했다.

나에게 몸을 보여달라고 할 때도 있었다. 내 몸을 빤히 보다가 자기 몸과 비교하기도 했다. 엄마 가슴이 내 가슴보다 컸지만 허리는 내가 더 가늘었다. 엄마는 내 몸의 장점은 어린 나이 덕이라며, 내가 사십대가 되면 자기보다 더 보기 흉해질 거라고 단언했다.

자신에 대해 만족하지 말라는 경고였다.

모든 건 계속 바뀌니까, 외적 매력이 내 가치의 전부인데 엄마가 매력을 잃은 것처럼 내 매력도 사라질 것이라고 했다.

엄마가 이런 이야기를 하며 나도 엄마처럼 고통을 겪게 될 거란 사실을 되새기면서 엄마 기분이 좋아지는 느낌이 뚜렷이 들었다. 엄마는 고통이 계속 이어질 것이며 나도 무사하지 못하리란 사실에서 위안을 받는 것 같았다.

그 나날을 돌이켜보면 엄마가 과연 나를 지켜주고 싶은 아이로 본 적이 있었을까 싶다. 항상 나를 경쟁자로, 심지어 적으로 보았던 걸까?

그때, 십대 때 나는 엄마를 거의 미워하는 지경까지 갔다. 엄마가 태어나지 않았더라면 좋았을 거라고 생각했다. 그랬다면 나도 존재하지 않을 테니까. 나는 우리가 얼마나 깊이 연결되어 있는지 알았고 엄마의 파멸이 내 파멸로 이어지는 것을 막을 수 없다고 생각했다.

레자가 우리집에서 같이 산 지 거의 육 년이 된 어느 날 아침에 갑자기 사라졌을 때 우리는 레자가 카메라를 고치러 갔겠거니 생각했다. 레자는 들뜨고 흥분한 상태였고 이제 현장으로 돌아갈 때가 되었다고 말했다. 미국에서 고층건물이 무너졌다. 인도에서는 국회의사당이 공격당했다. 엄마와 나는 뉴스를 볼 때마다 경악했다. 우리는 무너져내리는 세계를 보았지만, 레자는 새로운 시작을 보았다. 세상이 변하고 있음을, 앞으로는 폭력이 무엇보다도 생생하고 자세하게 포착되고 보도되리란 걸 레자는 다른 사람들보다 먼저 알아차렸다. 엄마와 나는 아무것도 모르고 마비된 듯한 상태였으나 레자는 우리를 비웃고 어리석다며 이게 기회란 걸 알아야 한다고 했다.

며칠 뒤에 레자는 떠났고 다시는 돌아오지 않았다.

어쩌면 엄마가 그날 이후로 서서히 무너지기 시작했을 수도 있다는 생각이 든다.

엄마가 레자의 어떤 면을 그렇게 사랑했는지, 왜 아직도 사랑하는지 여전히 알 수 없다. 어쩌면 그 사람이 아니라 그때의 감정이 마음에 남은 건지도 모른다. 레자가 엄마를 한동안 행복하게 해준 건 사실이고, 엄마는 큰 흐름만 기억할 뿐 세부적인 것은 중요하게 여기지 않을 수도 있다.

레자 파인이 내게 멘토같은 존재는 아니었다. 레자는 너무 느슨했고 예술을 하는 데 필요한 엄격함이 없었다.

어쨌거나 나는 레자가 나타나기 전에 이미 나였다.

당분간이라도 나니와 엄마가 같이 살아야 한다는 결론에 도달한다. 두 사람 다 동의하지만 나는 불안하다.

나니에게 전화를 건다. 엄마는 그럭저럭 잘 지내는 것 같은데 할머니는 내가 묻는 질문에 제대로 답을 안 한다. 나한테 네 일에나 신경쓰라고, 문제없다고만 한다. 처음에는 그 말을 곧이곧대로 믿었는데 어느 날 한밤중에 엄마의 메이드가 겁에 질려 전화를 건다. 엄마가 다시 밤에 돌아다니기 시작했다고, 당황한 표정이었고 자기가 누구인지 못 알아봤다고 한다. 나니의 집이 낯설어 더 혼란스러워하는 것 같다.

"여기가 어디야?" 엄마가 묻는다. "안타라는 어디 있어?"

엄마는 내가 없자 학교에서 데려오는 걸 깜박했다고 생각한다. 옷을 챙겨 입고 어두운 복도를 달려 텅 빈 거리로 나가려 한다. 길에는 판지 상자를 깔고 자는 사람들밖에 없다. 노숙자들이 몸을 일으켜 긁적이며 밤의 평화를 깨뜨리는 여자를 쳐다본다. 엄마가 있는 곳에는 낮과 밤의 구분이 없다. 시간과 나이의 논리로 설득해봤자 엄마의 두려움은 달랠 수 없다.

엄마가 더러 같이 있고 싶다고, 우리는 함께 있어야 한다고 소리칠 때도 있는데, 누구를 말하는 거냐고 물으면 엄마는 나와 딜럽이 아니라 레자 파인을 이야기한다.

'총재' 부부가 이사를 나갔다. 아내가 외도를 한다는 소문이 푸네에 퍼졌다. 새 이웃이 들어왔는데 영국인 부부이고 아이 하나와 싱가포르에서 데려온 필리핀인 보모가 있다.

새로 이사온 여자가 보모가 만든 마들렌이 담긴 플라스틱통을 들고 인사를 하러 온다. 이름은 일레인이고 딸은 라나라고 하는데 둘 다 런던내기 말투로 말한다. 조그만 여자아이 눈이 파랗다. 그 전까지 나는 그런 눈은 칼리 마타한테만 있는 줄 알았다. 사랑, 숲, 썩어가는 살 냄새를 떠올리게 하는 파란색. 일레인은 딸과 같은 색으로 머리카락을 염색했지만 정수리에 짙은 갈색 머리뿌리가 4센티미터쯤 자라 있다. 일레인은 만난 지 몇 초 만에 나에게 아이를 가질 생각이 있냐고 묻는다.

나는 고개를 살짝 흔든다.

일레인은 웃으면서 자기는 딸이 있어 다행이라고 생각한다고 말한다. 딸은 사랑스럽고, 순하고, 다만 십대 때가 문제인데 그때는 좀 싸가지가 없어질 수 있다고 한다. 일레인은 라나가 듣지 못하게 '싸가지'라는 단어를 소리 없이 입 모양만으로 말하지만 라나는 엄마가 말하는 걸 보고 있다. 나는 라나에게 웃으며 손을 흔들고 라나는 부끄러운 듯 씩 웃어 보인다.

일레인이 딸의 고만한 예의 표시도 자랑스러운지 머리를 쓰다듬어주더니 자기는 지금 그럴 수 있을 때 최대한 딸을 예뻐하려고 한다고, 나중엔 모든 게 달라져 남자, 프롬 데이트, 화장, 결혼식장 입장밖에 모를 텐데 엄마는 신부 입장 때 같이 들어가지도 못하니 너무 부당하다고 한다. 항상 아빠랑 딸이라고, 피로연에서 아빠와 딸이 추는 춤도 그렇고 엄마는 어디로 실종되어 없는 것 같다고.

나는 일레인이 말하는 동안 고개를 끄덕이며 나는 아버지가 없어서 그 부분에 대해서는 잘 모른다고 말한다.

딜립이 그때 분홍색 고무공을 들고 문가에 나타나 라나에게 공을 준다. 그 공이 대체 어디에서 나왔을까 싶어 나는 딜립을 빤히 본다. 라나는 딜립을 보고 활짝 웃는다. 일레인이 고맙다고 하며 언제 초대하겠다고 한다.

"당신은 늘 너무 심각해." 두 사람이 돌아간 다음에 딜립이 말한다. "가끔은 가벼워지는 것도 괜찮아."

나는 다시 그림을 그리기 시작하지만 그걸로 하루를 채울 수가 없어 지루함을 떨치러 밖으로 나간다. 일레인 집에 가서 같이 점심을 먹기도 한다. 라나는 옆에서 놀면서 혼잣말을 하는데 목소리가 커졌다 작아졌다 한다. 일레인은 인자한 웃음을 짓는다.

"아이들은 꼭 저렇게 혼잣말을 해요." 일레인이 말한다.

나는 엄마와 딸이 서로 입을 맞추고 간지럽히는 걸 보고 내 아이는 어떨까 생각한다. 나는 항상 아들을 낳을 거라고 생각했다. 딸이 더 흥미로울 것 같긴 하지만. 딸에 대한 애착이 더 깊을 것 같긴 한데 내 감정이 너무 아프게 나를 찌를 것도 같다. 그 아픔이 나에게 잘 맞을지 알 수 없다.

라나는 분홍색 머리띠를 하고 유니콘이 그려진 양말을 신었다. 코를 파서 안에서 나온 걸 맛보기를 좋아한다.

딜립이 출근하는 날은 빼놓지 않고 엄마를 보러 간다. 엄마한테 아무도 모르는 비밀을 이야기한다. 엄마가 기억 못할 게 확실하기 때문이다.

나는 엄마에게 딜립이 초콜릿을 냉장고에 넣는 게 마음에 안 든다고 말한다.

매일 밤 저녁을 먹고 나서 딜립은 사각형 조각 하나를 먹는다.

입안에서 맛이 조금씩 달라지는 게 기분좋다고 말한다.

나는 왜 그걸 냉장고에 넣어놓냐고 묻는다.

딜립은 바로 줄줄이 이유를 댄다. "더 오래 먹을 수 있어. 우리 엄마도 그렇게 보관했는데. 그리고 난 차가운 게 좋아. 당신은 아냐?"

딜립이 초콜릿 포장지를 나한테 준다. 손바닥에 놓고 본다.

대두 레시틴. 헤이즐넛.

나는 어느 쪽이든 상관없다는 듯 어깨를 으쓱하지만 사실은 상관이 있다. 차가운 초콜릿은 쪼개기 힘들다. 쪼갤 때 소리가 난다. 녹는 데 시간이 걸린다. 몰래 먹을 수도 없고 많이 먹을 수도 없다. 나는 아무한테도 들키지 않고 찬장에 있는 초콜릿 한 줄을 전부 먹을 수 있다. 냉장고에 있는 초콜릿 바는 그에 비하면 먹기 힘들다.

"어이없구나." 엄마가 말한다.

나는 작은 핸드백에 여권과 보석 몇 가지를 챙겨넣고 어느 날 아침 집을 나갔다는 이야기도 한다. 종일 차에 앉아서 손을 물어뜯다가, 저녁시간이 되어 집으로 돌아갔다고. 딜립은 전혀 몰랐다.

딜립이 머리가 아프고 기운이 없고 다리가 떨린다고 불평한다. 레드와인을 마실 때마다 손에 땀이 찬다. 내가 예약하고 병원에 데려갔는데 혈액검사 결과가 암울하다. 빈혈, 비타민D 부족, 비타민B12 결핍. 의사가 어떻게 된 건지 해명하라는 듯 나를 쳐다본다.

나는 의사에게 영양부족이 딜립이 겪는 증상의 원인인지 묻는다. 의사는 우리가 푸네 어느 지역에 사는지 묻는다. 어디라고 말하자 자기 조카가 같은 건물에 산다고 하더니 딜립에게 영양제를 먹으라고 한다.

나는 손바닥에 땀이 나는 것에 대해 묻는다. "그건 어때요? 영양제를 먹으면 그것도 좋아질까요?"

의사는 책상 위에 손을 얹더니 원한다면 다른 의사의 소견도 들어보라고 한다.

집에 가는 길에 약국에 들른다. 다양한 색과 다양한 로고의 병이 찬장에 죽 늘어서 있다. 나는 하나를 집어 뒤쪽을 읽어본다.

"나라면 그건 안 사겠어요." 약국 주인이 말한다.

"왜요?" 약병에 한쪽 다리를 통나무에 얹은 근육질 남자 그림이 있다. 바로 딜립에게 필요한 약처럼 보인다.

"거기 들어 있는 비타민B12는 생체이용률이 낮아요."

나는 멍하게 쳐다본다.

"메틸화가 안 되어 있다고요."

딜럽이 눈을 비빈다.

"이거요." 판매원이 다른 병을 꺼내주며 말한다. 보라색이고 알록달록한 DNA 사슬이 꽃밭처럼 이어진 그림이 있다. "이게 더 좋은 겁니다."

나는 생체이용률이 낮은 비타민B12를 넣은 약을 대체 왜 만드냐고 묻는다. 판매원은 모른다고 말한다. 딜럽과 나에게서 눈을 돌려 가게 안을 둘러본다. 질문에 더 답하고 싶지 않은 기색이 느껴진다.

다음주, 나는 우리집에 있는 모든 게 싫다는 사실을 깨닫는다.

딜럽에게 말하지 않고 새 책상과 의자를 사서 다시 그림을 그린다. 첫째 날 손에 땀이 나 그림에 얼룩이 진다. 연속 그림은 지나치게 쉽다. 그 초상으로부터 이미 멀어진 느낌이지만 새로운 작업을 시작하려면 어떻게 해야 할지 감이 안 온다. 그림을 그리는 데 하루에 한 시간밖에 안 걸린다.

나는 노트와 스프레드시트에 적어놓은 다른 프로젝트 아이디어들을 훑어보지만 이제는 아무 의미도 없게 느껴진다. 의미가 증발해버리고 손대면 바스라지는 가루만 남았다.

내가 세상을, 다른 목소리들을 등지고 작업을 하는 조그만 사각형 공간이 오늘은 답답하게 느껴진다. 내 작품을 이 작은 방 밖 다른 곳으로 가져가 다른 사람의 생각과 몸과 충돌하게 할 방법이 있으면 좋겠다.

나는 퍼비에게 전화를 건다. 만난 지 몇 달 만이라 퍼비가 내 전화에 놀란다. 퍼비는 클럽에서 같이 산책하던 때가 그립다고 한다.

브리지와 마작을 배우고 있고 내가 없는 동안에 새로 멋진 친구들을 사귀었다고 한다.

나는 퍼비에게 뭘 해야 할지 모르겠다고, 상상력을 잃어버린 것 같다고 말한다.

퍼비는 내 작업이 크게 상상력이 필요한 일이라고는 생각하지 않았다고, 똑같은 이미지를 계속 베끼고 또 베끼는 거 아니냐고 한다.

나는 다른 종류의 상상력이 필요하다고, 내 작품에 의미가 있는 세계를 만들어내는 상상력 같은 게 있어야 한다고 설명한다. 그런데 하루는 끝이 없고 아직도 밖은 환하고 시간이 흐르지 않는 것 같다.

나는 퍼비에게 내가 직장을 구해야 하는 걸까 하고 묻는다. 대답을 하는 퍼비의 목소리에서 웃음기가 느껴진다.

"요새 일자리 구하기 쉽지 않을걸. 게다가 너 제대로 된 일을 해본 지 꽤 됐잖아."

"응. 알아." 나는 이렇게 대답하지만 깨달음이 내 몸을 전율처럼 훑고 간다. 당장 내일 일자리가 필요하더라도 일을 구할 수 없을지 모른다. 딜립이 나를 버리면 먹고살 방법이 없다.

하지만 딜립이 왜 나를 버리겠나?

그래도 만에 하나 딜립이 나를 버려 내가 엄마 집으로 돌아가야 하게 된다면, 그때는 뭘 먹고 사나? 할아버지는 돌아가셨고 할머니한테는 나를 부양할 수단이 없다. 그러니 나는 어디에서 무슨 일을 하나?

퍼비가 자기 새 친구들을 통해 연줄이 닿는 데가 있는지 알아봐

줄 수 있겠지. 나는 머릿속으로 내가 아는 사람들을 죽 떠올려보고 나를 좋게 보지 않는 사람들은 지운다.

그리고 엄마 문제가 있다. 엄마도 내가 돌봐야 할 것이다. 앞으로 엄마 병원비가 얼마나 나올지 알 수 없다.

나는 딜립이 벽장 안에 설치한 작은 금고로 달려가 비밀번호를 누른다. 문을 열고 벨벳 상자 한 무더기를 꺼낸다.

우리집에서 물려받은 보석과 딜립 집에서 물려받은 보석 약간. 딜립의 아버지가 사준 시계.

딜립이 아기 때 받은 은딸랑이. 미국 돈과 금화 조금.

이게 가치가 얼마나 될까? 감정을 받아봐야겠다 싶지만 벌써 세 시가 됐는데 딜립은 다섯시 반이면 집에 온다.

나는 지금 이 순간에 이르기까지 내가 했던 결정을 전부 되짚어 보고 단지 쉽다는 이유로 택한 게 얼마나 많은지 생각해본다.

다시 퍼비에게 전화를 걸어 내 물건이 가치가 얼마나 되는지 알아보고 싶으니 퍼비가 다니는 보석상 연락처를 달라고 한다.

퍼비는 나에게 따분해서 그러는 게 아니냐고 한다. "아기를 가질 때가 된 걸 수도."

아기.

퍼비가 웃고 나도 같이 웃으며 정적을 소리로 채운다. 아기. 아기는 시간과 공간을 차지하고 하루를 채울 것이다. 아기는 나를 딜립과 떨어질 수 없는 사이로 묶을 테고 나를 아내에서 엄마로 바꾸어놓을 것이다. 그렇게 되면 내가 성스러워질지도 모르지. 내가 자기 아기를 가지면 딜립은 나를 떠날 수 없을 것이다. 떠나고 싶어 하지 않을 거다.

마음에 안도감이 솟는다.

밤에 나는 옷을 벗은 채 침대로 가고 섹스를 하는 동안 딜립의 귀에 대고 안에다 해도 된다고, 생리 직전이라고 한다. 사실은 아니지만.

일레인한테 알츠하이머 등 치매 환자 가족을 전문으로 하는 영국 인생 상담사를 소개받는다. 전화통화를 할 시간약속을 잡는다.

나는 인생 상담사에게 이 분야가 전문화되어 있는 줄은 몰랐다고 말한다. 상담사는 환자 가족도 돌봄이 필요하다고 말한다. 나는 이 문구가 상담사의 웹사이트 아래쪽에 크게 쓰인 것을 본다. 상담사가 그 말을 할 때 웃고 싶지만 상담사의 목소리가 너무 진지하다.

상담사는 내가 얼마나 큰 위험에 처했는지, 현실감각이 어떻게 무너지고 있는지 나 스스로는 인식하지 못한다고 말한다.

나는 처음에는 반발하지만 곧 일리가 있다는 생각이 든다. "남편과 관계에도 문제가 생겼어요." 내가 시인한다. "결혼했다는 사실이 싫을 때가 있어요. 어떤 때는 내가 우리 엄마가 되는 것 같아요."

"현실은 혼자서 만드는 게 아니거든요." 그 여자가 말한다. "그게 불편하게 느껴지는 것도 당연해요. 누가 당신이 생각했던 것과 다른 이야기를 하면 뇌 안에 미세한 진동이 일어나요. 뇌활동에 변화가 일어나서 잠재의식에서 의혹이 생겨나는 거죠. 왜 사람들이 영적 각성을 하겠어요? 서로서로 연결되어 있기 때문이죠. 광기는 전염성이 있는 전하예요."

"우리 어머니 병이 전염성이 있다는 건가요?"

"아니, 그런 얘기가 아니에요. 어떤 면에서는 맞는다고도 할 수 있지만요. 우리는 적극적으로 기억을 형성합니다. 그리고 같이 기억을 만들고요. 또 다른 사람이 기억하는 이미지에 맞게 기억을 재가공하기도 하죠."

"의사는 이제 우리 어머니 말은 믿을 수 없다고 하던데요."

"사람은 누구나 믿을 수 없는 존재예요. 과거는 현재와는 다른 힘을 가진 듯 느껴지죠."

"왜 그렇게 생각하세요?" 내가 묻지만 대답이 귀에 들어오지 않는다. 우리는 뻔한 이야기를 계속 나눈다. 다른 사람 입으로 듣고 싶기 때문에 상담사가 해주었으면 싶은 뻔한 말들이 이어진다.

첫번째 생리일이 돌아오기 전에 임신했다는 사실을 알아차린다. 몸이 붓고 더 가득하고 더 축축하고 모든 게 더해진 느낌이다. 몸이 커진다는 건 곧 약해진다는 것, 통제를 잃는다는 것이었던 사춘기 때 기억이 떠올라 처음에는 나를 다잡아야 한다는 생각이 든다. 익숙한 두려움이 다가온다. 내가 의도한 일임을 알지만 실수인 것 같기도 하다. 나는 안전하게 임신중단을 할 수 있는 마지막날을 달력에 표시해놓는다. 그 날짜가 지나가 돌이킬 수 없게 된다. 그제야 나는 긴장을 풀고 무언가 달라졌음을, 내 안에서 내가 통제할 수 없는 무언가가 자라고 있고 피차 서로의 관대한 처분을 바랄 수밖에 없는 처지임을 받아들인다.

또다른 변화가 있다. 내 냄새가 달라졌다. 하루가 끝날 때가 되면 목욕을 해야만 한다. 겨드랑이에서 냄새가 나고 팬티에 묻은 분

비물에서도 냄새가 난다. 그 사실을 알고 초조해져 하루에도 몇 번씩 씻다보니 질염이 생겨 항생제를 먹어야 하고 계속 근지럽다. 먹는 음식을 바꾼다. 과일만 먹다가, 과일을 끊었다가, 글루텐과 유제품을 끊었다가, 유리병에 든 이유식만 먹었다가, 굶었다가, 두 시간에 한 번씩 먹다가 해보지만 어떻게 해도 나아지지 않는다. 내가 아니라 환경 때문인가, 내가 페트리접시 배양액 안의 세포인데 항상성 유지를 위해 내 안으로 냄새가 삼투하는 건가 하는 생각도 든다. 이건 자연스러운 일이야, 속으로 다독인다.

딜립의 사장이 우리를 일식당으로 초대한다. 푸네에 딱 하나 있는 고급 일식당이고 코스 요리가 나온다. 날생선이나 토치로 겉만 익힌 생선을 길쭉하고 끈끈한 밥덩이 위에 얹고 손으로 모양을 만든다. 한 점씩 접시 위에 순종적인 혀처럼 놓여 있다. 딜립은 샐러드를 먹고 나는 한 점을 입에 넣고 녹는 걸 느낀다. 녹말, 지방, 소금. 살이 흩어지며 한순간 정말로 내 입이 녹아내리는 줄 알았다. 내 혀가 똑같은 형태의 것을 접촉했기 때문에 맛이 더 예민하게 느껴지는 걸까, 이게 섭취와 키스의 중간쯤에 있는 경험인 걸까 하는 생각이 든다. 딜립은 내가 음식을 삼키는 걸 보며 한 손으로 계속 테이블을 초조하게 두드린다.

엄마와 아버지 사이의 끝을 때로 다르게 상상해본다. 최근에 한 상상에서는 두 사람이 헤어진 이유가 나 때문이다. 당신을 떠나겠다고, 사기가 따를 사람을 찾았다고, 그 사람 아기를 가졌다고 타라가 말하고 남편은 아내의 부픈 배를 보며 순간 갈등한다. 아내를 원하지만 또 역겨움도 느낀다. 다른 사람의 아이를 가졌다니. 아버지는 엄마의 아름다운 얼굴을 보며, 뱃속에 있는 존재 때문에 이제 어쩔 수 없는 일이 되어버렸음을 깨닫는다.

몇 년 전에 딜럽이 하도 가보라고 해서 심리상담을 받으러 갔는데 거기에서 엄마가 아버지를 떠난 것, 아버지가 우리를 보낸 것이 관계에 대한 내 생각 전반에 영향을 미친다고 했다. 나는 너무 쉬운 해석인 것 같다고 말했다.

"사람들은 다들 원래 떠나고 싶은 거 아닌가요?" 내가 물었다.

심리치료사는 뭐라고 적더니 나에게 더 자세히 말해보라고 했다.

한자리에 있으면 탈출의 매혹과 신비를 모르는 거 아니냐고 말했다. 머무르면 재미없고 정체되고, 머무른다는 건 아무것도 달라지지 않는다고 체념하는 거라고. 누구나 추구하고 탐구하고 정복하고 싶어하지 않나? 사람은 뭔가 더 나은 게 있을 거라고 믿게끔 만들어지지 않았나?

"전 엄마를 원망 안 해요." 실은 원망할 뿐 아니라 앞으로도 영영 그러리란 걸 알면서도 이렇게 말했다.

"어릴 때 엄마가 본인을 버릴까봐 걱정한 적 있어요? 지금 본인이 엄마를 닮았을까봐 걱정하나요?"

그 이후로 상담을 끊었다. 너무 질문이 많았다. 상담사의 역할은 가만히 앉아서 듣는 거 아닌가? 사실 부모님에게 버림받았다는 생각보다 상담사가 던진 대답 못한 질문들이 더 괴로웠다. 지금까지도 머릿속을 떠다니고 있는 질문들. 답에 가까이 다가갔다는 생각이 들 때면 또다른 의심들이 무수히 떠올랐다. 물리학자들이 현미경으로 대상을 들여다보았을 때 뉴턴 법칙이 들어맞지 않는다는 사실을 깨닫고 느꼈을 공포를 생각한다. 너무 깊이 파고든 것이다.

방금 목격한 것을 잊고 단순했던 시절로 돌아가고 싶었을 사람도 많았을 것이다. 의문 앞에서 우리는 해체된다. 물음표 자체도 나는 늘 이상하다고 생각했다. 악몽에 나오는 갈고리 손 같은 모양이니.

2002년

나는 예술대학에 입학한 날 예술가가 되었다. 대학에 다니지는 않았지만. 나는 12학년을 신통치 않은 성적으로 마쳤으나 뭄바이의 J. J. 예술학교에서 내 소묘에 좋은 점수를 줬다.

엄마는 나를 보내지 않으려고 했다. 엄마 대신 나니에게 부탁해 등록금을 받았다.

화가인 카르하데 교수가 내 지도교수였다. 내가 채색화는 그리지 않는다고 하자 짜증을 냈다.

"학생이 등록한 과정이 채색화와 소묘야."

"아는데요, 전 채색화하고 소묘 둘 다 할 수는 없어요. 멀티태스킹이 안 되거든요."

교수는 납득할 만한 이유가 안 된다고 했다. 학과 과정을 그렇게 마음대로 할 수는 없다고 했다. 게다가 소묘와 채색화는 사실 한가

지라고 했다. 하나를 좋아한다면 다른 하나도 좋아할 수 있다. 채색화가 완성된 상태이지만 소묘도 중요한 자리를 차지한다고. 준비과정이고 뼈대고 토대로서.

"바로 그래서요." 내가 말했다. 바로 그렇기 때문에 관심이 간다고 했다. 뼈대야말로 본질적이고 영원한 것이 아닌가? 앞으로 올 사람들이 발굴하고 경탄할 것이 뼈대가 아닌가?

"들어가보지 않으면 알 수 없지." 교수가 말했다.

하지만 난 알았다. 들어갔다가 다시 나오지 못하리란 걸 알았다. 학과 과정처럼 나도 마음대로 할 수 없다고 말했다.

나는 내 드로잉 포트폴리오를 옆구리에 끼고 교수실에서 나와 헤매다가 제항기르 아트 갤러리 앞으로 갔다. 학생들이 인도 위에서 자기 작품을 팔고 있었다. 나는 쭈그리고 앉아 젊은 남자가 그린 회화 하나를 들여다봤다. 두꺼운 붓터치로 마무리되어 있었다. 그림 속의 남자가 유화물감의 무게에 짓눌려 부은 것처럼 보였다. 어딘지 모르게 그로테스크한 느낌이 들었다. 종이 위에 쏟아진 피를 닦아내는 듯한 느낌이었다.

내 드로잉 폴더가 무겁게 느껴져서 리듬 하우스 음반 가게 앞 계단에 앉아 있는 아이들에게 주어버렸다. 내가 하고 싶은 일은 선생이 필요 없는 일이었다.

나나와 나니에게는 내 결정에 대해 알리지 않고 콜라바 소방서 옆 하숙집에서 계속 살았다. 낮에는 근현대미술에 관한 책을 읽으며 책에 있는 그림에 선을 더하거나 뺐다. 칼리 마타가 모아서 앨범으로 만들어준 오래된 사진들을 봤다. 얼굴들, 기억이 안 나는 것, 기억하고 싶지 않은 것을 잘라내 캄캄한 빈칸으로 만들었다.

사진을 종이 위에 붙이고 비어 있는 부분을 내가 원하는 모습으로 그려넣었다.

저녁이 되면 하숙집 주인 할머니의 면 사리를 빌려 입고 시내에 있는 갤러리 개막행사나 파티에 참석했다. 몇몇 사람과 이야기를 나눴다. 주로 와인을 홀짝이며 흰 공간을 채우고 있는 것을 들이켰다.

내가 평생 해온 것에 이름이 있다는 걸 알게 되었다. 개입.* 십 년 동안 나는 개입 예술을 하고 있었다. 나는 내가 좋아하는 것, 내 머릿속을 떠나지 않는 것이 무엇인지 금세 알아차렸다. 채색화는 순간의 인상일 뿐이었다. 소묘는 기준선이었다. 땅, 벽, 하늘. 현실이지만 이해할 수 없는 모든 것. 도시는 날마다 변했다. 다리, 고층 건물, 새 호텔. 조그만 포르투갈식 단층집이 철거되고 쇼핑몰이 들어섰다.

모든 사람이 쌓아올리기를 원했다. 오직 나만이 벗겨내고 싶은 충동을 느꼈다.

지금 생각하면 그런 논리가 우습게 느껴진다. 진실은 내가 아는 게 소묘뿐이었다는 것이다. 소묘는 자동으로, 꿈속에서도 할 수 있었다. 지금도 나의 지각으로는 색채의 촉촉한 복잡성을 완전히 이해하지 못한다. 어디를 보든 내 눈에는 선이 보인다.

---

* intervention, 기존 예술작품이나 관객, 특정 장소나 상황과 상호작용하게끔 만든 예술.

엄마를 다시 내 작업실로 데려왔다. 카슈타가 같이 와서 싱글베드 옆 방바닥에서 자면서 엄마를 밤낮으로 감시하기로 했다. 나는 작업실에 있는 물건을 거의 전부 꺼내서 상자에 넣는다. 딜립이 아기는 어느 방으로 가냐고 묻는다.

"우리 방." 내가 말한다.

"우리 엄마는?" 딜립의 어머니가 출산 때에 맞춰 오기로 되어 있다. "어디에서 지내?"

나는 거실 소파 하나를 소파베드로 바꾸면 된다고 한다. 딜립은 그 말에 짜증이 난 것 같지만 따지지 않는다.

나는 엄마에게 다양한 식이요법을 실시한다. 지방을 연소하는 뇌가 맑다는 글을 읽었다. 당을 연소하면 뇌가 혼탁해진다. 엄마에게 프로바이오틱스를 주고 가끔 커피 관장을 시킨다. 나는 엄격하고 무자비하게 엄마의 밥상을 감독한다. 끼니마다 수입 아보카도를 하나씩 드시게 하고 집에 있는 설탕을 싹 없앤다.

아침마다 엄마의 케톤 수치를 확인해 기록한다. 이 문제가 신진대사 문제, 미토콘드리아 이상, 세포자멸사 문제로 환원된다면 고칠 수 있다. 우리는 같이 구원방법을 찾아낼 것이다.

나는 엄마의 식이에 허브 추출물 팅크를 추가한다. 황기, 매자나무. 인슐린 저항을 일으키던 엄마의 뇌가 단 사흘 만에 더 또렷해진 느낌이다. 엄마가 나에게 기분이 어떠냐고, 임신해서 힘들지 않냐고 묻는다.

엄마 말을 듣고 나는 울음을 터뜨린다. 아기를 가졌다고 진작 말했지만 엄마는 들을 때마다 처음 듣는 것처럼 반응했다.

나는 엄마가 단식을 해야겠다고 말한다. 엄마는 소리 없이 웃는다.

엄마 몸에 이백 일 정도를 버티기에 충분한 지방이 축적되어 있다는 계산이 나온다. 그 정도면 엄마 뇌를 망가뜨리는 설탕 의존성을 떨쳐버리기에 충분하다.

"아무것도 안 먹는다고? 이백 일 동안?"

내가 웃는다. "아니, 그렇게 길게는 아니고. 걱정 마. 나도 같이 할 거니까. 나한테 맡겨. 내가 돌봐줄게."

그날 밤 침대에 누워 몇 주 만에 처음으로 스케치북을 꺼내든다. 작년 병원에서 의사가 그린 구름 같은 뇌 그림을 그린다. 캄캄한 하늘도 그린다. 그 아래에 내가 의사에게 보여준 그림을 다시 그린다. 이번에는 논리적으로 말이 된다. 이렇게 하면 의사도 허점을 발견하지 못할 것이다.

막대기로 이루어진 사람을 그린 다음 갑옷을 입혀서 어느 팀, 어느 부대인지 표시한다. 백혈구 대 활성산소종. 바닥에는 시체—치워야 하는 세포가 널려 있다. 다친 세포는 백기를 들어 상태를 알리고 수거된다. 학살이 일어나자 자가소화 기계가 호출된다. 공중에 있는 구멍에서 다리가 여럿 달린 신화적 생물이 출현한다. 배경에 있는 나머지 세상은 평화롭다. 장기는 자기 기능을 하고 신진대사가 순조롭게 이루어진다. 랑게르한스섬이 저 먼바다에 떠 있다.

자가소화—오토파지autophagy라는 단어는 그리스어에서 왔는데 스스로를 잡아먹는다는 의미다. 나는 계속 그림을 그리며 엄마 몸에서 이런 일이 일어나기를, 다른 누구도 하지 못한 일을 내가 해낼 수 있기를, 부단한 조사로 내가 치료법을 찾아낸 것이기를 빈다.

배에서 꾸르륵 소리가 난다. 가슴에서 열이 나지만 팔다리에 미치지 못하고 멈춘다. 나는 몸을 떤다.

아침에 눈을 뜨니 햇빛이 눈부시다. 방안 온도가 벌써 후덥지근하다.

그제야 엄마가 방에 있다는 걸 알아차린다. 나는 딜립이 눕는 쪽을 돌아본다. 딜립이 잔 자리 시트가 구겨져 있다. 땀이 흐르고 목구멍이 아프다. 향냄새가 난다. 배가 요동친다. 어제 오후 이후로 아무것도 먹지 않았다는 게 생각난다.

"딜립은?" 내가 말한다. 목소리가 갈라진다.

"회사." 엄마가 대답한다. 엄마는 옷을 다 차려입었고 막 외출하려는 것처럼 신발도 신었다. 나에게 등을 돌리고 작업실에 있던 짐을 넣어둔 상자에 손을 얹고 있다.

순서대로 정리해놓은 게 흩어져 있다. 바닥에 물건이 비뚜름하게 놓여 있다.

색유리병.

독립 이전 시대 동전. 신문과 잡지 스크랩.

패닉이 솟구치고 일어서려니 현기증이 난다. "이거 어디서 났어?" 엄마가 묻는다.

"뭐?" 내가 말한다. 고개를 들고 쳐다보지만 엄마 손에 뭐가 있는지 보이지 않는다.

"이거." 엄마가 몸을 돌린다. 3×5 사이즈 사진이다.

얼굴이 확 달아오른다. 열기 때문인가? 그 사진 이야기는 하고 싶지 않다. 내가 없애버리지 않았던가? 그 이야기는 하고 싶지 않다.

"몰라." 내가 말한다.

엄마가 내 말을 안 믿는다는 걸 표정으로 알 수 있다. 최근에 보지 못한 총기 있는 모습이다. 음식, 단식, 어쩌면 그 사진이 기억을 일깨운 듯하다.

엄마는 지금 무슨 일이 일어나기 직전이라는 것, 이 일 이후에는 모든 게 달라지리란 걸 안다는 기색이다.

"이거 어디서 났어?" 엄마가 다시 묻는다. 엄마는 눈을 크게 뜨고 손으로 사진을 꽉 쥐고 있다.

"기억 안 나. 내가 찍었나보지." 내가 말한다.

엄마는 머리를 천천히 가로젓더니 사진을 침대 위에 올려놓는다. 레자의 피부색이 내 침대 시트 색과 같다. 사진 속 레자가 나를 쳐다본다. 엄마 손에서 구겨진 채로.

"네가 찍은 거 아냐. 내가 찍었으니까. 레자가 딱 한 번 자기 카메라에 손댈 수 있게 했는데 그때였어. 그 소중한 카메라." 엄마는 배경에 있는 것들, 화려한 영화 포스터, 귀에 담배를 꽂은 레자가 걸친 마드라스체크 셔츠를 가리킨다.

"그러면 내가 찾아냈나보지. 집에서 찾아서 갖고 있었나봐."

엄마는 침대 가장자리에 앉아 시트를 손으로 편다. "레자가 떠났을 때 필름이 카메라 안에 있었어. 아직 현상하기 전이었어."

엄마가 사진을 뒤집는다. 인화지에 'J. 메타 앤드 선스, 뭄바이'라고 적혀 있다.

엄마는 그 글자를 손끝으로 쓸고 나를 쳐다본다. "뭄바이에서 인화한 거잖아."

나는 숨을 들이마셨다가 내쉬지만 엄마가 먼저 입을 연다.

"네가 나한테 감추는 게 있다는 거 알아. 네 전시회 보고 알았어."

2003년

와인에서 신맛이 난다.

뚜껑을 돌려 따는 병에 담긴 와인을 투명 플라스틱 컵에 따라 마신다.

안스로포파지오anthropofagio. 큐레이터가 쓴 장황한 글이 벽에 스텐실로 박혀 있는데, 식인주의라는 뜻이며 브라질 예술 역사에서 중요한 개념이라고 한다. 통합과 소화가 새로운 것을 만들어낸다. 무언가 구체적인 것. 오늘 전시중인 화가는 브라질 벨루오리존치에 있는 예술가 레지던시에서 막 돌아왔다.

갤러리 밖에서 나와 담배를 나눠 피우던 다른 화가가 전시 작품을 모방작이라고 깎아내린다. 나는 작품 해설의 문법 오류를 지적한다. 우리는 낄낄거리며 웃는다. 화가가 단단히 만 마리화나 한 대를 꺼낸다. 나는 그때 폴 텍*에 빠져 있다. 존재하지 않는 것처럼 보인다는 사실에 끌린다. 폴 텍은 여기저기서 언급되거나 유령의 손처럼 나타나기는 하는데 메인 이벤트로 등장한 적은 한 번도 없었다.

화가가 고개를 끄덕이더니 케이프타운에서 자기 멘토였던 여자 이야기를 한다. 기호학자였는데 입술을 늘 석류색으로 칠했다. 텔레비전과 오럴섹스에 몰두하는 우리 세대가 자기에게는 얼마나 이상하고 낯설게 보이는지 열변을 토하곤 했다. 펠라티오는 특정 문화와 시대에 속한 것이라고 주장했다.

"너희들 할머니가 단 한 번이라도 자기 남편 성기를 입에 넣는다는 생각을 해봤을 것 같니?" 화가는 그러면서 웃었다.

화가가 한 이야기의 나머지 부분은 들리지 않는다. 내가 아는 얼굴이 옆에 나타났다. 그 얼굴이 웃고 있다.

"레자."

"잘 지냈어? 여기서 뭐해?" 레자가 나를 한참 끌어안는다. 몸을 떼었을 때야 위스키와 땀 냄새가 훅 끼친다.

레자의 시선이 느껴진다. 우리는 레자의 원룸 아파트 안에 있다. 개막식에서 와인을 조금 더 마시고 난 다음에 나는 레자를 따라나섰다.

레자는 설거짓거리가 가득한 더러운 싱크와 빨랫감 무더기 옆에서 있다. 오늘 메이드가 안 왔다고 말한다. 아내 이야기는 하지 않는다. '메이드'라고 한 게 사실은 아내일까 하는 생각이 들지만 알코올이 만들어낸 환상을 깨고 싶지 않아 묻지 않는다.

---

* 미국의 화가이자 조각가, 설치미술가.

집안 전체가 폐허 같은 느낌이다. 신경에 거슬리지만, 다시 레자 때문에 신경이 거슬리는 느낌이 좋다. 익숙한 근질거림.

레자가 밖에 나가고 싶냐고 묻는다.

"어디로?"

친구들을 만나러 가자고 한다. 나는 고개를 끄덕이고 엄마는 레자의 친구를 한 번도 만난 적 없다는 걸 떠올린다. 엄마가 한 적이 없는 일을 하자니 기분이 좋다.

레자 친구들은 특별할 게 없지만 그래도 나는 감탄하고 싶은 기분이다. 나미타는 코 가운데를 뚫어 고리를 끼웠다. 혀끝으로 고리를 건드려 앞뒤로 흔들 수 있다. 나보다 나이가 많지만 큰 차이는 아니다. 나미타의 남자친구 카란도 있다. 카란은 어딜 가든 음악과 약을 챙겨온다. 턱을 자주 긁적이고 생각에 잠겨 입을 굳게 다문다.

우리는 시골에서 열리는 비밀 파티에 간다. 뭄바이 교외 바깥쪽 정글로 가는 데 두 시간이 걸린다. 항상 모임 직전에 장소가 어딘지 공개되는데 그러면 차를 빌려 밤새 운전해 손으로 만들어 붙인 표지판을 보며 찾아간다. 전기가 안 들어오는 곳이면 카란이 자동차 배터리에 오디오를 연결한다. 가루와 각설탕을 물병에 넣고 섞어 돌려 마신다. 레자가 나한테 조금씩만 마시라고 주의를 준다.

음악이 땅을 뒤흔든다. 나는 귀를 막고 싶은 충동을 억누른다. 나는 내가 재미없는 사람, 별종, 그 밖에 남들이 나에게 붙여준 이름들이 다시 된 기분이다.

나미타가 멀찍이 떨어져 혼자 춤을 춘다. 피어싱이 반짝거리고 머리카락이 등뒤에서 출렁인다. 나미타가 흔들린다. 물결치는 갈

대처럼, 빛 속에, 꿀 속에 갇힌 것처럼, 세상의 기원처럼 끈적끈적하게. 나미타가 춤을 추며 나무와 땅을 걸음걸음으로 덮는다.

두 남자가 나미타를 보며 다가가 나미타가 만드는 원을 점점 좁힌다. 행진하고 발을 구르며 명령을 기다리는 군인들 같다. 나미타는 두 사람을 끌어당겨 두 사람의 몸 사이에서 사라진다. 틈으로 비치는 빨간색, 틈으로 비치는 분홍색. 나는 눈을 가늘게 뜬다. 나미타가 보이지 않는다. 나미타는 빈 공간, 상상으로 불러낸 유령일 뿐이다.

전에도 이걸 본 적이 있다. 전에도 여기 온 적이 있다.

음악이 바뀌었는지 바뀐 것처럼 느껴지는 건지 귀에 터널이 뚫리는 느낌이다. 밤이 밝아지고 빛이 내 주위 바닥에 펼쳐진다. 풀이 흔들린다. 풀잎마다 아주 작은 생명의 조각이, 이슬방울, 물방울, 수액이 흔들린다. 봉오리가 하나하나 돌아간다. 봉오리가 돌아가고 프로펠러처럼 빙빙 돌다가 팡 터져 하늘로 날아간다. 어릴 때 갖고 놀던 팽이처럼.

달이 꽉 차 있다. 생명체가 바글거리는 수은 웅덩이에서 작은 머리를 내민 이들이 춤추는 사람들을 보며 자기네 언어로 외치다가 잿빛 공간으로 머리부터 고꾸라진다.

내 몸 위로 팔이, 거미 다리처럼 검은 팔이 지나가며 내 셔츠를 들어올려 묶고 내 배 위로 기어간다. 레자가 귓가에 무어라 속삭이는데 내 눈에는 레자의 손밖에는 보이지 않는다. 검은 손. 반은 인간, 반은 곤충.

"물을 마셔." 레자가 말한다.

몸을 돌리자 레자의 송곳니와 막대기 같은 팔이 보인다. 정글이 푸르르고 곧 음악이 바뀌고 하늘은 더 어두워진다. 뱀 한 마리가 옆으로 지나가는 걸 본다. 뱀과 마주본다. 말을 하고 싶은데 말이 나오지 않는다. 언어를 잃어버렸다. 뱀이 나를 향해 다가온다. 커다란 뱀이 머리를 흔들고 이를 드러낸다. 땅 밑으로 들어갔다 땅 위로 나와서 내 가랑이 사이로 들어가 순간 나는 내가 뱀을 낳았다고 생각한다. 나는 내 발을 찾아 일어서서 뱀을 따라 춤추는 사람들 사이로 간다. 뱀은 고리 안으로 들어갔다 나왔다 하며 점점 길어진다. 곧 우리는 모두 잡혀 한데 묶인다. 뱀은 계속 빙빙 돈다. 멈춰서 나를 쳐다보더니 사라진다. 번들거리는 액체가 가득찬 해자가 된다.

"안타라, 물을 마셔."

어떻게 거기를 떠났고 어디로 갔는지 기억이 안 나지만 깨어보니 레자가 옆에 누워 있다. 아까의 소리가 아직도 내 피부 표면에서 울린다. 우리 말고 아무도 없는데 방안이 가득찬 느낌이다. 레자가 양초와 등유램프에 불을 켜자 밤으로부터 날아드는 수천의 생명체가 보인다.

벌레들이 깨진 창문에 몸을 부딪치다가 갈라진 틈을 찾아낸다. 램프 주위에 모여들어 맴돈다. 나방과 딱정벌레가 날아다니며 네온빛 지도를 그린다. 레이스 같은 날개로 유리창을 두드린다. 유리는 잔인한 발명품이다. 무자비한 감옥을 만든다.

아침이 되자 사방에 사체가 널려 있다. 수백만 마리의 나방이 안으로 들어와 더운 방안에서 소멸했다. 공기가 탁하고 무겁고 내 심장이 요란하게 울린다. 나는 머리카락에서, 축축한 시트 사이에서 벌레를 집어낸다. 뒤집힌 채로 다리를 공중에 들고 낮의 빛 속에

추하게 죽어 있다. 몇 마리는 촛농에 묻혀 화석처럼 보존되었다. 촛농 안개 속에 갇힌 흐릿한 윤곽을 머리에 기억한다. 촛농이 굳어 가며 세상이 영원히 하얗게 변할 때도 벌레들은 살아 있었다.

레자가 벌레들을 본다. "질식하는 느낌이었겠다." 레자가 말한다.

레자가 벌거벗은 상태라는 게 눈에 들어온다.

나는 몸을 돌리려 하지만 레자는 나에게 키스를 하고 레자의 입이 낚싯바늘처럼 나를 끌어당겨 숨을 쉬지 못하게 한다.

우리는 손을 잡고 개막식에 나타난다. 레자의 과거의 스캔들과 내 미래의 허세를 아는 사람들이 못마땅한 눈길을 보낸다.

나도 이 전시회에 출품하라는 제안을 받았으나 거절했다. 전시 큐레이터는 가난한 무명작가들을 수집하기를 좋아한다. 무명작가가 유명해지면 발굴해준 것에 대한 대가로 작품 하나를 달라고 한다. 그는 또 술에 취하면 여자들을 씨발년이라고 부른다는 평판이 자자하다.

레자가 커다란 그림 앞에 멈춰 선다. 캔버스 위에 책에서 찢어낸 페이지가 붙어 있다. 책등으로 틀을 만들었다. 읽을 수 없는 글인데도 레자는 그 앞에 서서 몸을 숙이며 읽으려고 한다. 프랑스어, 포르투갈어, 네덜란드어로 번역된 마르케스의 단편 선집에서 뜯어낸 책장이다.

공간이 전시를 제대로 살리지 못한다. 전체적으로 산만한 느낌이고 배치가 부적절하다. 프로젝트가 끝으로 가면서 김이 빠지고 참여작가들도 관심을 잃었다. 작가들은 다른 데에서 의뢰받았던 묵은 작품을 큐레이터의 요구에 끼워맞춰 제출했다.

큐레이터는 벌써 위스키를 석 잔째 마시고 있다. 내가 축하의 말을 건네자 살짝 혀가 풀린 말투로 대답한다. 그의 입김이 내 잠재의식에서 어떤 공포를 불러일으킨다.

큐레이터가 전시에 참여하라고 제안했을 때가 떠오른다. 우편으로 봉투를 받았는데 노트에서 뜯어낸 종이에 힌트, 화두 같은 걸 손글씨로 적어 보냈다. 『백 년의 고독』의 한 구절이었는데 나는 들어본 적도 없고 당연히 읽어본 적도 없는 책이었다. 어떤 남자가 언어를 잃어가는데 자기가 아는 유일한 방법으로 기억하려 한다. 자기 물건 전부에 이름표를 붙이고 세상을 쉴새없이 언어의 외피로 덮어 텅 빈 백지가 되어버리는 위험을 막으려 한다. 그 일을 계속하다가 헛된 일이라는 것을 알게 된다. 각 글자에 담긴 의미가 머릿속에서 사라지면 모두 쓸모없는 일이 되고 말기 때문이다.

하숙집으로 돌아오자 주인 할머니가 내가 없는 동안에 온 전화 메모를 건넨다. 전화가 온 순서대로 이름이 적혀 있다. 글자가 마치 하늘을 쳐다보는 것처럼 전부 위태롭게 뒤로 기울어진 것을 보며 주인 할머니가 왼손이 해야 할 일을 오른손이 하도록 훈련하는데 얼마나 지난한 시간을 들였을까 생각한다. 죽 적혀 있는 이름은 전부 칼리 마타의 이름이다. 지난 며칠 동안 칼리 마타가 네 번이나 전화를 걸었다.

나는 손에서 쪽지를 꾸겨버린다. 방으로 돌아와 잘게 더 잘게 찢는다.

칼리 마타가 밉다. 왜 미운지는 모르겠지만 밉다.

전화로 나에게 하는 질문이 싫다. 잘 먹는지. 돈은 있는지. 내 작품활동에 대해 말하기도 싫다. 말로 표현하려고 애써봐야, 설명하고 나면 칼리 마타는 또다른 질문을 더 한다.

푸네 이야기를 듣기도 싫다. 다시는 푸네 이야기를 듣지 않게 되길 바라며 떠났는데.

칼리 마타의 이름이 나를 따라다니는 게 싫다. 날마다 쪽지에 적혀서 나타난다. 가끔은 칼리 마타, 가끔은 이브 이모라고. 우리 엄마는 아무 소식이 없는데. 그냥 엄마를 죽여버리고—이야기 속에서만이라도—사람들에게 엄마가 죽었다고 말하는 게 더 쉬울 것이다.

그래서 그렇게 한다. 천천히 거짓말을 퍼뜨린다. 처음에는 조금씩 그러다 그게 들불이 되어 번진다. 사람들이 동정하며 위로를 건넨다. 레자는 내가 그 소식을 자기 친구들에게 전하는 걸 듣고 나를 한참 쳐다본다. 뱃속에서 거품이 부글부글 끓는다. 레자에게 들려줄 더 자세한 버전을 준비한다. 그러나 레자는 묻지 않는다. 그냥 자기가 읽던 책으로 눈을 돌린다. 다음 순간 레자는 다시 책 속의 세계에 빠져들고 나는 레자의 무심함에 안도하는 한편 왜 그게 내 마음을 아프게 하는지 혼란스럽다.

레자는 도서관 대출증을 여럿 갖고 있다. 책을 대출하는데 읽지는 않는다. 아무 곳이나 펼쳐 단어와 문장을 검은색으로 지운다. 그리고 그 책을 도시 여기저기, 길모퉁이에 두거나 거지들에게 준다.

나는 레자의 아파트에서 나갈 때마다 무언가를 훔친다. 대출증. 벌레. 레자의 얼굴을 찍은, 약간 구깃한 3×5 사이즈 사진 한 장. 레자의 사진 중에서 결혼사진을 제외하고 레자의 모습이 찍힌 유일한 사진이다.

"누구 사랑하는 사람 있어?"

우리는 오후에 그의 침대에 누워 있다. 해가 높이 떠 있고 나는 까무룩 잠들었다 깼다 한다.

"아니." 내가 말한다. "당신은?"

"많아."

레자의 몸에 있는 팬 자국들이 좋아진다. 사랑에 빠진 그의 모습을 그려보려 하지만 나도 사랑을 해본 적이 없어서 내가 그려내는 이미지는 구체성과 색채가 부족하다.

레자는 낮잠을 잘 때 입으로 숨을 쉬고 가끔 무어라 웅얼거린다. 나는 그의 가슴에 팔을 두르고 쇄골에 얼굴을 묻는다. 레자의 침이 내 머리를 적시고 나는 잠이 든다.

잠에서 깨어보면 내가 아직 그의 피부의 컴컴한 구덩이 안에 있다. 그의 목에 수염이 거뭇하게 자랐다. 얕은 숨소리를 듣고 레자가 깼다는 걸 알아차린다. 아직도 해는 높이 떠서 창문을 통해 내리쬐며 내 눈꺼풀 안쪽을 만화경으로 만든다.

덥다. 나는 허파에 숨을 채우려 애쓴다.

우리 사이의 거리를 내 손가락으로 재어본다. 레자의 셔츠 사이로 가슴털, 종일 위스키를 마셔서 생긴 뱃살이 보인다. 내가 거리를 메우려고 다가가는 걸 레자가 본다. 우리 사이에는 강제적인 것은 없다. 침묵을 억지로 메우려 하지 않는다. 나는 내가 욕망과 의심 사이 어딘가에 있다는 걸 안다.

나는 다리를 들어 그의 골반을 감싼다.

레자가 내 눈 안에서 무언가를 닦아내고 키스를 한다. 그의 침은 늘 쇠맛이 난다. 나는 그의 팔꿈치에 있는 짙은 색 주름을 긁는다. 피부가 가죽처럼 질기다.

레자와 같이 잔 지 몇 달이 되었다. 어떻게 하자고 말한 적은 없지만 규칙적으로 하게 된다. 레자는 전희를 별로 좋아하지 않는다. 레자가 밀고 들어올 때면 늘 아프다. 내 목에서 나오는 신음을 덮으려고 우리는 키스를 한다.

레자가 우리를 떠났을 때 놀랐던 게 기억난다. 우리가 그를 얼마나 깊숙이 받아들였는지, 그가 얼마나 철저히 증발해버렸는지에 놀랐다. 정말 그가 존재하긴 했던 걸까? 우리가 상상한 걸까? 날마다 같이 살았는데 한 점의 흔적도 남기지 않는 게 가능한가?

나는 흔적을 찾았지만 아무것도 없었다. 사진 한 장도 없다는 게 가능한가? 엄마도 나도 사진 찍기를 좋아하지는 않았지만 그래도 찍힌 사진이 있다. 그제야, 레자는 늘 카메라 뒤에서 눈으로 보며 대상을 포착했지만 우리는 한 번도 그를 포착하지 못했다는 걸 깨달았다.

레자가 두번째로 사라졌을 때, 뭄바이에서, 갤러리에서 우연히 만나고 사 년 뒤에 사라졌을 때, 나는 놀라지 않는다.

바보가 아닌 한 놀라지 않을 것이다.

한동안 내가 품고 다녔던 무지근한 슬픔은 나만의 것이다.

나는 학위를 받지 못하고 푸네로 돌아가 이상한 예술을 해서 식구들에게 걱정을 끼친다. 돌아와서 첫해는 포름알데히드로 보존한 말린 망고 껍질로 조각을 한다. 거기에 백 루피짜리 지폐를 인쇄한다. 작품과 같이 전시하려고 내가 그 많은 망고를 잘라서 한자리에서 먹는 비디오를 찍는다. 이 프로젝트는 화학용제를 잘못 섞는 바람에 실패한다. 내 팔에는 발진이 생기고 다 낫는 데 두 달이 걸린다.

내가 이야기를 마치자 엄마는 상처를 가리듯 두 팔로 몸을 감싼다. 나는 조금 기분이 나아진 느낌, 가벼워진 느낌이다. 배가 깨어나 꾸륵거린다. "그게 전부야?" 엄마가 말한다. "경고한다. 전부 다 이야기해. 아니면 딜럽한테 네가 어떤 인간인지 네가 하는 예술이란 게 어떤 건지 다 말할 테니까. 나는 네가 내 인생을 망칠 줄 알았어."

가슴에서 경고등이 울리고 심장이 덜덜 떨리는 게 느껴진다. 그러나 그 안에서만 요동칠 뿐 나머지 부분은 얼어붙은 듯 굳어 있다. 엄마의 숨이 밭다. 가르마 언저리에 땀방울이 솟더니 옆얼굴을 타고 흐른다. 방이 참을 수 없이 덥다.

"뭐라 말해봐, 이년아." 엄마가 말한다. "귀먹었어, 벙어리야?" 목소리가 파르르 떨리더니 울음이 터진다. 내가 어떻게 해보기 전에 엄마는 손에 얼굴을 묻고 운다.

나는 엄마를 찬찬히 본다. 어떻게 들어왔지? 보통 방문을 잠그는데? 내가 문을 잠갔더라면, 아니면 딜립이 문을 잠그고 나갔더라면 좋았을 텐데. 내가 물건이건 사람이건 이렇게 모아두는 사람이 아니었더라면 좋았을 텐데.

왜 엄마한테 같이 살자고 했을까, 실제로 내가 원하는 건 엄마를 내치는 것이면서? 왜 기회가 있을 때 딜립에게 전부 말하지 않았을까? 왜 사진을 안 없앴을까? 없앴다고 생각했다. 사진은 이미 없앴다고 확신했다. 사진을 발견하고 다시 기름종이로 싸놓았던가? 그 사진을 버리기가 그렇게도 어려웠나?

만약 딜립이 알게 되면? 우리한테 이제 아기가 생긴다. 나는 안전하다. 안전해야 한다. 모성은 내가 아는 가장 안전한 공간이다. 우리 작은 가족이 내 성채다.

그러나 관계는 위태하다. 매일 저녁 식탁 맞은편에 앉아 내가 고기를 먹는 모습을 거울을 통해 보며 실망하는 딜립을 생각한다.

딜립이 내가 날마다 다른 남자의 얼굴을 들여다본다는 사실을 알게 되면. 내가 사랑했던 남자, 그러나 우리 엄마를 먼저 사랑했던 남자의 얼굴을. 딜립도 어쩔 수 없을 것이다.

엄마가 조금 더 관대해질 수도 있을 것이다. 엄마 때문에 고통받았고 그럼에도 엄마 곁에 있어주었던 딸에게 관대해져야 한다. 엄마에게 다 말했으니 되지 않았나. 솔직하게 털어놓고 다른 누구한테도 하지 않은 이야기까지 했는데도 엄마는 나를 위협한다. 내 집 안에서 내 결혼을 무너뜨리겠다고 위협한다. 신혼 침대에 앉아 있는 나를. 아직 태어나지 않은 내 아기 앞에서.

나는 내 손을 내려다본다. 손이 떨린다.

바깥쪽에서 드릴소리가 나기 시작하더니 성난 벌떼처럼 방으로 소리가 올라온다. 나는 창문을 닫고 싶은 충동 혹은 창문으로 탈출하고 싶은 충동을 느낀다. 그 순간에 몰두하자 모든 게, 드릴소리까지도 느려진다. 내가 창문 밖으로 나가면, 모든 걸 잃을 것이다. 나, 내 아기. 그리고 엄마, 엄마는 아직도 울고 있다. 내가 엄마를 밖으로 밀면?

나는 입을 열고 공기를 들이마신다. 나는 안전하다. "어떻게 그럴 수가 있어?" 엄마가 속삭이며 흐느낀다.

"좋아." 내가 말한다. 나는 천천히 일어나 중심을 잡는다. 몸에 흐르는 피의 양이 늘어서 갑자기 움직이면 머릿속에 별이 보인다. 나는 안전해야 한다. 다른 선택지가 없다.

엄마가 놀라더니 따라 일어선다. "좋아?" 엄마가 훌쩍인다.

"좋아. 엄마가 알고 싶은 거 뭐든 다 말해줄게." 나는 전화를 집어들어 우리 운전사에게 전화를 건다. "하지만 일단, 아침부터 먹어야 해. 나 임신했잖아, 기억하지?"

엄마는 내 배를 보더니 고개를 끄덕이고 나를 데리고 거실로 나간다.

나는 식탁에 비스킷, 빵, 잼을 차린다. 메이드 일라를 이웃집으로 보내 설탕을 얻어오라고 시킨다. 이십 분 뒤에 운전사가 초인종을 누른다. 운전사가 일라에게 낯익은 빨간 상자를 건넨다.

"나한테 줘요." 내가 말한다. 일라가 순순히 건넨다.

나는 리본을 자르고 커버를 벗긴다. 기름종이 아래에 마조린 비스킷 두 다스가 놓여 있다. 나는 상자를 엄마에게 내민다. 엄마는 안을 들여다본다. 그러고는 달라붙어 있는 비스킷 두 개를 집는다. 입에 넣더니 한숨을 내쉰다.

엄마는 순식간에 심연으로 빠져든다. 나는 엄마의 애프터눈 티에 설탕을 넣고 젓는다. 딜립은 미국 사무실과 원격회의가 있어 저녁을 먹고 들어온다. 엄마는 딜립이 문으로 들어오는데도 알아차리지 못한다. 엄마는 얼굴에 웃음을 띠고 자기 앞의 공간을 응시한다.

경비가 일층에서 식물에 물을 주고 있다. 썩어가는 잎이 타닌을 방출해 웅덩이에 고인 물이 차처럼 진하다.

나는 발코니 난간을 꽉 쥐고 있다. 몸 안쪽이 찢어진다.

가방은 이미 싸놓았다. 딜립이 문가에서 소리친다. 카슈타가 내 옆에 쭈그리고 앉아 내 발에 샌들을 끼워주려 하지만 발가락이 부어서 가죽 고리에 들어가질 않는다.

엄마가 나를 보며 웃는다. 내 행복한 금붕어. 엄마는 창가에 서서 앞뒤로 왔다갔다한다. 엄마 혼자 있으면 안전하지 않을 텐데, 하는 생각이 머리를 스친다. 나니에게 전화를 걸어 와달라고 한다.

우리 운전사가 어디 갔는지 보이지 않는다. 딜립이 릭샤를 부른다. 릭샤꾼의 눈 주위에 짙게 주름이 패어 있고 팔에는 문신이 있다. 손을 들어 우리에게 인사를 한다. 경비가 몸을 돌리자 호스에서 나온 물이 내 옷 가장자리에 흩뿌려진다. 차가운 물방울이 내 발목의 따뜻하고 팽팽한 피부를 타고 흐른다.

무릎 위에 있는 둥근 언덕—내 배가 움직이는 게 보인다. 이 생명체는 이제 나한테 속해 있지 않다. 이미 독립적인 생각을 가진 존재다. 이 언덕이 없을 때의 나를 떠올려보려 한다. 그랬던 때가 기억이 안 난다. 이제 앞으로 내 몸이 어떤 모양이 될까 궁금하다. 가운데에 구멍이 뚫려 있을까? 나는 살로 이루어진 도넛이 될까? 그 생각을 하니 속이 메슥거린다. 어쩌면 통증이 다시 시작되려고 해서 그런 걸 수도 있지만. 갑자기 이걸 내보내고 싶지 않다는 생각이 든다. 나와 함께, 내 안에, 영원히 있어야 하는데. 나는 잠시 배를 보고 있다가, 얼굴을 릭샤 밖으로 내밀고 토한다.

한참 뒤에 사람들이 나한테 딸이라고 말해준다. 아니, 나한테 말한 게 아니라 서로 말하는 게 들린다. 의사가 간호사에게, 간호사가 딜립에게.

"딸이에요." 그들이 속삭인다.

내가 여기 없는 것처럼 자기들끼리 이야기한다. 나를 놀라게 하지 않으려고 낮은 목소리로 말한다. 그때 나는 아기가 방안에 있다는 걸 알아차린다. 내가 아니라 아기를 놀라게 하지 않으려고 속삭이는 거다. 딜립의 얼굴 표정으로는 행복한 건지 겁이 난 건지 알 수 없다.

내가 처음으로 아기를 안는 순간 다들 내 얼굴을 보고 있다. 아기 얼굴에서 들척지근한 양수 냄새가 난다. 평화롭게 보인다. 어두움을 거쳐 밝은 곳으로 나왔으니까. 할로겐 조명이 켜져 있는데 전구에 나방이 몸을 부딪친다.

아기를 안고 있어도 별 감정이 안 든다. 그런데 아기를 데려가자 어쩐지 허전하다.

다들 내가 무어라 말하기를 기다리고 있다. 기쁘다는 표현을 해야 한다는 건 안다. 그러지 않으면 다들 내가 딸을 낳아서 실망했다고 생각할 것이다. 편협한 사람이라고. 쓰레기 같은 인간이라고 생각할 거다.

나는 실망하지 않았다는 걸 보여주고 싶지만, 기쁨을 드러낼 수가 없다. 너무 피곤한 것 같기도 하다. 저 작은 꾸러미를 다시 내 안에, 소시지 껍질에 고기를 넣듯 밀어넣고 싶은 충동이 사라지지 않아서인 것 같기도 하다.

배가 고프다.

어디를 봐야 할지 모르겠어서 아기의 작디작은 얼굴을 본다. 머리통이 동그랗다. 아무도 닮지 않았고 눈을 감고 있으면 잠자는 고양이 같기도 하다. 나는 고양이를 별로 좋아하지 않는다. 동물을 닮은 사람들도.

나는 웃으려고 애를 쓰지만 멍한 눈에 안도의 기색을 떠올리는 것 이상은 하지 못한다. 고통이 끝났다는 안도감. 이제부터 일어나는 모든 일은 여진에 불과하다.

아기가 내 젖꼭지를 잘 물지 못한다. 이런 문제가 있을 수도 있다고 말해준 사람은 아무도 없었다. 내가 기준에 못 미치는 젖꼭지를 가진 사상 최초의 여자인가 하는 생각이 든다. 간호사가 도와주려고 한다. 주머니에 티슈를 집어넣고 나한테 와서 작업을 시작한다. 통통하고 피부색이 진하고 파란 단추가 달린 흰 원피스를 입었다. 머리카락을 땋아내렸는데 곱슬머리가 반항하며 탈출한다. 간호사가 묵직한 내 가슴을 들어올린다.

출산과 수유 중에 뭐가 더 힘든지 결론을 내릴 수가 없다. 물론 진통은 세상 어떤 것하고도 비교가 불가능하지만, 언젠가는 끝이 난다. 그런데 수유의 시간은 앞으로 한도 없이 펼쳐져 있다.

오늘이 겨우 첫째 날인데.

가슴이 원래 크기의 두 배가 되었다. 내 질은 사건 현장이다.

이게 하룻밤 새에 일어난 일인가, 아니면 원래 내가 이렇게 이상하게 생겼었나? 은실 같은 선이 생겼다. 아니 원래 있던 건가? 어쩌면 내가 보지 못했던 건지도. 젖꼭지는 시커메지고 접시처럼 커졌다. 피부가 갈라지고 피가 난다. 젖꼭지가 쓰라려서 가슴을 체망으로 덮고 잔다.

다음날, 아기는 침대 옆 요람에서 잠들었다. 머리카락은 까맣고 황달기가 살짝 있어 피부는 노랗다. 아기가 병약한 건가 걱정이 되는데 물어볼 용기가 안 난다. 만약 답이 '그렇다'라면? 내 잘못이 될 것이다. 아기가 하품을 하면 입이 크게 벌어지고 분홍색 잇몸 가장자리가 보인다.

퍼비가 그날 선물을 갖고 온다. 남자아이용 장난감과 여자아이용 장난감이다. 결과가 어떻든 미리 대비하려고 했단다. 금종이로 포장한 옷들도 있는데 라벨에 적힌 사이즈가 육 개월에서 돌까지 다양하다.

"금세 커서 맞을 거야." 퍼비가 말한다.

딜립은 아기가 그때까지 살아 있을까 하며 농담을 한다. 아무도 웃지 않는다. 솔직히 나는 화가 난다. 지금까지 남편의 존재를 잊고 있었다. 이 많은 일이 있었는데 손끝 하나 다치지 않은 유일한 사람이다. 아기도 나도 멍들고 너덜너덜해졌는데. 딜립은 만족스러워 보이고 자기 자신인지 자기 가족인지가 꽤 자랑스러운 듯하다. 당신이 한 일은 대체 뭐냐고 묻고 싶은 충동이 솟는다.

아기 이마가 찌푸려진다. 내 이마를 그대로 닮았다. 모르지만 나도 찌푸리고 있을 것 같다. 이마를 만져본다. 그렇다. 주름이 있다. 아기가 내 짜증을 느낀 걸까. 아니면 아기가 먼저 찌푸렸을까?

아기가 꿈을 꾸는 걸까. 무슨 꿈을 꿀까. 잠든 아기가 할머니처럼 입술을 안으로 빨아들인다. 약간 엄마처럼, 나니처럼 보인다. 삶의 시작이 삶의 끝과 쏙 닮았다. 거기 보인다. 그 현명한 얼굴에, 원숙한 나이까지 살고자 하는 계획이 보인다.

다음날 시어머니가 온다. 벌써 점성술사에게 아기 생일과 생시를 알려주었다. 점성술사가 알려준 길한 글자를 참고해서 이름을 정해야 한다.

"'아'하고 '바'가 좋은 글자야." 시어머니가 말한다. "안타라 너하고 똑같아."

나는 고개를 흔든다. 그건 내 글자가 아니었다. 우리 엄마는 자신을 돋보이게 만들려고 내 이름을 지었다. 내 딸은 나와 다른 글자를 가져야 한다.

엄마가 웃는다. 엄마가 내 바로 뒤에 서 있다는 걸 깜박했다. "안타라." 엄마가 말한다. "난 내 아기를 안타라라고 부를 거야."

다들 조용해진다. 나는 몸을 돌려 웃어 보인다. "나 여기 있는데, 엄마." 엄마 얼굴을 들여다본다. 얼굴에서 빛이 난다. 지금 엄마가 어디에 있는지, 언제 우리한테 돌아올지, 지금은 느슨한 껍질처럼 걸치고 있는 몸으로 다시 돌아오긴 할지 모르겠다.

"좋은 이름이 많아." 시어머니가 아무 일도 없었다는 듯 말을 잇는다. "안잘리, 암비카, 아니샤."

"안 돼요. 그건 아녜요."

"언제까지 '아기'라고 부를 수만은 없잖아."

아기. 아기도 괜찮은데. 쉽고, 무의미하고, 세상 모든 아이에게 속하는 이름. 칼리 마타가 여기 있었으면 좋겠다. 칼리 마타는 아기에게 어떤 이름을 붙여줄지 알 텐데. 칼리 마타는 오랜 세월 동안 수많은 수행자에게 이름을 붙여주었다. 산스크리트어에서 따온 소리들을 이어 운명을 따라가도록 이끌어줄 이름을 지었다.

칼리 마타가 있었다면 좋을 텐데. 칼리 마타는 이 아기를 사랑해줄 것이다. 어떻게 해야 할지 알 것이다. 아기를. 나를. 엄마를.

파란 단추가 달린 간호사가 내 병실로 들어온다.

"좀 쉬어야 해요." 간호사가 말한다. 코 옆쪽이 벌겋다. 감기에 걸린 모양이다. 간호사가 나를 만지지 않았으면 좋겠다. 아기는 절대 만지지 않았으면 좋겠다.

나는 눈을 감으려 하지만 창문에서 눈을 돌릴 수가 없다. 하늘이 창백한 붉은색이다. 색이 남아 있으니 아직 밤이 아니다. 빛이 안으로 스며들어온다. 멀리 왁자한 거리와 스모그 연기에서 빛이 난다.

칼리 마타는 자기 아파트에서 죽은 지 나흘이 지난 뒤에 누군가에게 발견되었다. 나이가 일흔 가까이 되었다. 날마다 집 청소를 하는 하인이 계속 결근을 하고 있었다. 우리는 그 사람에게 마지막 달 월급을 주지 않았다. 칼리 마타는 바바가 죽은 뒤에는 아슈람과 별 왕래 없이 지냈으나 그곳 사람들이 칼리 마타의 검은 옷을 명상실 근처 오래된 바니안나무 아래에 묻었다고 한다.

일 년 전에 마침내 칼리 마타의 재를 뿌리러 딜립과 함께 푸슈카르로 갔다. 상자 안을 들여다보고 나는 그렇게 덩치 큰 사람이 이렇게 작은 공간에 들어갈 수 있다는 데 놀랐다. 뼛가루가 깨끗하게 보여서 내 몸에 바르고 싶었다.

딜립이 고개를 저었다. 어떻게 그런 생각을 할 수 있어? 나도 몰랐다. 칼리 마타가 내 몸의 일부이기를 내가 얼마나 간절히 바라는

지 설명할 수가 없었다.

그해 겨울 푸슈카르시는 추웠다. 나는 브라마 사원 근처 골목을 배회하는 나이 많은 탁발승과 마리화나 파이프를 돌려 피웠다.

딜럽은 못마땅해했다. "역겨워. 그 사람 이빨 봤어?" 사원은 지는 해처럼 주황색이었고 날이 어두워지자 점점 핏빛으로 변했다. 나는 마리화나에 취한 채 우아하게 엉덩이를 흔드는 하얀 암소를 따라갔다. 멍에를 져본 적이 없는 소가 자유롭게 거리를 누비고 다녔다. 오래된 도시의 좁은 골목을 따라갔는데 문마다 바리케이드로 닫혀 있고 집에는 원숭이와 남자들이 살았고 사람들이 소와 내가 지나갈 수 있게 길을 터주었다.

이게 현실일까, 아니면 연출된 것이었을까?

마리화나가 독했다. 칼리 마타도 이 길을 걸었을 것이다. 젊은 과부, 아이 없는 엄마가 되어 이 골목을 걸었을 것이다. 도시의 벽이 한낮에는 파란색이었는데 그 빛이 흰 암소에 비쳐 하늘과 물 사이의 무지갯빛으로 아롱거렸다. 사진을 찍고 싶었지만 그 색을 담을 수가 없었다. 소가 계단 가장자리에 앉았고 우리도 따라가서 몇 걸음 떨어진 곳에 앉았다. 마리화나를 더 피우고 싶었지만 그냥 탁한 공기만 들이마셨다.

악사가 산투르를 뜯었다. 악사의 아내는 치맛자락이 더러운 가그라 촐리*와 단추가 있는 조끼를 입었다. 두파타 끝으로 머리를 가리고 악기 소리에 맞춰 엄숙한 노래를 불렀다. 자고 있던 아이가 깨어 아버지의 나무 손수레에서 몸을 일으켰다. 아이는 무심한 암

---

* 긴 치마와 짧은 블라우스로 이루어진 인도 여성의 전통 의상.

소를 쳐다보았다가 엄마 쪽으로 눈을 돌렸다. 엄마는 땅에서 엉덩이를 든 채 쭈그리고 앉아 노래를 했다. 아이는 엄마의 블라우스를 당겨 짙은 색 가슴을 드러냈다. 여자의 젖꼭지가 보였다. 멍처럼 보였다. 아이는 엄마 앞에 서서 젖을 빨았다. 엄마가 아이를 끌어당겨 머리를 받칠 때 목소리가 떨렸다.

아이는 얼굴을 돌려 우리를 쳐다보더니 뾰족한 이가 드러나게 웃었다. 그러고는 엄마 가슴으로 고개를 돌리고 젖을 깨물었다. 엄마는 아파서 비명을 지르면서도 계속 노래를 하며 아이를 밀쳐내고 뺨을 때렸다. 나는 내 얼굴을 만졌다. 아이는 다시 숨으러 갔다.

이 아기가 지겹다.

요구하는 게 너무 많은데다 항상 더 달라고 한다.

나는 공장 조립라인이 되었다. 몸 각 부분은 제 역할을 할 때만 쓸모 있는 부속품이다. 아기가 울면 젖이 흘러나와 옷에 얼룩이 생긴다. 거울에 비춰보니 내 배가 대추야자처럼 시커멓고 쭈글쭈글하다. 딜립이 방에 들어오면 나는 손으로 배를 가린다.

나를 보고 딜립이 무슨 생각을 할지 상상이 안 된다. 나는 딜립과 단둘이 있지 않으려고 애를 쓴다. 딜립은 아기가 좋아 죽겠다면서도 아기가 우는 소리는 못 견딘다.

잠잘 시간이 늘 부족하다. 평생 쉬고 싶은 심정이다. 하고 싶은 일이 너무나 많다. 대신 나는 지금 내가 하는 일들을 한다. 집안에 앉아 있기. 벽 쳐다보기.

내가 예의를 따지는 사람은 아니지만 아무리 그래도 이 아기는 너무 예의를 모른다. 버릇없고 싸가지가 없는 계집애다. 예의를 차려 적당히 멈출 줄을 모른다.

아이가 크려면 얼마나 걸릴까 생각하며 머릿속에 아직도 멀고 멀게 느껴지는 이정표를 세운다. 아기가 언제 걸을까, 언제 혼자 밥을 먹을까, 언제 혼자 씻을까. 언제 독립해서 세상으로 나갈까.

절대 아이를 보낼 수 없을 것 같은 날도 있다.

때로 아기가 너무나 작게 보인다. 딜립 말이 맞는다. 우리가 아직 이 아기를 죽이지 않은 게 기적이다. 아기는 하루하루 살아간다. 아기의 생명은 힘차지만 미약하다. 나는 아기가 부모의 세상 속으로 들어온다고 생각했었는데 어쩌면 그 반대인 것도 같다. 내 딸한테서 내 모습이 보인다. 마치 아기를 낳으면서 쌍둥이가 된 것 같다.

다른 사람이 나를 거들어주는 게 싫을 때도 있다. 카슈타나 시어머니가 아기를 목욕시킬 때, 아기가 울어서 딜립이 달랠 때. 우리 엄마는 아기를 못 안게 하는 것도 마음에 안 든다. 내 혈육이 아기를 돌보지 못하게 하다니. 나는 엄마한테도 아기를 맡겨야 한다고 고집한다. 반대하는 주장이 나오면 성질을 낸다.

엄마가 아기를 놓칠 뻔하자 그제야 나도 포기한다. 시어머니가 경악한 표정으로 딜립과 눈을 맞춘다.

이런저런 생각을 하다가 내 허락 없이 탯줄을 끊었다는 게 떠올라 화가 난다. 아무도 제대로 말해준 사람이, 엄마로서 내 권리를 알려준 사람이 없다. 나라면 탯줄을 자르지 않고 더 오래 그대로

두었을 것이다. 연결을 최대한 오래 유지하는 게 아기의 건강에 좋다는 글을 읽은 적이 있다.

아기가 자기 얼굴을 할퀴길래 나는 용기를 내어 아기 손톱을 깎는다. 휘어진 모양의 조그만 가위를 처음으로 쥐었는데 손이 덜덜 떨린다. 땀이 솟는다. 아기는 자고 있다. 다 자른 다음 잘린 손톱을 모은다. 작은 하얀색 조각을 손바닥 위에 소복이 모은다. 침대 옆에 모아놓았더니 시어머니가 치운다.

"이런 쓰레기를 모아놓으면 더 미칠걸." 시어머니가 말한다.

그날 밤 나는 딜럽의 어머니를 살해할 방법을 생각한다. 일주일 뒤, 다시 깎은 손톱을 모아 손수건에 싸서 찬장에 넣어둔다.

이건 광기다. 내가 날마다 광기에 다가가는 게 느껴진다. 그렇지만 꼭 필요한 광기다. 그게 없으면 종이 번식할 수 없을 것이다.

몇 주가 지난다.

낮 동안에는 아무것도 감출 수가 없다. 위험도, 두려움도. 상한 젖내도, 내 눈 아래 녹색 핏줄도. 아침햇빛에 머리카락이 빠져 휑한 데가 보인다. 가르마를 따라 비듬이 점점이 박혀 있다. 세수를 안 하고 하루하루가 지나간다. 혀로 이를 훑어보면 치태가 있다.

어느 날 아침 쿵 하는 소리에 잠에서 깬다.

아기가 침대에서 떨어졌다. 고래고래 울어댄다.

딜립이 달려들어온다. 아기와 나 둘 다 울고 있다. "내가 떨어뜨렸어. 아기가 떨어졌어." 내가 말한다.

딜립이 고개를 끄덕인다. 아기를 아프게 한 타일을 찾으려는 듯 바닥을 눈으로 훑는다. "내가 할 수 있는 건지 모르겠어." 내가 이렇게 말하는 소리가 들린다. 나는 몸을 앞뒤로 흔든다. 아기를 더 단단히 끌어안으며 아기 소매에 코를 닦는다.

"하고 싶은 건지도 모르겠어." 나는 생각한다. 딜립의 얼굴을 보고야 그 말을 입 밖에 냈다는 걸 안다.

"괜찮아, 괜찮아. 쉬쉬." 시어머니가 방안에 있다. 시어머니가 들어오는 건 못 봤는데. 시어머니가 튼튼한 팔에 아기를 받아든다. 아기는 푹신한 살더미에 파묻힌다.

"난 말이야." 시어머니가 말한다. "네 나이 때 메이드 없이 집안일을 내가 다 했어. 미국에서, 혼자서. 채소 다듬고 요리하고 빨래하고—애기가 있으니 빨랫감은 좀 많니. 게다가 남편은 어찌나 까다로운지. 하루 세 번 식탁에 더운 음식을 올려야 해. 그런데도 난 해냈어. 아니니? 딜립을 봐, 멀쩡히 컸잖아. 난 이 일 저 일 다 하면서도 애가 침대에서 떨어지게는 안 했어. 그나마 나는 쉬운 편이었지. 애가 둘뿐이었으니. 여섯을 키우는 사람은 어떻겠니? 상상이나 돼?"

시어머니는 전에는 애 키우기가 얼마나 힘들었는지 계속 이야기한다. 여자들에게 입이 있고 이야기를 할 수 있게 된 이래로 어머니들이 딸들에게 대대로 해온 이야기이다. 이 이야기에는 도덕적 교훈이 담겨 있고 통과의례의 요소가 있다. 그런데 또 이 이야기는 모든 엄마가 아이를 키우다보면 갖게 되는 어떤 감정을 심어주기도 한다. 죄책감.

시어머니가 내가 먹는 음식에 간섭한다. 그래서 시어머니가 더 미워진다. 내 밥에 기 버터를 넣고 젖에서 '가스를 제거하는' 약을 먹으라고 준다. 그걸 먹었더니 가스가 더 많아진다. 밤새 방귀가 나온다. 딜립은 모르는 척한다.

나는 이게 남편과 아기를 나에게서 떼어놓으려는 시어머니의 음모라고 상상한다. 시어머니가 가버렸으면 좋겠다고 생각하는데 어느 날 아침 아기 기저귀가 붉게 물든 걸 본다. 내 비명에 온 집안 사람이 달려온다.

"너 어젯밤에 비트 먹었지? 내가 먹지 말라고 했잖아." 시어머니가 말한다. "불쌍한 아기는 어쩌라고?"

그뒤에는 시어머니가 접시에 얹어주는 것만 먹는다. 아침마다 뻑뻑한 호로파 씨앗 페이스트를 삼킨다. 땀냄새가 점점 지독해져서 종일 수시로 싱크대에서 겨드랑이를 닦아야 한다.

퍼비가 가끔 예고 없이 간식과 선물을 들고 온다. 아기를 잠시 안고 있다가 지루해지면 내려놓고 침대에 드러눕는다. 퍼비는 지친다고, 자기 집에 사는데도 향수병 같은 게 찾아온다고 투덜거린다.

시어머니가 고개를 흔든다. "남편 집이 엄마 집하고 같을 수는 없지."

아기가 내 가슴에서 고개를 돌려 퍼비를 본다.

이가 하나도 없는 잇몸을 보여주며 웃는다.

"널 좋아한다." 내가 말한다. "너도 아기 낳아라."

"그럴 수도. 지금으로서는 애 하나로 우리 둘한테는 충분해."

퍼비가 옆으로 돌아누워 몸의 자연스러운 굴곡이 드러나게 하더니 등을 구부려 가슴이 사라지게 만든다. 가끔 가느다란 다리를 두 번 꼬기도 한다. 딜립은 그러면 질색을 한다. 소름 끼친다고 한다.

퍼비의 남편이 퍼비 엄지손가락이 완전히 젖혀지는 것이나 오래 앉아 있다보면 무릎에서 딱 소리가 나는 걸 과연 알까 싶다.

"아기가 너 닮았다." 퍼비가 말한다.

아기를 내려다본다. 입 옆으로 허연 침이 흐른다. 목 언저리에 고여 내복 목둘레를 적신다. 나는 친구를 쳐다보고 무슨 생각을 하고 있는지 안다. 이제는 모든 게 달라졌다. 아기가 다시 내 가슴으로 손을 뻗는다. 퍼비가 보고 있다. 나는 벌거벗은 기분이다. 갑자기 퍼비가 여기 있는 게 싫다. 퍼비가 갔으면 좋겠다. 그동안 우리가 했던 너무 많은 일이 떠오른다. 퍼비가 내 딸 곁에 있는 게 싫다.

밤에, 식구들이 말없이 밥을 먹는데 내 방에서 울음소리가 난다. 아기가 깨어서 내가 꽁꽁 묶어놓은 포대기에서 탈출하려 한다. 먹다 남은 밥을 두고 깨끗한 손으로 아기를 들어올린다. 나머지 한 손에는 물이 들었고 침이 묻었다. 이런 곡예가 이제는 당연한 일 같다.

"내가 잠깐 안고 있을까?" 시어머니가 말한다. 고개를 끄덕이려는데 엄마가 일어선다.

"안타라 내가 안을게." 엄마가 말한다.

"아냐, 엄마." 내가 말한다. "식사하세요. 난 배 안 고파."

방안으로 들어와서 꼬르륵거리는 배를 무시하고 가슴을 풀어헤친다. 아기가 꼴딱거리며 젖을 빤다. 손가락에 묻어 있던 음식은 이미 말랐다. 자두 물과 노란 물이 들었다.

창밖을 보자 내가 저 밖으로 나가는 느낌이다. 둥실 떠서 이 답답한 방 바깥 공기를 마시며 담을 넘어 뛰어내려 잠시 허우적거리다가, 어쩌면 땅바닥에 떨어져 손바닥과 무릎에서 흙과 죽은 벌레를 떨어내고 골목 끝까지 달려가 비디를 피우고 있는 릭샤꾼 중에 반값으로 퍼비 집까지 데려다줄 사람이 있는지 찾는 거다.

아닐 수도 있고.

뭐하러 퍼비 집에?

어디든 갈 수 있고 아무도 날 막을 수 없다. 어쩌면 밤에 기차역으로 가서 차이 장수에게 차 한 잔을 반값으로 달라고, 어쩌면 혼자 있는 여자니 공짜로 달라고 조르고 거기에서 기다릴 수도 있을 것이다. 거기에 있으면 이 모든 걸 씻어낼 수 있다. 더러운 손, 날마다 똑같은 음식, 내 딸을 나라고 생각하는 우리 엄마, 서서히 이 집을 장악해가는 시어머니. 딜립까지도. 우리가 마지막으로 제대로 된 대화를 나눈 게 언제인지 기억이 안 난다.

창문을 열자 더운 공기가 안으로 들어와 얼굴을 건드린다. 공기가 축축한 느낌이다. 멈췄으면 좋겠다. 다시 고요해졌으면 좋겠다.

아기 머리가 까만 머리카락으로 덮여 있다. 어깨에 가늘고 짙은 솜털이 나 있다. 자면서 자기 입술을 쪽쪽 빤다.

창문이 열려 있다. 조그만 몸은 눈 깜짝할 사이 소리 없이 떨어질 것이다. 아침이 되면 사라지고 없을 것이다. 그래서 창문이 열려 있는 것 아닌가? 지금이 아니면, 이 캄캄하고 조용한 밤이 아니면, 그럼 언제?

창문을 닫아야 한다. 아기가 감기에 걸릴 거다. 방안 공기는 탁하고 고요하지만 밖에서 습기가 들어온다. 아기에게나 산모에게나 좋지 않은 밤이다. 그 밖의 다른 모든 사람에게만 좋은 밤이다.

창문이 아직도 열려 있다. 아기가 다시 깨서 운다. 울음을 그쳤으면 좋겠다. 전에도 아기가 우는 소리를 들어본 적 있지만 이 아기처럼 심하지는 않았다. 소리가 크고 고집스럽다. 나는 도저히 울음을 달랠 수가 없는 것 같다. 시어머니는 어떻게 해내지만. 아기를 시어머니한테 줬어야 했다—그래, 시어머니에게 줘야겠다. 시어머니가 아기를 미국으로 데려가 딜립을 키운 것처럼 키울 수 있겠지. 딜립도 갈 수 있고. 나는 여기에 혼자, 엄마하고, 나니하고 남고. 나는 여기 혼자 남아 좀 조용한 시간을 보내고.

죽은 아기는 어떻게 생겼지? 인형하고 다르지 않을 것이다. 칼리 마타는 답을 알 텐데. 칼리 마타는 자기 아이가 살아 있다가 죽은 것을 보았다.

아기가 울고 있다. 울음소리에 내 팔이 굳는다. 손도 굳는다. 아기가 울부짖고 나는 다시 창밖을 본다. 무거운 손으로 아기 등을 두드리며 나는 땅으로 이어지는 긴 배수관, 발코니 꼭대기, 빨랫줄에 걸린 옷가지, 조용한 새들을 본다. 경비는 저 아래 그늘에 숨어서 업무시간에 자고 있다.

저 아래는 고요할 것이다. 멀지 않은데, 훨씬 더 고요하다.

아침에 시어머니가 노크 없이 문을 열고는 헉 놀란다.

아기는 바닥에 쌓아놓은 담요 위에 잠이 들어 있다. 침대는 커버를 다 벗겨서 매트리스만 남아 있다. 나는 침대 가장자리에 앉아 아직도 창밖을 보고 있다.

나는 얼굴을 문지른다. 눈가가 붉어지는 게 느낀다. "무슨 일이야?" 시어머니가 묻는다. 시어머니 눈앞에 손자국이 있는 안경이 있고 눈동자가 물속에서 자맥질하는 물고기처럼 위아래로 오르내린다. 자기 아들이 방에서 쫓겨나, 캘리포니아 킹 사이즈 침대에서 자지 못하고 소파에서 자는 걸 보았을 것이다. 시어머니는 화가 나 있다. 지난밤 자기 두 아기를 내가 어디에서 재웠는지가 시어머니 마음에 안 든다.

"아기가 침대에서 잠을 못 자요. 바닥에 있는 게 좋대요."

"너는 잤니?"

"아뇨. 못 잤어요. 생각을 해야 해서."

"무슨 생각?"

"이름이요. 아기 이름을 생각했어요."

시어머니가 침대 옆으로 다가온다. 그 말에 내가 좀 덜 역겹게 느껴지는 듯하다. 시어머니 입술이 떨릴 지경이다.

"어머니가 고르시게 하자고 정했어요. 어머니랑 딜립이요."

시어머니 얼굴이 환해진다. 행복감을 감추지 못한다. "진심이야?"

"진심이 아니면 왜 그렇게 말하겠어요?"

"내 말은," 시어머니가 정신을 가다듬으며 말한다. "그게 네가 정말 원하는 거냐고."

"그럼요." 창문이 닫혀 있다. 언제 내가 창문을 닫았던가 기억이 나지 않는다. 간유리 위에서 빛이 엷은 띠를 만든다. 어젯밤에 그런 생각을 했던 나한테 아기 이름을 지을 자격이 있나?

우리 엄마한테는 아름다운 이름이 있다. 타라. 타라는 별이라는 뜻이고 두르가 여신*의 다른 이름이기도 하다. 칼리 마타처럼.

---

* 힌두교 시바신의 아내. 두르가의 현신 중 하나는 파괴를 관장하는 여신 '칼리'이며, '칼리 마타(검은 어머니)'라고도 불린다.

엄마는 나에게 '친밀함'을 뜻하는 안타라라는 이름을 주었다. 그 이름이 마음에 들어서가 아니라 자신을 증오했기 때문이었다. 엄마는 자기 아이의 삶이 자기 삶과 최대한 다르기를 바랐다. 안타라Antara는 실은 언-타라Un-Tara였다.* 안타라는 엄마와 다를 것이다. 그렇지만 이렇게 분리하다보니 우리는 서로를 적대하게 되었다.

내가 엄마를 망가뜨린 원인으로 지목되지만 않았더라면, 우리도 더 잘 지낼 수 있었을지 모른다. 나는 어떻게 해야 엄마와 같은 실수를 저지르지 않을까? 이 아기에게 같은 짐을 지워주지 않으려면 어떻게 해야 하나? 어쩌면 불가능한지도 모른다. 그냥 헛된 바람일지도.

아기가 마침내 잠이 들었다. 아기가 깊고 무겁게 숨을 내쉰다. 공기가 아이의 허파 속으로 들어갔다 나왔다 하며 배가 오르락내리락한다. 나는 손가락을 아기 코끝에 갖다댄다. 순간 내 딸이 불길을 내뿜는다. 나는 아기와 둘만 있을 때는 아기를 칼리라고 부르겠다고 마음먹는다.

* un은 부정과 반대의 뜻을 만드는 영어의 접두어다.

먹이는 것이 사랑의 한 형태라면 먹는 것은 복종의 한 형태다. 식사는 대화이고 우리가 말하지 않는 것은 음식에 남는다. 생쥐 먹이에서 칼로리를 제한했더니 서로 잡아먹기 시작했다는 실험 결과가 있다.

실험실 환경에서 1제곱피트짜리 방염포 안에 갇혀 있던 쥐는 일주일 만에 죽었다.

다른 변수들도 고려해야 하지만, 메시지는 분명하다. 나는 창문을 활짝 열고 식탁 위에는 음식을 잔뜩 놓는다.

딜립과 나 단둘이 있을 때가 없다. 우리는 대화가 거의 없고 잠자리는 과거의 일이다. 그저 가라앉지 않고 버티길 바랄 뿐이다.

밤에 겨우 잠이 들면 꿈을 하도 생생하게 꿔서 아침이 솜뭉치처럼 건조하게 느껴지고 멍한 상태로 길 끝에 있는 모스크에서 들려오는 구슬픈 목소리를 듣는다.

시어머니는 가식적으로 나를 예쁜이, 내 소중한 천사라고 부른다. 자기 아들을 빼앗아간 여자를 자기편으로 만들려면 그 여자가 아들보다 더 소중한 존재가 되었다고 믿게 만들어야 한다는 글을 어딘가에서 읽은 게 분명하다. 친절함으로 죽이라는.

나는 가끔 모두를 다 죽이는 상상을 한다. 내가 아니라, 나의 어떤 면이, 남성적이고 근육질인 내가. 시신은 썩게 내버려둔다. 각자 다른 색 피를 흘리지만 아니카는 그들이 죽은 것을 기뻐하고 죽어야 더 아름답다는 걸 안다. 우리 둘이 시신을 태우는데 우리한테는 재와 불똥이 날아오지 않는다.

아니카. 저들이 내 딸한테 아니카라는 이름을 붙였다. 짝짓기하는 새 같은 소리가 나는 이름이다. 미완성이고 뉴에이지스럽고 무의미하다. 무슨 뜻이냐고 내가 물었는데 말해주지 않는다. 시어머니는 외국으로 공부하러 나갔을 때는 애니라고 줄여서 부르면 된다고 말한다. 할머니가 아니카가 두르가 여신의 이름 중 하나라고 해서 조금 기분이 좋아졌지만 그 이름을 검색해보았을 때 가장 먼저 나오는 것이 미국 포르노 스타라 다시 화가 난다.

내가 자꾸 꼬치꼬치 묻자 딜립이 묻는다. “내가 이름을 짓는 게 싫으면 왜 나한테 지으라고 했어?”

내가 아는 건 이렇게 많은 여자들과 같이 집안에 갇혀 있다보면 어떤 광기가 찾아올 수밖에 없다는 것이다. 지금이 몇시나 되었는지 화병의 물 높이를 보고 알 때 어떤 광기가 솟는다.

나는 날마다 타이머를 맞추어놓고 아니카를 꽉 껴안는 활동을 한다. 아니카가 아기 때 받은 사랑과 신체적 애정을 기억할 수 있게 하기 위해서다. 억눌리고, 피가 잘 안 통하고, 다른 몸의 온기가 느껴지는 감각이 각인되어 어딘가에 남을 것이다. 아기는 꽉 조여지고 갇히는 느낌을 좋아하니까. 자궁에서의 기억이 떠오르는 것이면 뭐든. 하루 그렇게 하고 나니 아기가 관심이 싫다고 한다. 확실히 몸으로 표현한다. 자기가 얼마나 운이 좋은지도 모르고 반항한다.

과연 이 아기가 운이 좋은 걸까 의문이 든다. 내가 잘못 생각한 것인지도. 내가 꼭 안아주는 걸 싫어하나? 뽀뽀를 받는 느낌은 뽀뽀를 하는 느낌만큼 좋지는 않은 건가? 아기가 어른을 무섭고 못생겼다고 느끼고 거친 피부와 커다란 덩치를 역겹게 여긴다는 이야기를 들은 적이 있다. 나도 어릴 때 그런 느낌을 받았던 것 같은 기억이 있다. 아무리 아름다운 어른이라도 더럽고 끔찍하게 느껴졌다. 어쩌면, 나중에, 아기가 이 집에서 도망갈지도 모른다. 나한테서 달아날지도 모른다. 어쩌면 우리 어머니들이 늘 딸들에게 어떤 결핍을 만들어놓아서 우리 자식들도 같은 길을 계속 걸으며 예언을 실현하는 건지도 모른다.

엄마가 나를 보고 있는데 눈빛이 낯설다. 어떤 때는 엄마가 무슨 일이 일어나는지 아는 것 같고 나한테 무슨 말인가 하려는 것 같다. 엄마는 딜립에게 아무 말도 하지 않았고 나와 레자의 관계에 대해서도 더 아무 말 안 했다.

딜립은 그 사진이 내가 어딘가에서 발견한 것이지만 내 것은 아니라고, 나와 별 상관이 없는 엉뚱한 사진이라고 생각한다. 딜럽이 본 예술이 온통 엉뚱하고 부조리한 것투성이었는데 뭐하러 굳이 거기에서 의미를 찾으려 하겠나? 이 남자가 우리 엄마의 애인이었고 나중에는 내 애인이었다는 걸 딜럽은 죽었다 깨어나도 상상 못할 것이다.

내가 아무에게도 말하지 않고 이 비밀을 지켰다는 것 역시 상상 못할 것이다. 딜럽에게 레자는 엄마 입에서 가끔 나오는 이름일 뿐이다. 정신을 놓은 여자, 방탕한 과거로 유명한 여자의 환각일 뿐이다.

나는 날마다 엄마에게 설탕을 주고 엄마는 중독자처럼 설탕을 먹는다. 엄마는 날마다 소파 비슷한 존재에 가까워진다. 아무도 그게 원인이라는 걸 모른다. 아무도 연결해서 생각하지 않는다. 사람들은 의사의 입에서 나오지 않았거나 알약의 형태로 되어 있지 않은 과학은 믿지 않는다. 연구를, 원전을 찾아보지 않는다. 쥐. 쥐가 우리 인간을 이해하는 핵심 열쇠다. 열흘 만에 쥐에게 일어난 일이 우리에게는 열 달, 혹은 십 년이 걸릴 수는 있지만 어쨌든 일어날 것이다.

나하고 같이 사는 사람들은 식이요법, 인슐린, 대장 박테리아, 우리 몸속 분자 하나에 들어 있는 태양계 전체 같은 건 생각하지 않는다. 딜럽과 시어머니는 내가 아픈 엄마를 돌보고 있으며, 단 과자와 진한 케이크가 엄마 기분을 좋게 만들기 때문에 먹고 싶은 걸 마음껏 드시게 한다고 생각한다.

살인과 과실치사를 가르는 기준은 의도다. 아니, 사전계획이었던가? 어쨌든 의도라는 것은 사람 머릿속에 들어가보지 않으면 모른다. 동기라는 것도 마찬가지로 알기 어렵다. 우리 엄마가 나의 하나뿐인 진짜 부모이니 사랑하는 딸로서 내가 드릴 수 있는 기쁨은 다 드리려고 한다는데 누가 그걸 부인하겠나?

우리 엄마가 어린아이라는 게 뚜렷이 느껴진다. 정서적으로 엄마는 십대를 벗어나지 못했다. 아직도 호르몬의 지배 아래에 놓여 있다. 아직도 자유와 열정이 엄마한테는 중요하다.

그리고 사랑.

엄마는 사랑, 레자와 나누었던 사랑에 매달린다. 레자는 엄마를 사랑하기나 했을까? 엄마한테 사랑한다고 말한 적이 있을까?

레자는 어느 날 엄마가 어떤 기분일지 생각조차 하지 않고 떠났다. 그런 남자를 오십대가 되어서까지 그리워한다는 게 말이 되나? 엄마와 딸 둘 다에게 스쳐지나가는 관심밖에 없었던 남자 때문에 하나뿐인 자식을 위협하는 게 사람이 할 일인가?

때로, 집에 사람이 너무 많을 때, 나는 엄마가 죽었으면 하는 생각을 한다. 최소 잠깐이라도 죽었다가 적절한 모습으로 다시 돌아왔으면. 나를 졸졸 따라다니는 개라든가.

이런 생각을 하면서도 내가 이런 생각을 한다는 게 믿기지 않는다. 나는 엄마를 사랑한다. 죽을 만큼 사랑한다. 엄마가 없으면 내가 어떻게 될지 모르겠다. 엄마가 그렇게 끔찍하게 못된 여자만 아니라면, 내가 다시 엄마를 정상궤도로 데려올 텐데.

그리고 이제 엄마를 죽이는 일은 아니다. 달래는 거지. 설탕이 없으면 엄마는 날카롭고 변덕스럽고 사실상 불행해진다. 내 방에 들어와서 내 물건을 뒤졌을 때처럼.

적어도 나는 이게 엄마를 죽이는 일이라고 생각하지 않는다.

나는 엄마가 죽길 바라지 않는다. 엄마가 죽으면 나도 어디론가 흩어질 것 같기도 하다. 어떤 때는 혼란 속에서 엄마가 있다는 사실을 잊어버린다. 우리 모두 잊는다. 엄마를 깜박하고는 엄마에게 말을 걸지도 않고 엄마 존재를 인식하지도 못한다.

다른 사람들은 내가 엄마에게 시간 맞춰 파란 알약을 주는 걸 본다. 그게 얼마나 쓸모없는 일인지도 모르고. 나는 내가 엄마를 잘 돌본다는 증거삼아 처방약을 잘 보이는 데 놓는다. 이렇게 간단한 일일 수 있다니—엄마에게 날마다 비스킷과 빵을 주며 다른 사람들이 다 보는 앞에서 엄마를 중독시킬 수 있다니? 오직 이렇게 하고도 무사할지 알고 싶은 생각에 이러는 것 같다는 생각도 든다.

나는 잠이 안 올 때 주라고 의사가 준 수면제를 엄마에게 먹이기 시작한다. 며칠은 효과가 있었는데 그러다가 엄마가 한밤중에 일어나 멍한 상태로 비틀거리며 화장실에 가기 시작한다. 나는 의사에게 그게 걱정이 된다고 말한다. 그러다 넘어지시면? 다른 사람들이 자고 있을 때 넘어져 고관절을 다치기라도 하면? 의사는 복용량을 늘리고 어떻게 되는지 보자고 한다. 자기 전에 엄마에게 두 알을 주자 엄마는 밤새 자고 가끔은 다음날까지도 잔다.

아버지가 전화를 한다. 시어머니가 받았는데 전화 건 사람이 누군지 몰라 그냥 끊어버린다. 아버지가 다시 전화를 걸어 나와 무슨 관계인지 밝힌다. 시어머니는 민망한 듯 나에게 전화를 건넨다. 내가 전화를 받자 아버지가 헛기침을 한다. 두 사람 다 당혹스러워하는 걸 보니 기분이 좋지만 티를 내지 않으려고 애쓴다.

아버지가 아기 소식을 들었다며 아기를 만나고 싶다고 한다.

나는 아버지가 쓴 단어들을 생각해보다가 아기를 집밖으로 잘 데리고 나가지 않는다고 말한다. 예방접종을 할 때나 엄마 병원에 갈 때만 나간다고. 아버지는 상관없다고, 당신이 아기를 보러 오겠다고 한다.

"네 어머니는 어떻게 지내시냐?" 아버지가 묻는다.

"그냥 그래요."

아버지는 말이 없는데 나는 고개를 끄덕이는 모습을 상상한다. "흠, 네 엄마도 좀 봐야겠고."

엄마한테 아버지가 주말에 올 거라고 말한다.

딜립은 그 소식을 듣고 웃는다. "만나뵙고 싶었는데."

우리 엄마는 고개를 끄덕이더니 시어머니를 쳐다본다. "제 남편이요." 엄마가 말한다. "제 남편하고 남편 어머니는 아주 까다로워요. 시어머니는 언제나 골칫거리죠. 웬만하면 결혼하지 마세요."

"이제는 엄마 남편 아니야. 엄마 시어머니는 돌아가셨고."

엄마는 고개를 끄덕이며 그 정보를 생각해보는 것 같더니 자기 접시로 관심을 돌린다.

"당신은 엄마를 도와줄 생각이 없는 것 같아." 딜립이 말한다. 우리 방안에 우리끼리 있다. 나는 수유브라 앞쪽을 떼어낸다. 내 가슴이 마구를 찬 것처럼 보인다. 아니카가 젖냄새를 맡고 코를 들이밀어 젖꼭지를 찾아낸다.

요새는 딜립에게 내 생각을 들키지 않으려고 조심한다. 이 안에서는 우리 모두 난민이고 끝없이 서로 경계를 긋고 있다는 걸 어떻게 설명하나? 확실한 것은 하나도 없다. 어제 나니에게 전화를 걸어 간병인을 구해야 할 것 같다고 하자 나니가 울음을 터뜨렸다. "알고 싶지 않아." 나니는 이 말만 했다. 그 말을 몇 번 반복했다. 자연스러운 순서가 뒤집어졌다. 나니는 이제 할머니이니 자기 딸보다 먼저 늙어야 한다. 그런데 엄마가 노망이 들었다. 우리는 날마다 엄마를 조금씩 잃고 있다.

그 생각을 하니 죄책감이 들지만 구석으로 밀어놓는다. 스트레스를 받으면 젖이 잘 안 나온다.

다음날 아침, 딜립이 볼펜과 공책을 들고 엄마한테 간다. 딜립이 엄마를 식탁에 앉힌다.

"적으세요." 딜립이 말한다.

"뭘?" 엄마가 딜립을 쳐다본다.

"뭐든지요." 딜립의 목소리는 다정하고 인내심 있다. "적어놓으면 언제나 남아 있는 거예요."

엄마는 펜을 받아들고 보더니 진청색 줄이 쳐진 노란 종이를 내려다본다. 첫 장을 손끝으로 쓸어보고 공책을 후루룩 넘겨 종이가 얼마나 많은지 보고 감탄하며 웃는다.

"학교에 처음 간 날에 대해 써보세요. 기억나세요?"

엄마는 머리를 앞뒤로 흔들더니 딜립을 보며 환하게 웃는다. 딜립이 엄마의 팔을 토닥인다.

"뭐하는 거야?" 딜립이 내 옆 소파에 앉길래 내가 묻는다.

"기억하시도록 해야지. 연습이 필요해."

"그거 내가 했었어. 옛날 일을 적어서 엄마 아파트 곳곳에 놔뒀는데 전혀 효과가 없었어."

"당신 기억을 훈련하자는 게 아니잖아. 엄마가 기억하시게 해야 해.” 딜럽이 내가 들어본 적이 없는 큰 목소리로 말한다. 내 팔이 움츠러든다. 아기가 운다.

“너 때문에 정말 속상했어.” 엄마가 말한다.

“나 때문에?”

“그래. 아슈람에서. 네가 내내 네 아버지 이야기만 했어. 밤낮으로 아빠를 찾으면서 먹지도 마시지도 않고. 아빠, 아빠, 아빠. 아빠만 찾았어. 넌 태어났을 때부터 그랬어. 엄마라는 말보다 아빠라는 말을 먼저 했지. 강아지처럼 아빠가 회사에서 돌아오기만 기다렸어.”

내 이마가 일그러지는 게 느낀다. 엄마 눈이 반짝이는 게 확실히 아는 것처럼 보인다. “난 전혀 기억이 없는데.”

“그랬어.” 엄마는 고개를 세차게 끄덕이더니 웃는다. “너 때문에 정말 기분이 엿 같았지.”

아버지가 팔을 내 어깨에 두르고 옆구리를 서로 부딪는 방식으로 나를 포옹한다. 아버지가 허락을 구하지 않고 손에서 바깥세상을 씻어내지도 않고 아기를 내 팔에서 데려간다. 하얀 아기 얼굴과 아버지의 시커멓고 털이 부숭한 손이 대조적이다. 우리 거실 거울에 아버지의 뒤통수가 비친다. 숱이 줄어든 머리카락을 빗질해 빈 데를 가렸다. 새 아내는 조금 떨어져 서서 한 팔로 자기 아들을 안고 있다. 얼굴에 띤 웃음이 너무 딱딱하다.

시어머니가 새 아내에게 차를 권한다. 두 사람이 곧 대화에 빠지는 걸 보니 환영받지 못하는 아웃사이더로서 서로의 존재가 반가운가 싶다. 나는 머리를 흔들어 몽롱함을 떨쳐버리고 메이드에게 먹을 걸 가져오라고 지시한다. 아기를 낳은 뒤로 줄곧 머리가 솜뭉치로 가득한 것 같다.

시어머니가 효율적으로 움직이며 손님 대접을 한다. 시어머니가 이 집 안주인이 됐다.

시어머니는 딜립이 미국 일자리에 지원해야 한다고 여러 차례 말했다. "집하고 가까운 곳에." 시어머니는 말한다. 내가 자고 있거나 듣지 못한다고 생각할 때 둘이 그런 이야기를 나눈다. 시어머니와 딜립은 이제 나한테 올빼미 귀가 생겨서 내 딸이 도시 저편에 있어도 숨소리가 달라지면 들을 수 있다는 사실을 모른다. 엄마가 된다는 건 그런 것이다. 나는 손톱을 세우고 있다. 언제나 사냥중이다.

다른 사람은 다 서 있는데 나 혼자 소파에 기대앉는다. 가죽 쿠션 위에 퍼질러앉는다. 거울에 비친 내 모습을 봤다가 눈을 돌린다. 아직도 턱밑 살이 그대로다. 목둘레 피부가 검게 착색됐다. 머리카락이 듬성해져 군데군데 두피가 보인다.

아버지 아들이 내 맞은편에 앉는다. 우리는 이를 보이지 않고 웃음을 주고받는다. 거울을 통해 아버지 아들이 길고 곱슬한 머리카락을 포니테일로 묶은 게 보인다. 내 머리카락도 전에는 저랬었는데.

"요새도 유화 그리세요?" 아들이 묻는다.

틀렸지만 고쳐주지 않는다. "요즘에는 쉬고 있어."

새어머니가 웃으며 아들 옆에 녹아내리듯 앉는다. 두 사람이 의자 하나에 쏙 들어간다. "아이가 있으면 취미활동 할 짬이 안 나지." 새어머니가 활짝 웃자 잇몸이 더 뒤로 밀려간다. 나는 그 말도 고쳐주지 않는다. 새어머니는 아들의 머리카락을 건드린다. 내가 거울로 보고 있었던 걸 아는 듯이. "요즘 애들은 자기만의 스타

일이 있어서." 새어머니가 말한다.

딜립이 출장길에 사온 십팔 년산 위스키를 아버지에게 따라준다. 아버지는 아니카를 나에게 돌려주고 잔에 코를 박는다. 딜립은 즐거워한다. 아버지는 편안해한다.

시어머니가 차 쟁반을 들고 부엌에서 나오자 공중에 뜨거운 기름 냄새가 퍼진다. 사모사와 파코라가 부엌에서 튀겨지고 있다.

초인종이 울려서 모두 화들짝 놀란다. 아기가 꼼지락거리며 내 면 티셔츠에 얼굴을 문댄다. 티셔츠에 말라붙은 젖 냄새, 자기 토 냄새를 맡는다. 세제를 넣고 빨아도 냄새가 사라지지 않는다. 요새는 나한테서 늘 젖냄새가 난다. 젖, 똥, 토 냄새. 아무리 샤워를 해도 씻어낼 수가 없다.

나니가 들어오다가 문가에서 머뭇거린다. 사람들 발을 보더니 신발을 벗으려고 허리를 굽힌다. 신발 뒤쪽에 버클이 있어 끄르려고 몸을 숙이자 몸이 기우뚱하며 균형이 흔들린다. 나니는 손을 뻗어 딜립을 붙들고 마지막 스트랩을 끄른다.

"아, 나니." 딜립이 뒤늦게 말한다. "괜찮아요. 신발 안 벗으셔도 돼요."

나니는 딜립의 얼굴을 토닥이더니, 아버지를 쳐다본다. 나니의 시선이 아버지의 발목 아래를 스쳤다가 올라간다. 아직 신발을 신은 채인 아버지의 발에 나니가 보인 경멸에 어떤 위엄이 있다. 나니는 내 배다른 동생과 새어머니에게 고개를 끄덕이고 손을 들어 시어머니에게 인사를 한다. 나와 아니카에게는 최대한의 애정을 쏟아부으며 웃어 보인다. 나는 나니가 다가오는 모습을 보며 내가 엄마보다 나니를 더 닮았다는 생각을 한다. 발목과 손목이 팅팅 부었는데 아직 이전 상태로 안 돌아갔다. 나는 시간을 앞서 늙은 여자가 되었다.

튀긴 음식이 테이블 위에 놓인다. 접시와 냅킨이 돌아간다. 녹색 채소, 마늘, 코코넛, 타마린드 처트니*가 각자의 접시 가장자리를 물들인다.

나니가 상점에서 사온 디저트 상자를 연다. 옆으로 돌리기 전에 한 개 맛을 본다. 기 버터가 듬뿍 든 쾌감에 나니의 눈이 돌아간다. 나니가 상자를 시어머니에게 건넨다.

방에 사람이 너무 많다. 나는 일라에게 창문을 열라고 말한다.

"만나뵈니 좋군요." 시어머니가 우리 아버지에게 말한다. 시어머니가 상자를 건네자 아버지는 사다리꼴 모양의 캔디를 집어 한 손으로 부러뜨린다. "우린 처음에는 안타라한테 아버지가 계신지 몰랐어요. 그러니 알게 되어 얼마나 반가운지요."

방이 조용하다. 딜립은 나와 자기 어머니 시선을 피한다. 새 아내는 잠시 어리둥절하다가 상자를 받자 다시 쾌활해진다. 남편이 부러뜨리고 남은 삼각형 모양을 집어 아들에게 준다. 아들은 파코라를 입에 물고 있어 고개를 돌린다. 새 아내는 손에 캔디를 든 채 아들이 단것을 맛보기를 기다린다.

다들 웃기만 하고 말이 없다. 아기가 소리를 내자 어른들이 동시에 한숨을 쉬며 웃는 얼굴로 나를 본다. 아기가 깨어나서 안도한다. 낮은 소리로 이야기를 나눈다. 딜립과 아버지와 시어머니. 새 아내와 아들.

---

* 과일, 채소 등에 양념을 넣어 만드는 소스.

모임은 대체로 성공이다. 다들 즐거운 시간을 보낸다. 혹은 그런 척한다. 즐거운 척할 이유가 있다. 새 아내와 아들은 우리 아버지 때문에 즐거운 척한다. 아버지는 자기 자신 때문에, 어쩌면 아니카와 나 때문에 그런 척한다. 딜립도 마찬가지이고, 딜립의 어머니는 딜립 때문에 즐거운 척한다. 나니는 그런 척 같은 건 하지 않는다. 나니가 방에서 나갔는데 자기 딸을 보러 갔는지도 모르겠다. 나니는 예의를 차리는 데는 관심이 없다.

나는 즐거운 척할 필요가 없다. 적어도 아직은. 나는 지금도 거의 보이지 않는 존재다. 사람들이 나를 쳐다보는 건 오직 아기를 보기 위해서다.

내가 여기 없는 것 같은 기분이다.

딜립이 무슨 말을 하자 우리 아버지가 어깨를 들썩이며 웃는다. 두 사람이 이 연극을 언제까지 할 수 있을지 궁금하다. 언제쯤 지겨워져 가면을 벗고 진짜 감정을 드러내게 될까? 만약 이걸 오래 계속해서 연기가 몸에 배면, 그때는 더는 연기가 아닌 게 될까? 기뻐하는 연기, 사랑하는 연기를 아주 잘하게 되면, 그게 진짜 경험이 될까? 언제 연기가 현실이 될까?

초인종이 다시 울린다. 오기로 한 사람이 없는데. 퍼비와 남편이 들어오는 걸 보고 내 입이 조금 벌어진다. 퍼비 남편이 장난감이 든 봉지를 들고 있다. 봉지 밖으로 삐져나온 걸로 보기에 아니카에게 너무 크고 위험한 장난감들이다.

퍼비의 남편은 우리 아버지를 보고 놀라며 포옹한다. 클럽에서 서로 아는 사이라고 한다. 퍼비는 아버지의 새 아내 옆에 앉는다. 두 사람이 같은 브리지 팀이라고 퍼비가 말한다.

딜럽이 내 옆으로 온다. 내 팔에서 아니카를 데려간다.

"아기 보러 오고 싶다고 해서." 딜럽이 내 표정을 읽고 말한다.

나니의 목소리에 주의가 쏠린다. 나니가 엄마를 부축하고 거실로 데려온다. 나니는 활짝 웃으며 엄마를 쳐다보고 엄마는 사람들을 둘러본다. 그 모습이 어딘지 부조화스럽다. 누가 늙은 어머니이고 누가 중년인 딸인지?

재채기처럼 눈물이 치솟아, 눈물을 삼키려 고개를 돌린다. 우리가 무엇 때문에 이렇게 되었나?

마조린 비스킷이 가득한 통 때문에.

퍼비가 달려가 우리 엄마를 끌어안는다. 엄마는 손을 들어 퍼비의 등을 쓸다가 청바지 허리 부분의 튀어나온 곳에서 손을 멈춘다.

퍼비의 남편이 딜럽에게 몸을 숙이고 말한다. "어린애가 자꾸 똥구멍하고 고추를 만지는 이유가 기생충 때문이라는 거 알아요? 기생충이 뇌를 통제하는 거예요."

딜럽이 아기를 어르다가 나를 쳐다본 다음 엄마를 돌아본다.

"오늘은 좀 어떠세요?" 딜럽이 묻는다. "일기 좀 쓰셨어요?"

엄마는 희미하게 웃더니 새 아내와 아들 옆 의자에 앉는다. 그들에게 고개를 숙여 인사를 하고 디저트 상자에 손을 뻗는다.

퍼비와 남편이 와서인지 엄마가 나와서인지 어색한 분위기가 사라졌다. 바이섹슈얼과 권력에 눈이 벌건 사람, 치매가 온 여자가 등장했다. 거실에 열한 명이 있지만 거울 때문에 거의 일흔 명으로 늘었다. 어떤 사람은 가구 뒤에 감춰져 있다. 우리 아버지 아들은 자기 어머니 몸에 머리만 붙은 것처럼 보인다. 우리 아니카는 한 명으로 칠 수도 없다. 지금은 제 아버지 품에 안긴 조그만 하얀 꾸러미에 지나지 않으니. 그래도 나는 아니카를 헤아린다. 내 눈은 방에서 아니카만 졸졸 쫓아다닌다. 사람이 너무 많다. 공간에 짓눌리는 느낌이다. 나는 고개를 돌려 창문을 본다. 창문이 열려 있는데도 공기가 후덥지근하다. 숨쉬기가 힘들다. 이마가 무겁다. 이산화탄소 농도가 치솟고 있는 게 분명하다. 아버지가 시어머니의 말에 웃다가 기침을 한다. 아버지는 공기를 빨아들이며 욕심스럽게 숨을 쉰다. 아버지가 아니카를 만지기 전에 손을 씻었더라면 좋았을 텐데. 퍼비는 콧구멍을 벌름거리며 몸을 숙여 나니에게 인사를 한다. 퍼비가 그 커다란 구멍으로 남은 산소를 빨아들이는 게 보인다.

딜럽이 남자들에게 위스키를 더 따라주고 여자들에게는 와인을 마시겠냐고 묻는다. 여자들은 처음에는 수줍은 듯 대답을 안 하고 서로 눈치를 본다.

"그러지." 나니가 침묵을 깨며 말한다. 다른 사람들도 웃으며 고개를 끄덕인다.

"그럼 내가 동무해드리죠." 시어머니가 말한다. 목이 긴 와인잔 몇 개가 부엌에서 나온다. 딜럽이 레드와인 병 코르크를 따는데 할머니가 자기는 화이트를 좋아한다며 못마땅해한다. 딜럽이 둘 다 한 병씩 따겠다고 하자 시어머니와 새어머니가 슬쩍 웃음을 짓는다.

모든 사람이 손에 술잔을 들었다. 우리 엄마하고 나만 빼고. 심지어 아들도 아버지 잔에서 한 모금을 마신다. 아버지가 온 뒤로 나는 아버지에게 거의 한마디도 안 했다. 아버지는 스카치 잔을 우리 아기 가까이에 든 채 퍼비 남편이 하는 이야기에 열심히 귀를 기울인다.

"다음에 중국에 가게 되면 나한테 말해." 아버지가 정수리를 긁으며 말한다. "내 친구 카우샬이 가족하고 같이 중국에 살거든."

"아버지 친구 카우샬은 변태예요." 내가 말한다.

방안이 순식간에 고요해져서 귀로 공기가 막 몰려오는 느낌이다. 새 아내가 손을 떨며 아들의 등을 쓸어내린다.

아버지가 나를 보며 눈을 끔벅인다. 입에서 웃음기가 사라지고 입이 직선이 된다. 입술이 사라진다. "뭐라고?" 아버지가 말한다.

나는 소파에 등을 기댄다. 더 무슨 말을 해야 할지 모르겠다. 아무 계획도 없었다.

침묵이 조금 더 이어진다. 나는 속으로 초를 센다. 칠 초까지 셌는데 시어머니가 일라를 불러 코코넛 처트니를 더 가져오라고 한다.

우리는 모두 시어머니를 쳐다보고 전부 동시에 말을 하기 시작한다. 딜립만 가만히 말없이 있다. 딜립은 눈살을 찌푸리며 아니카를 고쳐 안는다. 우리 엄마도 말이 없다. 엄마가 나를 본다. 엄마 눈에서 설탕기가 윤을 내며 흐른다.

어떻게 아무렇지도 않게 여기 앉아서 먹고 마시고 할 수 있나, 내가 그런 말을 했는데? 나는 벌떡 일어난다. 무릎에 통증을 느끼며 창가로 걸어간다.

어쩌면 다들 나도 우리 엄마처럼 제정신이 아니라고 생각하는지도. 내 말은 믿을 수 없다고.

왜 그 말을 했을까? 뭘 기대하고? 안도감? 이 방안에 나에게 그런 걸 줄 사람이 있나? 나는 창문 밖으로 땅바닥을 내려다보고 높이에 놀란다. 내가 저기로 아니카를 던질 생각을 했었다. 지금은 생각만 해도 끔찍하다. 대신 내 몸을 던져야 했을지도 모르겠다.

몸을 돌려 거울에 비친 내 손님들을 본다. 옆모습을 찬찬히 본다. 전에는 자세히 본 적이 없다. 나니는 콧잔등이 살짝 튀어나왔는데 엄마나 나한테는 없는 특징이다. 우리 아버지와 퍼비의 남편이 이 각도에서 보니 놀랍게 비슷하다.

엄마의 눈이 방 여기저기로 돌아다니다가 얼른 방바닥으로 돌아온다. 엄마가 눈앞에서 일어나는 일을 이해하는지 모르겠다. 엄마한테는 대화가 너무 빠르게 느껴질 것이다. 사람들이 말하는 어조를 알아들을까? 말이 귀에 들어올까?

엄마가 아버지를 알아보는지 어쩐지도 모르겠다. 아직 두 사람은 한마디도 나누지 않았다. 저 곱슬머리 여자가 아버지의 아내이고 저 남자애가 그들의 아들이란 걸 알까? 말해주고 싶기도 하지만 의미 없는 일이다.

나는 엄마 의자 옆에 서서 엄마 어깨에 손을 얹는다. 엄마는 조금 놀라지만 나를 쳐다보지 않는다. 자기가 어디에 있는지 모르고 어깨에 올라온 손도 느끼지 못하는지 모른다. 어쩌면 내 손의 무게만으로 나라는 걸 아는지도 모르고.

"안타라." 엄마가 말한다.

"응, 엄마." 내가 대답한다.

"안타라."

"응, 나 여기 있어." 내가 엄마 의자 옆으로 몸을 숙인다.

"안타라." 엄마가 손을 들어 딜립을 가리킨다. "안타라 나한테 줘."

딜립이 웃는다. "엄마, 얘는 아니카예요. 안타라는 엄마 옆에 있어요."

"안타라." 엄마가 일어서서 방을 가로지른다. 퍼비의 남편과 아버지가 물러선다. 엄마가 손을 마주치며 웃는다. 딜립을 잠시 올려다보더니 아기에게 눈을 돌린다.

퍼비가 나를 보며 가슴에 손을 얹는다. 감동이야, 퍼비가 입 모양으로 말한다.

"안타라 나한테 줘." 엄마가 말한다. 딜립이 아기를 안겨주고 옆에서 얼쩡거린다. 엄마는 아기를 들어 입을 맞춘다. 내 아버지를 보더니 웃는다. "안타라." 엄마가 다시 말한다. "내 아기예요."

아버지가 웃으며 고개를 끄덕인다. "응. 그래." 아버지가 말한다. "아주 예쁜 아기야."

시어머니가 부엌에서 나온다. 손에 젖병이 들려 있다. 시어머니가 손목 안쪽에 젖을 한 방울 떨어뜨려 온도를 본다. "안타라 맘마 좀 줄까?" 시어머니가 나를 보며 눈을 찡긋한다.

시어머니가 엄마한테서 아니카를 받아들려 하지만 엄마가 비명을 지르며 아기를 품에 꼭 안는다. "안돼요. 내 아기예요. 안타라는 내 아기예요."

시어머니가 젖병을 든 채 두 손을 치켜든다. 나니가 엄마 옆으로 달려와 이마에 입을 맞춘다. 엄마는 나니의 손길에 진정한다. 엄마가 딜립에게 몸을 기댄다.

"안타라는 우리 아기야." 엄마가 말한다. 딜립을 쳐다보며 웃는다. "내 남편, 내 아기."

새 아내가 손을 입으로 가져간다. 새 아내는 남편 뒤에 아들 손을 잡고 서 있다. 경탄과 혐오감이 뒤섞인 눈빛이다.

아니카가 꼼지락거리기 시작한다. 아니카가 앵 울자 엄마가 아기를 흔든다.

"좋아요, 타라." 시어머니가 말한다. "안타라 맘마 좀 먹이지 그래요?"

엄마가 젖병을 받아 아니카의 입에 갖다댄다. 아기는 울음을 그치고 젖병을 빤다. 엄마는 딜립에게 기댄 채 옆에 있는 나니를 보며 웃는다. 나는 엄마가 머릿속에서 어디에 가 있는지, 여기가 어디라고 생각하는지 상상해보려 한다. 이 상황이 엄마의 상상의 산물일까? 아니면 엄마가 돌이키고 싶은 과거의 행복한 기억일까?

엄마가 딜립의 어깨에 얼굴을 비빈다. 딜립은 불편해하지 않고 웃는다. "안타라 사랑해?" 엄마가 묻는다.

딜립이 웃는다. "네. 안타라 사랑해요."

엄마가 웃으며 아기를 내려다본다. "나는?" 엄마가 묻는다. "나도 사랑해?"

딜립이 고개를 끄덕인다. "네." 딜립이 말한다. "그럼요, 사랑해요." 시어머니가 끌끌 웃는다. "우리 모두 당신을 사랑해요."

사람들이 엄마 주위에 모여들어 엄마와 아니카를 보며 웃는다. 엄마가 딜립에게 몸을 기대고 양옆으로 흔든다.

"좋아." 내가 끼어든다. "좋아, 엄마, 내가 안타라고, 얘는 아니카—"

퍼비가 손으로 나를 막는다. "됐어. 어머니는 기억을 못하시잖아. 가엾게도." 퍼비가 우리 엄마 옆으로 간다. "타라, 우리 같이 안타라한테 노래 불러줄까요?"

퍼비가 손뼉을 치며 노래를 시작한다. 나는 미소를 짓지만 내가 모르는 노래라는 걸 깨닫는다. 익숙한 가락인데 어디에서 들었는지 모르겠다. 다 같이 2절로 넘어가는데 가만히 들어보니 가사가 내가 모르는 언어다. 확실히 마라티어는 아니다. 구자라트어도 아니다. 그런데 나니는 어떻게 저렇게 잘 알지? 벵골 노래인가? 타고르가 지은 건가? 모두 다 같이 합창을 한다. 엄마도 가사를 기억한다. 내 눈길이 딜립한테 가서 멈추고 나는 바닥에 주저앉는다. 딜립이 노래를 하며 손뼉을 치고 있다.

내 남편, 힌디어도 제대로 못하는 남편이 자장가를 부르고 있다.

노래가 이어진다. 영영 끝이 나지 않는 것 같다. 모르는 노래는 쓸데없이 길게 느껴지기 마련이다. 노래가 갑자기 끝나고 모두 박수를 친다. 다들 엄마와 아니카를 보고 있다. 다들 나에게 등을 돌리고 있고 나는 내 아기가 어디에 있는지 볼 수조차 없다.

몸을 일으켜보니 엄마가 딜립을 안고 있다. 다른 팔에는 아니카를 안았다. 퍼비와 새 아내가 손을 잡았다.

나는 또 투명인간이 된 기분이다. 그런데 엄마가 나를 쳐다본다.

엄마는 눈을 동그랗게 뜨고 깜박이지도 않는다.

방안 열기가 후덥지근해 목덜미로 손이 간다. 엄마는 아직 내 남편과 내 아기를 안은 채다. 엄마는 나를 계속 쳐다본다. 엄마 눈빛이 맑고 또렷하다.

우리는 서로를 쳐다본다. 엄마는 아무 말도 하지 않는다. 나도 아무 말 하지 않는다.

다들 웃으며 즐거워한다. 내가 모르는 노래의 가락을 계속 콧노래로 부르며 연극을 이어나간다. 다들 엄마가 원하는 대로 하도록 내버려둔다. 엄마가 아프니까.

그런데 만약 엄마가 아픈 게 아니라면.

엄마는 나 없이 이야기를 쓰려는 걸까? 나를 지우려는 걸까? 이 생각을 하자 내가 증발하는 듯한 느낌이다.

의사가 엄마 뇌에는 아무 이상이 없다고 했다. 아밀로이드 플라크도 없고, 아무것도 없다고.

사람들이 엄마와 딜립을 둘러싸고 다시 노래를 부르기 시작한다. 엄마 품안의 아니카는 둘둘 말린 빨래뭉치처럼 보인다. 노랫가락이 사람을 미치게 만들고 언어는 이상하다. 그 노래를 두 번 반복하더니 세번째로 다시 시작한다. 아무도 나를 쳐다보지 않고 내가 있다는 사실을 인지조차 하지 않는다. 엄마가 혼란스러워할까봐 내 눈을 피하는 걸까? 다들 이 마법을 깨뜨리고 싶지 않은 것이다.

다 같이 타라와 아기 안타라에게 환호를 보낸다. 다시 노래를 반복한다. 연기를 몇 번이나 반복하면 그게 현실이 되나? 거짓도 충분히 여러 차례 되풀이하면 사실처럼 느껴지기 시작하나? 뇌에 거짓말이 진실이 되는 경로가 만들어지나?

나는 일어서서 그만하라고 소리를 지른다.

아무도 내 목소리를 듣지 못한다. 합창소리가 너무 커서 묻힌다. 아니, 내 목소리가 목구멍 안에 걸려 나오지 않는 건가? 입을 열어보지만 후두 안쪽이 벨크로테이프처럼 거칠거칠한 느낌이다.

이제 아무도 나를 보지 않는다. 엄마조차도. 방안 공기가 무언가 유독한 것으로 가득하다. 익사하는 느낌이 이런 것일 거다. 나는 기침을 하고 헛구역질을 한다. 아무도 알아차리지 못한다.

죽고 싶지 않다. 여기에서는. 이 노래가 가득한 곳에서는. 여기에서는 숨을 쉴 수가 없어 나가야 한다. 나가야만 한다.

문 바깥쪽에서 나는 헐떡인다. 몸을 구부려 머리를 무릎 가까이 가져간다. 아니카를 낳은 뒤에 시작된 좌골신경통이 다리를 타고 올라온다. 터져나오는 비명을 막으려고 손으로 입을 가리자 다른 사람 목소리 같은 소리가 나온다. 얼굴을 만져본다. 내 모습을 거울에 비춰보고 아직 내가 있는지 확인하고 싶은 충동이 느닷없이 나를 사로잡는다.

엘리베이터 버튼을 미친듯이 누른다. 엘리베이터 문이 열리자 몸의 긴장감이 풀린다. 움직이는 우리 안이 이상하게 편안하고 벽, 천장, 바닥 사방 표면에 내 모습이 비쳐 안도한다. 엘리베이터가 아래로 내려간다. 내 티셔츠 앞쪽이 젖어 있어 유축기와 아기가 생각나고 아니카의 생명을 유지해줄 식량이 얼마나 낭비되었나 하는 생각이 든다. 내 작은 아기. 내 아기 칼리. 세상 유일한 존재. 나는 아파트 정문 밖에 있는 판* 장수한테서 담배 한 대를 얻는다. 판 장수는 내 가슴 주위 얼룩을 빤히 보지만 아무 말도 하지 않는다. 내가 돈은 나중에 주겠다고 웅얼거리자 고개를 끄덕인다.

보도가 고대 유적처럼 보인다. 젖은 땅을 밟고 나서야 내가 신발을 신지 않았다는 걸 알아차린다. 바닥에 고인 물이 짐승의 소변인지 사람의 소변인지 알 수 없다. 반바지를 입은 여자아이가 휴대전화에 대고 낄낄거린다. 말의 리듬에 맞춰 천천히 발을 움직이다가 귀를 기울이며 걸음을 멈추고 뭔가 즐거운 비밀을 들었는지 까르

---

* 베틀후추 잎으로 빈랑열매 등을 싸서 씹어먹는 기호식품.

르 웃는다. 손가락을 쫙 펴고 손으로 콘크리트 벽을 쓸며 거친 표면을 겁없이 훑는다. 건물에서 본 적이 있는 아이인 것 같은데 내 기억보다 커 보인다. 최소 열네 살은 되었을 듯한, 거의 다 자란 여자아이가 목적지 없이 돌아다니며 자신감을 내뿜는다. 내가 자기를 보고 있는 걸 알아차리고 입을 활짝 벌리며 웃는다. 나는 눈을 돌려 내 옷을 내려다보고 뒤늦게 몰골을 감추려 몸을 돌린다. 맨발로 길을 따라 걷는다. 어디로 가는지는 모르지만 여자아이가 계속 생각난다. 그 웃음을 잃지 않으려면 어떻게 해야 할까.

내가 사라진 걸 지금쯤 눈치챘을지 궁금하다. 새 아내와 시어머니는 삶의 최대 골칫거리가 사라졌다고 안도하겠지. 어쩌면 이 기회를 틈타 도망치려고 할지도 모른다. 시어머니는 딜립과 아니카를 데리고, 새어머니는 남편과 아들을 데리고. 내가 지금 돌아가면 다들 이미 가고 없으려나? 그들이 방안에서 웃으며 신나게 춤을 추며 몰래 섬기는 신의 이름을 부르며 옷을 벗고 와인을 몸에 붓고 다 함께 내가 사라지면 하려던 광란의 의식을 하는 걸 상상해본다. 공포와 갈망이 가슴속에서 뒤섞인다. 발바닥이 찢어지는 통증이 느껴지지만 걷기를 멈출 수가 없다.

거리가 소란하다. 주위를 둘러보아도 여기가 어디인지 알 수 없다. 내가 집에 갇혀 있는 동안 도시가 이렇게 달라졌나? 모든 게 계획된 것이었나, 다 같이 공모해서 내가 무너지는 걸 지켜보려 했던 건가? 어쩌면 임신이라는 게, 모성이라는 게 그런 건지도 모른다. 아기를 낳은 여자를 아기가 망가뜨리고 산산이 찢어놓는 것.

그전에는 어땠던가? 내 삶이 어땠는지 기억이 나지 않는다. 그러나 미래는 볼 수 있다. 가보고 싶은 휴양지, 자보고 싶은 곳이 있다. 버려진 농장에 있는 나무 꼭대기, 오두막, 차르파이. 같이 자고 싶은 남자들도 있다. 전에는 내 몸에 다른 용도가 있었다는 걸 안다. 내 배에 튼살이 없을 때, 젖꼭지가 갈라지지 않았을 때. 레자 파인의 얼굴이 무한히 쌓인 무더기에 불이 붙어 타며 엄마가 시작한 일을 끝마친다. 레자 파인 대신 나 자신을 영원하게 만들 빈 종이 한 장도 있다.

내 다리가 저절로 움직이며 나를 점점 더 먼 곳으로 데려가는 것 같다. 다른 사람을 보지 못하고 부딪힌다. 누군가가 나를 부르는 소리를 듣고 나는 더 빨리 움직인다. 비틀거리며 길을 달려 건넌다. 숨을 헐떡이며 나는 다시 그 소리를 듣는다. 타라.

나의 엄마. 엄마의 정신이 혼미해질수록 엄마의 의도는 더 뚜렷해진다. 조리개를 최소로 연 사진처럼 배경은 흐릿하고 초점 부위만 또렷하다. 딜립은 엄마를 말리지 않았다. 왜 그러겠나? 딜립이 나를 사랑할 수 있다면 엄마도 사랑할 수 있다. 엄마와 나는 서로 대체할 수 있으니까.

나는 결코 엄마한테서 자유로워질 수 없을 것이다. 엄마는 내 골수 안에 있고 나는 결코 저항력을 얻지 못할 것이다. 고도로 발달해서 자기 자식을 숙주로 삼는 기생충에 대해 알면 퍼비의 남편은 뭐라고 할까? 자신에게 매달리는 것을 잡아먹는다니 얼마나 창의적인 방법인가.

내 발이 위쪽에서 보기에는 멀쩡하지만 발바닥은 엉망이란 걸 안다. 희한하게도 길이 또 젖어 있다. 주위를 둘러보는데 나한테 담배를 판 남자가 나를 보고 있다. 남자 뒤쪽에서 반바지를 입은 여자아이가 아파트 담장에 기대 휴대전화 화면을 열심히 들여다본다.

나는 우리집 건물 앞에 있다.

나는 이곳을 떠난 적이 없다.

눈부신 햇빛 속에 있다가 어둑한 현관으로 들어가자 순간 앞이 안 보인다. 다리가 무겁다. 나는 엘리베이터 버튼을 누르고 안으로 들어간다. 거울을 보니 내 옷 앞쪽을 적신 젖이 말라붙어 노랗게 됐다.

엄마가 거기 내 얼굴 안에 있다. 내가 고개를 끄덕이자 엄마도 고개를 끄덕인다.

아파트 현관문 앞에 서자, 안에서 그들의 목소리가 들린다. 나는 벨을 두 번 누르고 벽에 몸을 기대고 누가 나를 들여보내주기를 기다린다.

감사의 글

티버 존스와 이스트앵글리아대학에서 이 책 초고를 지지해준 모든 분, 특히 닐 무커지, 마틴 픽, 앤드루 코언에게 감사합니다. 매들린 켄트에게 감사합니다—때로는 명백하고 때로는 애매하니까요. 맡은 책무 이상을 해주신 카니시카 굽타에게 감사합니다. 인도판본을 멋지게 작업해준 라훌 소니 감사합니다. 우다얀 미트라와 하퍼콜린스 인도의 모든 분들께 감사합니다.

허마이어니 톰프슨의 탁월함과 친절함은 명성을 뛰어넘더군요. 해미시 해밀턴에서 이 책을 믿어준 사이먼 프로서 팀 모두에게 감사합니다. 클로이 데이비스는 홍보를 위해 엄청나게 힘써주었습니다.

트레이시 칸스, 마야 브래드퍼드, 킴 루, 매미 밴랭언, 제시카 위너, 앤드루 기블리 등 오벌룩의 모든 분들.

마리아 카도르나 세라의 끝없는 지지. 안나 솔레르폰트와 폰타스의 여러분.

격려해준 친구와 가족들. 누구보다도 네하 삼타니, 샬린 티오, 케이트 권, 마날리 도시.

은총을 주신 나니.

모든 걸 달라지게 한 보디와 릴라.

어떤 페이지에서도 내 목소리를 알아봐주는 남편.

내 모든 것을 주신 부모님.

옮긴이 **홍한별**
글을 읽고 쓰고 옮기면서 살려고 한다. 옮긴 책으로 『햄닛』 『진실 프로젝트』 『우리, 이토록 작은 존재들을 위하여』 『노 본스』 『클라라와 태양』 『도시를 걷는 여자들』 『밀크맨』 『달빛 마신 소녀』 『나는 가해자의 엄마입니다』 등이 있고, 지은 책으로 『돌봄과 작업』(공저) 『아무튼, 사전』 『우리는 아름답게 어긋나지』(공저)가 있다. 『밀크맨』으로 제14회 유영번역상을 수상했다.

문학동네 세계문학
설탕을 태우다

초판 인쇄 2023년 3월 14일 | 초판 발행 2023년 3월 24일

지은이 애브니 도시 | 옮긴이 홍한별
기획·책임편집 박아름 | 편집 손예린 이희연 김지호
디자인 김하얀 최미영 | 저작권 박지영 형소진 오서영
마케팅 정민호 김도윤 한민아 이민경 안남영 김수현 왕지경 황승현 김혜원
브랜딩 함유지 함근아 박민재 김희숙 고보미 정승민
제작 강신은 김동욱 임현식 | 제작처 천광인쇄사

펴낸곳 (주)문학동네 | 펴낸이 김소영
출판등록 1993년 10월 22일 제2003-000045호
주소 10881 경기도 파주시 회동길 210
전자우편 editor@munhak.com | 대표전화 031) 955-8888 | 팩스 031) 955-8855
문의전화 031) 955-1927(마케팅) 031) 955-2646(편집)
문학동네카페 http://cafe.naver.com/mhdn
인스타그램 @munhakdongne | 트위터 @munhakdongne
북클럽문학동네 http://bookclubmunhak.com

ISBN 978-89-546-9149-9 03840

잘못된 책은 구입하신 서점에서 교환해드립니다.
기타 교환 문의 031) 955-2661, 3580

www.munhak.com